Stars

2. Nos étoiles manquées

Titre original : *The Darkest Moon*

Collection Hugo New Romance® créée par Hugues de Saint Vincent,
dirigée par Arthur de Saint Vincent
Ouvrage dirigé par Isabelle Antoni
Photographies de couverture : © GM visuals/Getty Images
© suno7butterfly/Shutterstock
Graphisme de couverture : Marion Rosière

34-36, rue La Pérouse
75116 - Paris
www.hugoetcie.fr

ISBN : 9782755637694
Dépôt légal : juin 2020
Imprimé en France par Corlet
N° d'impression : 20020465

NEW ROMANCE®

ANNA TODD

Stars

2. NOS ÉTOILES MANQUÉES

Traduit de l'américain par Claire Sarradel

Hugo Roman

Du même auteur

After
After saison 2 *We Collided*
After saison 3 *We Fell*
After saison 4 *We Rise*
After saison 5 *Ever Happy*
Before, After saison 6
Before, After saison 7
Landon, After saison 8
Between, After saison 9
Imagines (ouvrage collectif)
Spring Girls
Stars saison 1 *Nos étoiles perdues*

À chacun et à vous tous
qui vous êtes déjà sentis perdus,
laissez-moi vous aider
à vous trouver.

PLAYLIST

« What We Had », Sody

« Falling », Harry Styles

« Possibility », Lykke Li

« Little Do You Know », Alex & Sierra

« July », Noah Cyrus

« Little Bit of You », Kevin Garrett

« Idf », Blackbear

« Poser », Grace VanderWaal

« Lost On You » Lewis Capaldi

« Before You Go » Lewis Capaldi

« Hollow », James Smith

« Lost Without You », Freya Ridings

« The Light », The Album Leaf

« Lie », NF

« Love in The Dark », Jessie Reyez

« When the party's over », Billie Eilish

« Watch », Billie Eilish

« Rest », Minke

« The Other (Stripped) », Lauv

« Unspoken », Aaron Smith

« Can We Kiss Forever? », Kina (ft. Adriana Proenza)

UN

KAEL, 2018

Cet océan de vêtements noirs me fait mal aux yeux. Je ne me suis pas retrouvé entouré d'autant de personnes en uniforme depuis un bail. Je suis tellement habitué aux tenues de camouflage que je porte depuis des années que, même si j'ai quitté l'armée, je les cherche encore, même sur les civils. Ne pas avoir à choisir mes vêtements au quotidien me manque parfois. Quand j'ai retiré ma veste tout juste sortie du pressing de son cintre, j'ai repensé à mon treillis dont le tissu était si raide, à cause du sable et de la boue qui s'étaient incrustés dedans, qu'il crissait à chaque pas des longues heures de nos marches forcées dans la chaleur suffocante de la Géorgie.

La main sous ma chemise, je tâte les plaques d'identité militaire suspendues à mon cou. Je ne suis pas comme ces soldats qui les portent avec orgueil, comme des décorations ou pour se faire offrir des verres dans les bars du coin. Non, moi je les porte encore parce que le poids du métal sur mon torse m'aide à garder les pieds sur terre. Je ne les retirerai probablement jamais.

Alors que je lâche les plaques et pose les mains sur mes genoux, ma mère remarque :

– Il fait un peu frais ici.

– Tu veux ma veste ?

Elle me répond d'un signe de tête négatif. Une voix que je connais s'élève alors à côté de nous :

– Ils doivent garder le corps au frais.

– Toujours aussi chtarbé, à ce que je vois !

Je me lève pour serrer Silvin dans mes bras. Il est beaucoup plus mince que la dernière fois que je l'ai vu.

– Toi non plus, tu changeras jamais, répond-il en frappant mon bras.

Ma mère le regarde, elle n'a pas l'air contente. Elle le tape elle aussi, un peu plus fort encore, et lui lance :

– Tu ferais mieux d'arrêter ça.

– Combien de fois ai-je entendu ce conseil ?

Silvin embrasse ma mère qui se met à sourire.

Ils se sont déjà croisés plusieurs fois et elle l'a toujours apprécié, même s'il est du genre provocateur et qu'il a un sens de l'humour bien lourd et bien grossier. Son humour noir nous a permis à tous de nous marrer aux pires moments de notre vie, alors je l'ai toujours kiffé, moi aussi.

– Comment ça va, mec ?

Je lui pose la question, genre cool, même si je sais qu'il en chie probablement plus que toutes les autres personnes présentes dans cette église. Comme c'était mon cas, la dernière fois.

Il s'éclaircit la gorge et cligne des yeux. Ils sont rouges. Il souffle un bon coup avant de me répondre avec un rire embarrassé :

– Ça va. Je... euh... C'est bon, je gère. Je préférerais être à Las Vegas devant une machine à sous avec une star du porno et jouer son fric.

– Notre rêve à tous.

Enchaîner sur sa blague en faisant attention à ne pas lui faire plus de peine. Parfois, il vaut mieux rester à la surface des choses, là où on peut faire comme si de rien n'était.

– Tu veux t'asseoir avec nous ? Ou tu as déjà une place quelque part ?

– Putain, Martin. C'est pas un concert.

Il se marre encore et vient s'asseoir à côté de ma mère.

Ce rire qui sonne faux, c'est la seule once de similijoie qui se manifeste dans cette église, même s'il masque une profonde tristesse. Une tristesse qui dégouline de partout. Elle s'insinue dans ton cœur et tu ne peux plus t'en débarrasser. Et ça se voit sur toi. Le poids de tout ce que tu supportes, qui s'est installé dans ton corps et pèse maintenant sur tes épaules.

Silvin soupire et s'affale sur le banc. Il se laisse lourdement aller contre le dossier de bois, comme pour lui refiler une partie de ce poids. Il regarde dans le vide, les yeux perdus dans un souvenir qui refuse de partir, l'empêchant de trouver la paix. Il est bien trop jeune pour avoir l'air si âgé, il a pris un sacré coup de vieux. Avant, on l'appelait tous « bébé joufflu » en y mettant l'accent du vieux Sud du mieux qu'on pouvait. Il vient du Mississippi et lors de notre premier déploiement, il avait l'air d'avoir quinze ans. Maintenant, on dirait qu'il est plus vieux que moi. Bébé joufflu, comme l'appelait tout le peloton, a beaucoup grandi depuis qu'il a reçu sur le visage ce qui semblait être des morceaux de thon cru tombés du ciel. Mon cerveau a eu besoin d'une seconde explosion pour accepter l'horreur de la réalité. En fait, ces morceaux de viande tombés du ciel étaient de la chair humaine, pas du poisson. J'étais si près de la cible qu'un doigt orné d'une alliance a atterri sur l'une de mes rangers. Le visage de Johnson a changé lorsqu'en se tournant, il a compris que son binôme, Cox, n'était plus là. J'ai vu un truc dans son regard, une petite étincelle qui s'est éteinte quand il a levé son arme et s'est remis à avancer. Il n'a plus jamais parlé de lui. Il a gardé le silence lorsque la veuve de Cox, enceinte, pleurait à son enterrement.

Quand j'y pense, c'est glauque de rejouer la même scène de funérailles.

Je me retourne pour essayer de voir une horloge. Ça ne devrait pas commencer ? J'ai envie que tout soit terminé avant d'avoir à réfléchir à ce que nous faisons ici. Les enterrements, c'est toujours pareil, du moins chez les militaires. J'étais gamin quand j'ai participé pour la dernière fois à une cérémonie pour un civil. Depuis mes classes, j'en ai fait au moins une dizaine d'autres. Dix fois à rester assis en silence sur un banc, à observer les visages de soldats qui regardent droit devant eux, les lèvres fermées, figées dans une expression tant de fois répétée. Dix fois que des enfants qui ne comprennent rien à la vie et encore moins à la mort se traînent aux pieds de leurs parents. Dix fois que des sanglots s'échappent de la foule. Heureusement, seuls la moitié d'entre eux étaient mariés et avaient une famille, alors il n'y a que cinq veuves éplorées dont la vie a été massacrée, bouleversée pour toujours.

Je me demande souvent quand le téléphone cessera de sonner. Combien d'années faudra-t-il pour qu'on arrête de se retrouver comme aujourd'hui ? On va continuer jusqu'à ce que nos cheveux blanchissent ? Est-ce que Silvin viendra à mon enterrement ou moi au sien d'abord ? Je ne me suis jamais débiné, comme Johnson que j'ai repéré du coin de l'œil. Stanson aussi, il tient son fils dans les bras, un nouveau-né. Il est toujours dans l'armée, mais même ceux d'entre nous qui sommes démobilisés, nous sommes quand même venus. Un jour, j'ai pris l'avion pour aller jusque dans l'État de Washington pour un type que je connaissais à peine, mais que Mendoza aimait bien.

Aujourd'hui, il y a plus de monde que d'habitude. Mais bon, le défunt était plus apprécié que bon nombre d'entre nous. Impossible de penser à son nom ni le prononcer, même dans ma tête. Je ne veux pas m'infliger ça, ni à moi ni à ma mère que je suis allée chercher à Riverdale. On a fait la route ensemble. Elle l'a toujours aimé. Comme tout le monde.

– Qui est cette femme, là-bas ? demande ma mère après avoir toussé.

Elle désigne une femme, mais je ne la reconnais pas. Je lui murmure que je n'en sais rien.

Le regard hanté de Silvin est dissimulé sous ses paupières closes. Je tourne la tête pour ne plus le voir. Ma mère insiste :

– Je suis sûre que je connais cette femme.

Un homme avance sur l'estrade. Ça doit être l'heure. Je la coupe :

– Maman. Ça va commencer.

J'essaie de repérer Karina dans la foule, elle doit être arrivée maintenant. Ma mère tousse encore. C'est de plus en plus fréquent, ces derniers temps. Ça fait maintenant deux ans qu'elle traîne cette toux, peut-être plus. Parfois, elle disparaît et on la félicite d'avoir arrêté de fumer. Parfois, sa toux est grasse et elle se plaint en disant qu'elle pourrait bien en profiter pour s'en griller une. Je me suis chamaillé avec elle la moitié de ma vie, depuis mes dix ans, quand j'ai entendu le médecin lui dire qu'elle allait perdre un poumon si elle continuait à fumer et qu'elle prenait déjà bien assez de médicaments comme ça. Elle se frotte un mouchoir en papier sur les lèvres quand sa toux s'approfondit. Ses yeux fatigués se ferment un instant avant de revenir se perdre dans le spectacle de cette estrade couverte de fleurs. Le cercueil est fermé, bien entendu. Personne ne voudrait que les enfants voient un corps à peine reconnaissable.

Putain, il faut que j'arrête. J'ai passé un nombre incalculable d'heures avec des psys qui devaient me réparer, alors on pourrait croire que je sais éloigner ce type de pensées, du moins un peu mieux que ça. Les techniques qu'ils nous enseignent ne marchent jamais. Mes sombres pensées sont toujours là, immuables. Je devrais peut-être demander au gouvernement de rembourser ma thérapie ? Ils l'ont payée, c'est normal, mais a-t-elle été efficace ? Pas du tout, à l'évidence. Ni pour Silvin, ni pour moi, ni pour le corps dans le cercueil sur l'estrade.

Quand je me mets à dérailler comme ça, ils m'ont répété ce même conseil :

« Comptez à rebours. »

« Comptez à rebours et pensez à quelque chose qui apaise et vous rend heureux. Sentez vos pieds, sentez-les sur le sol, bien ancrés. Vous êtes en sécurité maintenant, vous le savez. »

Quand j'ai besoin de trouver la paix, c'est à *elle* que je pense. Depuis que je l'ai rencontrée, c'est ce que je fais. Ça ne dure qu'un temps, ensuite, la réalité reprend le dessus et j'ai envie de me donner des baffes car elle n'est plus dans ma vie, et je m'enfonce encore un peu plus profond dans le marasme de mes idées noires.

Je n'ai pas le temps de finir ma séance d'autothérapie.

– Nous allons commencer, veuillez vous asseoir, je vous prie.

La voix de l'officiant est douce et neutre, sans affectation. Il doit probablement faire ça plusieurs fois par semaine.

Le silence s'installe et l'enterrement débute.

Après la cérémonie, alors que certains se mettent en ligne pour faire leurs derniers adieux, nous restons assis. Silvin croise mon regard et me montre un truc, comme s'il essayait de me dire quelque chose. Quand je lève les yeux, une personne me tape sur l'épaule. J'admets : l'espace d'un instant, j'espère que c'est Karina. Même si je suis certain que ce n'est pas le cas.

Et, bien évidemment, ce n'est pas elle. C'est Gloria qui se tient derrière moi, dans une robe noire ornée de fleurs blanches brodées sur le haut. Je crois que je l'ai vue dans cette robe une bonne dizaine de fois. Dix enterrements. Putain, cette journée est vraiment atroce, revoir Karina, Silvin aussi, perdre cette affaire en or : un quadruplex juste à la sortie de Fort Benning, et maintenant Gloria qui me rappelle toujours son mari.

Je me lève du banc et la serre dans mes bras. Elle répond à mon étreinte, se recule, puis me serre encore plus fort contre elle.

– Salut, Gloria.

– Hé, ça va ? Je me fais du souci pour toi. Tu ne décroches plus quand je t'appelle.

Elle grimace, puis ajoute dans un murmure en me regardant droit dans les yeux :

– Salaud.

– J'avais trop de boulot et tu sais que je déteste parler au téléphone.

Elle lève les yeux au ciel et reprend :

– Les gamins ont envie de te voir, ok ? Ils demandent souvent de tes nouvelles.

Les gamins. La culpabilité provoque une remontée acide dans ma gorge. Je baisse les yeux pour regarder ses pieds où le plus petit s'accroche d'habitude.

– Moi aussi, ils me manquent. Je devrais téléphoner plus souvent. Je suis un sac à merde.

Je lui souris et elle me confirme mon analyse d'un hochement de tête. Bref, elle lâche un peu la pression.

La chaîne autour de mon cou est lourde. Une des plaques d'identification est la mienne, l'autre la sienne. Je ne dois pas renoncer, devant les sentiments que m'inspire sa disparition, et être là pour ses enfants, comme je le lui ai promis. Je lui dois bien ça.

Un sourire aux lèvres, elle continue en me dévisageant :

– Tu es un véritable sac à merde. Mais Tonton Sac À Merde devrait quand même appeler de temps en temps.

De la paume de la main, elle touche ma barbe et reprend :

– Avec ce truc, je ne t'avais même pas reconnu.

– Ouais. Je suis un homme libre maintenant et j'ai décidé de me comporter comme tel.

– Tant mieux. Ça me fait plaisir de te voir. Même ici. Et toi...

Elle s'arrête pour regarder ma mère qui est en pleine conversation avec la femme qu'elle a reconnue tout à l'heure. Elle la serre dans ses bras et l'embrasse sur la joue. Les lèvres pincées, Gloria reprend en me regardant droit dans les yeux :

– Karina a l'air en forme. Comme toujours, mais là, elle semble...

Je détourne le regard alors qu'elle marque un temps d'arrêt avant de reprendre en souriant :

– On dirait qu'elle est heureuse. C'est ça.

Gloria a toujours apprécié Karina et j'ai entendu dire qu'elles se voient toujours, même depuis que j'ai quitté la base.

Je balaie rapidement l'assistance du regard pour chercher Karina. Ses cheveux sont redevenus bruns. Une couleur tout juste entre le châtain et le chocolat, comme elle me l'a dit un jour. C'est la teinte qu'elle choisit quand elle se sent bien dans ses baskets. Contrôler et changer la couleur de ses cheveux en fonction de ses humeurs est l'un de ses rituels. Elle a tout un tas de ces petites habitudes qu'elle utilise pour se discipliner tout en mettant ça sur le compte de la chance.

– Ouais, je suis content pour elle. Je l'ai vue ce matin.

Elle n'a pas besoin de me dire qu'elle est déjà au courant. Facile de le deviner en la voyant impassible. Je change de sujet de conversation.

– Bon, et sinon, les enfants sont avec toi ?

Elle lève les yeux au ciel, encore une fois, et répond d'un air blasé :

– Non. Ma mère est avec eux à Benning. Je me suis dit qu'ils avaient vu assez d'enterrements comme ça.

– Comme nous tous, non ?

– Ah, ça c'est sûr.

Une femme approche pour saluer Gloria. Elles semblent se connaître et commencent à discuter. Ma mère est toujours en pleine conversation, alors je cherche à nouveau Karina du regard. Comment se fait-il que je ne l'aie pas encore aperçue ? L'église n'est pas si grande que ça. Mais bon, elle sait très bien se fondre dans la masse, elle est douée pour ça. C'est l'un de ses « trucs ».

J'entends le nom de Mendoza dans la discussion et j'essaie de ne pas écouter Gloria faire comme si tout allait bien. Je l'ai trop entendue dire « merci » et « ça va ». Je suis triste qu'elle soit condamnée à vivre dans le passé. C'est difficile d'y rester et encore plus dur de le quitter. Je le comprends mieux que quiconque.

Je suis perdu dans mes pensées, quand la voix de ma mère transperce les mots murmurés et les condoléances échangées autour de nous. En pleine confusion, le regard troublé, elle me demande, alors que nous avons déjà eu cette conversation une centaine de fois :

– Mikael, où ta sœur veut-elle aller à l'université, au fait ?

– Au MIT.

Je m'adresse directement à la femme avec qui elle discute, et je la reconnais maintenant. C'est la maman de Lawson. Elle vaut tellement mieux que son fils, en même temps ce n'est pas difficile. Elle, c'est une belle personne. J'ai passé ces quatre dernières années dans le même peloton que lui et, deux déploiements en Afghanistan plus tard, je le connais bien mieux que sa propre mère. La guerre rapproche les gens, plus que tout, excepté la mort. Les deux vont main dans la main dans mon monde.

– C'est ça. Le MIT. C'est la plus intelligente de tout son lycée. Encore deux ans à attendre, mais ils seraient fous de ne pas l'accepter.

Ses cheveux s'échappent du truc clipsé qu'elle met toujours. D'un geste, je les écarte de son visage. Les boucles que je l'ai aidée à arranger ce matin sont retombées maintenant.

Le souvenir de Karina riant tandis que je me crame les doigts sur un fer à lisser brûlant envahit mon esprit. J'ai su que c'était la personne la plus altruiste et la plus attentionnée que je ne croiserai jamais quand elle m'a proposé de m'apprendre à coiffer ma mère le jour où elle a remarqué les brûlures sur ses mains. Parfois, elles tremblaient tellement qu'elle n'y arrivait pas toute seule, mais elle était trop entêtée pour demander de l'aide.

Je ne rentre pas à la maison aussi souvent que je le devrais, mais elle aime bien quand je m'occupe de ses cheveux. Elle dit que c'est ce qui fera de moi un bon père un jour. Karina m'a dit la même chose, avec une certaine étincelle dans le regard, comme si elle voyait déjà l'avenir. En fin de compte, c'est impossible et pareil pour ma mère, qui espère encore avoir des petits-enfants pour faire perdurer notre nom de famille. Peu de chance pour que ça arrive.

Je soupire et sors mon téléphone de ma poche, le vérifiant par habitude, tout en continuant d'observer l'assemblée. Il y a moins de monde maintenant, elle sera plus facile à repérer. Je finirai bien par être fixé : est-ce qu'elle n'est pas venue ou va-t-elle surgir du coin dans lequel elle s'est planquée. Enfin, si elle n'est pas partie en douce et, la connaissant, il y a de fortes chances pour que ce soit le cas...

– Je suis là, Dory.

La douce voix de Karina provoque en moi un choc et un sentiment de soulagement en même temps.

– Ah, te voilà. Tout le monde parle de toi et enfin je te vois.

Karina fronce les sourcils et commente d'un air désabusé :

– Des cancans dans le dos des gens, comme d'habitude.

Ses lèvres esquissent un sourire alors qu'elle serre ma mère dans ses bras. Puis ses doigts plongent dans ses cheveux et ouvrent sa barrette. De ses mains délicates, elle la recoiffe rapidement, exactement comme elle aime et, putain, bien mieux que je ne pourrai jamais le faire. Merde, elles en ont fait du chemin depuis qu'elles se connaissent ! Ça me rend dingue, je culpabilise, parce qu'avec tout ce qui s'est passé, Karina a disparu de la vie de ma mère maintenant. Pour Gloria, ce n'est pas pareil, elle a dix minutes de route pour aller la voir. Ma mère ne peut presque plus conduire.

– Vous voulez sortir ? C'est un peu étouffant ici.

Le vert de ses iris reflète les lumières des vitraux de l'église. Ma mère fait un pas pour suivre Karina, mais elles s'arrêtent toutes les deux et regardent derrière elles. Me voyant planté là, elles m'interpellent d'une seule voix :

– Alors ?

– Je vous accompagne ?

Je regarde Karina.

Elle me retourne la politesse, les lèvres légèrement entrouvertes, mais ne dit pas un mot.

Quand nous nous tournons pour y aller, mon portable vibre dans ma main. Je m'apprête à répondre quand je croise le regard de Karina, qui fusille mon téléphone, l'un de ses pires ennemis. Elle s'attend à ce que je décroche, comme je le fais toujours, alors j'ignore l'appel et garde mes yeux plongés dans les siens. Elle humecte ses lèvres et son visage trahit sa surprise, elle voit aussi ce geste comme une victoire. C'était juste l'un de mes fournisseurs, de toute façon.

Pour conforter ma position de mec qui essaie au moins de rester dans la course, je demande :

– On y va ?

Elle répond d'un hochement de tête et nous guide vers la sortie de l'église tandis que le tocsin sonne à la volée.

DEUX

KARINA, 2015

On sonne à la porte du spa et je me lève d'un bond de la chaise à roulettes sur laquelle je tournais doucement en rond. Plus d'une heure que nous n'avons pas eu de client et aucune d'entre nous n'a de réservation pour la journée, du coup je suis seule ici. J'ai fait la poussière et passé l'aspirateur, puis rempli les flacons d'huile dans toutes les cabines. Il n'y a absolument rien d'autre à faire que de regarder des trucs sur mon portable et j'essaie justement d'éviter de faire ça. Enfin, un client potentiel arrive pour me sauver de l'ennui ! L'homme qui approche de l'accueil a une mâchoire carrée très marquée, un peu comme un pitbull, et porte une casquette sur laquelle est écrit Alabama. Elle couvre ses cheveux bruns et son regard sombre. Il est grand, vraiment très grand.

Jetant un regard à la pendule sur le mur derrière la porte vitrée, je l'accueille :

– Bonjour, que puis-je faire pour vous ?

Il fait nuit, ça me fait flipper. Je déteste être seule au spa aussi tard dans la journée. Impossible de dire pourquoi, mais j'ai une affreuse sensation d'angoisse dans le bide qui ne me lâche plus ces dernières semaines. Pas moyen de m'en débarrasser. L'impression irrationnelle d'être sur le point de vivre quelque chose d'horrible me tombe dessus, remplit ma tête d'idées paranoïaques et me fait encore plus dérailler.

Le temps que le gars m'adresse la parole, je me suis déjà fait le film de mon assassinat deux fois. D'une voix rauque, il me demande :

– Vous avez des disponibilités maintenant ?

Mon estomac se retourne pour la troisième fois.

– Euh...

Je songe à lui dire que je n'ai plus de place pour la soirée, mais j'ai vraiment besoin d'argent, je dois régler ma facture d'électricité d'ici la semaine prochaine. En plus, il y a de fortes chances pour qu'il n'essaie pas de m'assassiner. Il ne sait pas que je suis seule ici et ce n'est pas plus mal. J'aimerais ne pas avoir à penser comme ça et, même si j'admets volontiers que je suis plus parano que la moyenne, je sais aussi, en tant que femme, que le danger n'est jamais loin. Désignant la liste de nos prestations sur le mur, je lui demande :

– Oui... Quelle sorte de soin envisagez-vous ?

Les coins de l'affiche plastifiée sont recourbés et certains prix sont à peine lisibles, car l'écriture brouillonne de Mali s'est estompée depuis l'ouverture du spa. J'essaie de temps en temps de repasser au feutre dessus pour redonner un coup de jeune à l'affiche défraîchie, mais ma boss n'en a strictement rien à foutre. Chaque fois que je lui propose de la refaire, elle lève les yeux au ciel. J'ai l'impression d'être la seule à m'en soucier.

– Une heure de massage si possible ? J'en ai sérieusement besoin. Mon dos est vraiment tout pourri, là.

Il se frotte la main sur le haut de la hanche pour me montrer, puis se contorsionne lentement.

– Je peux vous faire un massage d'une heure. C'est la première fois que vous venez ici, non ?

Je connais tous nos habitués, pas seulement les miens.

Il me le confirme d'un hochement de tête et je lui tends le formulaire à remplir pour les nouveaux clients. Ses ongles sont sales, ses mains si sèches que la peau craquelle et on aperçoit des anneaux blancs autour de ses doigts. Son visage semble plus jeune que ses mains, mais même en regardant droit dans ses yeux quasiment noirs, je serais incapable de deviner son âge. Je vois qu'il travaille dur et que soit il vient d'Alabama, soit il aime leur équipe de foot.

Pendant qu'il remplit la paperasse, je sors discrètement mon téléphone pour y jeter un coup d'œil. Une notification apparaît dès que je déverrouille l'écran. Instagram. J'ai deux nouveaux abonnés et trois personnes ont aimé ma dernière publication : une photo de pissenlit qui ressort au milieu de quelques brins d'herbe. Deux abonnés ? Je pourrais bien devenir une influenceuse avec mes douze followers. Une photo de mes doigts sur un fauteuil m'a valu une centaine de mentions, alors clairement, il ne faut pas grand-chose pour impressionner les gens sur Internet.

– Voilà.

Le type interrompt mes rêves d'être payée des centaines de milliers de dollars pour poster des photos esthétiquement plaisantes sur une application.

– Merci... euh... Brady. On peut y aller si vous êtes prêt.

Il acquiesce d'un signe de tête et je le guide vers ma cabine. Quand nous entrons dans le petit espace confiné, il me semble encore plus grand. Tellement que je dois lever la tête pour lui parler. Je mets la musique en route et fais le tour de la table pour allumer une autre bougie sur l'étagère.

– À part le bas du dos, avez-vous d'autres zones à problèmes sur lesquelles vous voulez que je me concentre ?

– La tête.

J'attends avant de répondre de voir si c'est une blague. Il me sourit un peu et, du coup, il fait un peu moins meurtrier en cavale avec ses fossettes. Je lui rends son sourire.

– On ne me paie pas assez pour ça, autre chose peut-être?

Il me répond d'un mouvement de tête négatif. Il n'est pas si effrayant que ça en fin de compte.

– Et pour l'intensité ? Vous préférez un massage de type suédois ou thaï ? Un travail des muscles en profondeur ou quelque chose de plus léger ?

Il semble perdu.

– Je ne connais pas la différence, mais normal, j'imagine ? Je ne me suis jamais fait masser.

Grrr. Soit je vais faire de lui un habitué, soit je vais pourrir sa première expérience. Je déteste ressentir ce type de pression. D'accord, je me la mets toute seule, mais ça me stresse quand même. Pourquoi suis-je toujours comme ça ? C'est épuisant. Je lui réponds en souriant gentiment :

– D'accord. Je vais vous laisser quelques minutes pour vous déshabiller. Placez vos objets personnels dans cette panière. Puis allongez-vous sur le ventre et recouvrez-vous du drap et de la couverture. Je reviens dans deux ou trois minutes. Mettez-vous à l'aise.

Je sors de la cabine et tire le rideau. Je me retrouve immédiatement à regarder mon téléphone, cette fois-ci pour relire ma dernière conversation avec Austin. Trois « **T'es où ?** » et plus tard un « **Si quelqu'un doit être vénère et ne pas répondre, c'est moi** », et depuis, rien du tout. Mon jumeau et moi n'en sommes pas à notre première dispute et il est arrivé que nous ne nous soyons pas adressé la parole pendant plusieurs semaines, mais là, c'est différent.

C'est un putain de menteur, pas seulement un mec qui raconte des bobards de temps en temps pour obtenir ce qu'il veut de ses parents ou d'une fille. Là, c'est un homme qui m'a menti, merde. Il s'est engagé dans l'armée avec l'aide de Kael, à qui je n'aurais jamais dû accorder ma confiance. J'aurais dû retenir la leçon là-dessus aussi. Mais bien entendu, j'ai été charmée, comme il l'avait prévu, et je me suis laissé utiliser alors que je n'étais qu'un pion dans son jeu avec mon père. Un jeu bien plus sérieux et complexe que je peux seulement l'imaginer, même maintenant. Je fais défiler la conversation depuis le moment où Austin faisait la route pour rentrer de Caroline du Sud, où il vivait avec cet oncle flippant et dégueu. On était tous les deux super-contents de se revoir.

– Euh... Madame ?

Le son de la voix du client m'a tellement fait flipper que j'ai fait un bond dans le couloir pour atterrir en pleine réalité. Je me murmure un « merde » à moi-même. Depuis quand suis-je là ? Aucune idée.

– J'arrive !

J'annonce ça sur un ton jovial, comme si j'avais attendu juste ce qu'il fallait. Puis je tire le rideau et me précipite vers la table pour m'occuper de ce nouveau client que j'ai un peu négligé. C'est certain, il ne reviendra jamais, pas même pour m'assassiner, et encore moins pour un nouveau soin.

– La position de l'appuie-tête vous convient ? Vous êtes à l'aise ?

Il répond d'un signe et je tire le drap pour mieux le couvrir avant de commencer. Alors que mes mains courent sur ses omoplates, mon esprit s'envole. Il sort de cette pièce, remonte le couloir, passe la porte d'entrée et retourne au même endroit que d'habitude, celui auquel je pense ces derniers temps.

TROIS

KARINA

Je suis rentrée à la maison juste après dix heures hier soir. Brady, mon nouveau client, était le dernier de la journée. Il a réservé un nouveau soin avec moi dans deux semaines et je remercie ma bonne étoile car il avait l'air plutôt content en repartant. L'heure de massage, durant laquelle mes pensées ont remonté une vie entière, est passée vite ; pourtant, quand je suis rentrée à la maison, le temps s'est mis à s'écouler aussi lentement que du miel cristallisé à température ambiante. Élodie s'était endormie sur le canapé, alors j'ai éteint la télévision en rentrant. Je me suis installée dans le fauteuil et mon regard s'est perdu dans les ténèbres du salon. Avant, j'avais tellement peur du noir que je traversais ma chambre en courant et sautais directement sur mon lit pour éviter tout ce qui aurait pu être caché en dessous. C'est encore un peu le cas maintenant. Je n'ai plus vraiment peur des fantômes ni du mec tapi sous le lit comme sous celui de la petite fille dans *Urban Legend*, le film que j'ai vu ado et qui m'a foutu une trouille monstre. Mais ce sentiment bizarrement flippant n'a jamais totalement disparu. Je passe ma vie avec des fantômes, morts ou vifs.

Élodie dort à poings fermés. Je me demande comment va sa relation avec Phillip, son mari, et quelle taille fait son bébé cette semaine. Si on le comparait à un fruit, ce serait lequel ? Je ne l'ai pas beaucoup vue ces derniers jours. J'ai bossé et j'ai dormi, pas grand-chose d'autre. Je m'étais promis d'aller dans mon petit magasin de loisirs créatifs préféré ces deux derniers samedis et j'ai passé les deux derniers vendredis soir à me dissuader de sortir le lendemain matin.

Sur le mur, la pendule égraine les heures. Il est dix heures et je suis à la fois crevée et tendue. Mon corps est épuisé, mais mon esprit refuse de s'arrêter. Je m'installe confortablement dans le fauteuil, avec un bon mal de crâne. On dirait que la maison est vide, même avec Élodie sur le canapé. C'est peut-être moi qui me sens vide ?

Je me suis confrontée à pas mal de trucs ces derniers temps et cette idée en est une. Ça et le fait que je n'ai pas beaucoup d'amis. Ma copine la plus proche est enceinte et voit de plus en plus d'autres épouses de soldats, ce que je comprends, mais ça ne m'aide pas à combattre cette sensation de solitude qui me consume à petit feu. En ce moment, je n'ai pas de famille. Oui, mon frère et moi sommes jumeaux, alors nous sommes liés à tout jamais, mais là, il est aux abonnés absents, comme toujours quand il déconne.

Le temps est un autre de ces trucs. Il y a deux mois encore, ma vie était complètement différente. Austin vivait en Caroline du Sud et j'entretenais avec mon père une relation un peu pénible mais plutôt calme ; rien de dramatique, donc. Je ne connaissais pas Kael, ce qui faisait que tout était plus simple, plus facile. Je n'arrive pas à croire qu'il est entré dans ma vie depuis si peu de temps et que, pourtant, il a si bien réussi à la foutre en l'air. Même assise dans mon salon plongé dans le noir, en pleine solitude, il vient faire un tour dans mes divagations. Impossible de m'arrêter de penser à lui, et une chose est sûre, ça ne m'aide pas. Je le connais à peine, ce type, et celui dont je viens de faire la connaissance est un putain de menteur. Pourquoi suis-je incapable de me rentrer ça dans le crâne ?

Je n'ai découvert le pot aux roses qu'il y a deux semaines : Kael s'était secrètement mis d'accord avec Austin pour lui faire signer un contrat d'engagement dans l'armée. Pour moi, il n'y a rien de pire et Kael le savait très bien. Il n'en avait juste rien à foutre.

Mes genoux commencent à trembler et je glisse mes mains dans mes cheveux. C'est à peine si la pendule a avancé, pourtant, je me suis repassé l'intégralité de la scène de notre rencontre et celle de notre rupture. La sensation de pluie battante sur ma peau ce jour-là ne me quittera jamais, même si je fais tout ce que je peux pour l'oublier.

Avant, j'étais douée pour l'oubli, j'avais même oublié que ma mère s'est barrée pour ne jamais revenir. Ouais, douée comme ça. Mais il y a quelque chose à propos de Kael qui ne me quitte pas et qui me torture. Je n'avais jamais compté les jours auparavant ni regardé fixement une horloge, juste pour la supplier d'avancer. Le temps m'obsède, je le sens. Je m'inquiète de ce type de fixette, j'essaie de ne pas tomber dans les travers de ma mère, mais quelque part, y penser ne fait qu'empirer les choses.

Des jours que ça dure. J'en suis arrivée à être obsédée par l'idée de ne pas m'obséder et je me retrouve inexorablement assise à la table de la cuisine, le regard braqué sur la pendule, à me demander si le temps pourrait accélérer un jour. J'ai envie de passer à la prochaine phase que l'on traverse quand on a le cœur brisé, celle durant laquelle tout le monde sur Instagram me prédira que je vais me forcer à sortir avec des copains pour boire un coup et rigoler jusqu'à en pleurer. Comme je ne suis pas trop du genre à pleurer et que je n'ai pas vraiment d'amis, tout ça me semble fort peu probable. Si seulement je pouvais en arriver à la phase où je n'irai plus espionner sa page Facebook et où je ne repenserai plus à la saveur de sa sueur sur ses lèvres quand il m'embrassait...

Je me lève du fauteuil pour me rendre dans la cuisine. Mon estomac gronde à la vue du le frigo. Impossible de me rappeler quand j'ai mangé pour la dernière fois. J'attrape du pain sur le plan de travail et m'installe à table. Il est complètement sec, mais je n'ai pas vraiment faim, alors je m'en fous.

Environ une heure plus tard, enfin à ce que je crois, je me sors d'une transe pendant laquelle j'ai revu Kael devant chez moi qui me déclamait de la poésie et avec qui je regardais les étoiles. On parlait d'elles. C'est si bon de me rappeler ces beaux souvenirs parce qu'ils font partie des quelques instants heureux que j'ai vécus et dont je me souviendrai avec bonheur.

Je lève la tête pour regarder le plafond et, plus loin encore, m'imaginer le ciel. La fissure qui zèbre le plafond est devenue énorme, elle a pris une forme d'éclair qui déchire toute la largeur de la pièce depuis la semaine dernière. Pourquoi l'Univers n'a-t-il pas pitié et n'attend-il pas le mois prochain pour ravager mon plafond, quand il ne devrait plus pleuvoir non-stop comme ces derniers jours ? Vu la chance que je me traîne ces temps-ci, ça ne m'étonnerait pas que le problème vienne du toit, mais je n'ai pas les moyens de le faire réparer.

Je triture les cuticules autour de mes ongles. Mon vernis est parti et j'ai commencé à m'attaquer aux petites peaux. J'essaie de m'en empêcher, j'ai même fait le truc que ma mère m'a appris quand j'ai eu mon premier crush : je m'assieds sur mes mains dès que l'envie se fait sentir. Ça ne marche pratiquement jamais, mais le souvenir de son conseil, lui, est bien présent.

Je me rappelle qu'elle était tout sourires ce jour-là, à cause d'un truc qu'elle avait reçu par la poste. Elle serrait le courrier contre elle en l'ouvrant et Austin et moi l'avons observée depuis les escaliers : elle regardait le ciel, comme si une lumière brillait en elle. Elle était si lumineuse, elle exprimait un tel sentiment de joie qu'avec Austin, nous nous sommes regardés, interloqués.

QUATRE

KARINA

J'ai eu la peur de ma vie quand je me suis réveillée la joue écrasée contre la table de la cuisine. Ma nuque est en vrac d'avoir dormi la tête à moitié dans le vide. Je la fais craquer puis effectue un mouvement circulaire, et mes rêves de la nuit me reviennent : *Austin et moi dans les escaliers, ma mère préparant des lasagnes avec nous tout en dansant sur du Alanis Morrisette...* et le souvenir d'un autre songe avec une fille en pleurs.

Il est quatre heures quand je sors enfin de mon rêve en sursautant, un sac en plastique contenant du pain à côté de la tête. Je referme le sac et me traîne jusqu'à ma chambre où je me laisse tomber sur le lit. Je ne prends même pas la peine de retirer mon uniforme.

Je reviens à moi en fin de matinée et, après une bonne douche, je me sens presque humaine. Élodie se prépare à sortir. Elle m'a déjà répété deux fois où elle allait, mais je suis incapable de retenir ce qu'elle m'a dit. De nous deux, c'est moi qui ai écopé des problèmes de mémoire liés à la grossesse, c'est une de nos blagues récurrentes. Je glisse une dosette dans ma vieille cafetière et attends que mon liquide vital remplisse le mug posé en dessous.

Par la fenêtre, je vois que le soleil est toujours caché et, quand je bois la première gorgée tout en picorant le pain rassis d'hier soir, il commence à pleuvoir.

– Je reviens bientôt, m'annonce Élodie en me serrant contre elle. Je vais juste faire deux ou trois courses.

– Tu as bien dormi ?

Elle sent les fruits et le linge propre. Regardant son frêle visage, je remarque son teint éclatant mais aussi ses yeux gonflés. Elle a besoin de se reposer.

– Kare, je suis désolée si tu nous as entendus nous disputer hier soir.

Son carré blond oscille avec sa tête. J'observe ses grands yeux bleus cerclés de rouge, ses lèvres qu'elle mordille et ses mains qui s'agitent devant elle.

– Phillip est juste... il est stressé parce qu'il est loin. Alors, on se dispute beaucoup. Mais il va bien. Tout va bien.

Je ne la crois pas une seule seconde, mais j'ai envie qu'elle se sente à l'aise et qu'elle vienne me parler quand elle en éprouve le besoin.

– Je n'ai rien entendu. En revanche, j'ai passé une partie de la nuit sur la table de la cuisine !

Je rigole un peu en haussant les épaules pour éloigner le souvenir des pleurs de la petite fille de la nuit dernière. Elle sourit aussi, visiblement soulagée.

– Ok. Je reviens bientôt. Il faut que j'aille bosser aussi.

Elle me fait la bise et sort précipitamment par la porte arrière. Je l'accompagne d'un « À plus ! » alors que la moustiquaire se referme déjà derrière elle.

Ça me bouffe qu'ils se disputent et j'espère vraiment que tout va s'arranger, mais si ce n'est pas le cas, je serai là pour elle et son bébé du mieux que je pourrai.

La vache, c'est flippant comme idée.

De toute façon, Élodie doit finir sa grossesse dans le calme, le plus de calme possible, pour que son bébé sorte dans le même état, et je vais faire tout ce que je peux pour que ce soit le cas.

Je lance une brassée de linge dans la machine et retourne dans ma chambre. Elle semble différente avec le matelas mis à nu, bien plus grande sans tous les coussins et oreillers sur le lit. Je bouge le bordel sur la commode, puis passe un doigt sur la poussière et finis par dessiner un cœur avec un K. Je fais toujours ce motif quand j'ai un bout de papier sous la main, il était déjà présent dans mon agenda de collégienne. La poussière s'accumule si vite dans cette petite maison, je n'en viendrai jamais à bout. Je ne suis pas meilleure avec la petite plante que j'ai posée sur la commode : mon succulent est mort.

Merde, je n'arrive même pas à garder en vie une plante dite increvable.

Je m'assieds sur mon lit et sors mon portable. Personne ne m'appelle, mais je continue à le consulter en permanence. J'essuie l'écran avec mon pyjama et le repose sur le meuble pendant que je m'habille. Je suis presque en nage quand je termine, l'humidité de cette matinée pluvieuse s'est infiltrée à travers les fissures autour des fenêtres. Ma chambre est comme un sauna, c'est vraiment la merde. J'allume le climatiseur posé dans un coin et l'éteins quasiment immédiatement. Ma facture d'électricité est déjà assez haute comme ça. Il faut que je sorte d'ici avant de passer ma matinée à refaire la déco pour rien.

La vaisselle. Je peux faire la vaisselle. On m'attend au boulot dans une heure et demie et je suis déjà en uniforme. J'ai du temps à tuer et je sais que si je ne m'en occupe pas maintenant, Élodie le fera. Pourquoi devrait-elle se taper le récurage des plats martyrisés par les lasagnes ratées l'autre soir ?

Je commence à faire couler l'eau quand son nom s'affiche sur l'écran de mon portable posé sur le plan de travail.

Tu veux du café ? Je suis presque rentrée à la maison.

Un coup d'œil à mon mug vide et je lui réponds. Plus j'ai de caféine dans le corps, meilleure sera ma journée. Je commence à trembler vers midi, mais c'est juste une phase dans ma routine quotidienne ces derniers temps.

Je songe à inviter Élodie à passer une vraie soirée avec moi ce soir en sortant du travail. Je pourrais nous prendre une table dans le seul restaurant de cette ville qui accepte les réservations. Je sais qu'elle apprécie leur viande. Ça nous ferait du bien de sortir de la maison, pour une fois. Ce serait également bien qu'elle sache que je recherche véritablement sa compagnie, que je ne fais pas que cohabiter avec elle et qu'on fait autre chose que de s'asseoir sur le canapé en essayant de rester éveillées, le nez vissé à nos portables respectifs. Elle a tellement vu ses autres copines ces derniers jours que je me demande si elle les apprécie plus que moi. Elle doit, puisqu'elle passe autant de temps avec elles.

Mais en fait, est-ce si mal que ça ? Pourquoi m'en soucier ? Elle a plus de points communs avec elles qu'avec moi. Je ne les ai jamais vraiment rencontrées, mais je sais comment ce type de groupe fonctionne. Elles peuvent être plus ou moins bien intentionnées. Je me souviens que ma mère était traitée comme une paria au point que ce rejet l'a incitée à se rebeller contre la manière d'être des femmes d'officier, la manière dont mon père voulait qu'elle se comporte en tant qu'épouse qui portait son nom, et mère de ses enfants.

Élodie et ma mère sont complètement différentes et les temps ont peut-être changé, mais ce qu'elle m'a raconté ne m'aide pas à modifier mon opinion. Élodie semble être une proie si facile pour les filles de ce genre, purement et simplement méchantes. Donc, ça n'aide pas. Sa gentillesse et son élégance sont naturelles, et son accent est si adorable que tout semble plus doux lorsqu'elle parle, mais tous ces facteurs font d'elle une étrangère. C'est nul, mais soyons réalistes, les gens sont assez cons. Ses amies d'avant se moquaient de son accent et essayaient de faire passer leurs remarques pour de l'humour. L'une d'entre elles en est arrivée à l'accuser de draguer son mari, à qui Élodie avait seulement fait la bise en public. Pour elle, ce geste était innocent. Elles se sont vite retournées contre mon amie et ont même écrit un post sur Facebook pour la critiquer, mais sans jamais dire son nom. Ces vieilles amies étaient de jeunes épouses de soldat, elles aussi, et je ne m'avance pas trop en disant que son nouveau cercle amical finira par faire la même chose.

J'ai appris qu'il valait mieux partir du principe que les gens étaient prévisibles. Oprah raconte que Maya Angelou[1] disait que quand une personne te dit qui elle est, le plus simple est de l'écouter. Même Estelle, la « parfaite épouse soumise » de mon père, est sujette à la tyrannie des ragots et des rumeurs et pourtant mon père est assez haut dans la hiérarchie ici, à Fort Benning. Elle habite l'une des plus grosses maisons disponibles pour son type de poste et il lui offre les plus beaux sacs à main que l'on peut trouver au PX[2]. Pourtant, elle donne tout ce qu'elle a dès qu'il s'agit d'organiser une vente de gâteaux ou un voyage à Savannah. Quoi qu'elle fasse, certaines femmes continuent de parler dans son dos, et dans celui de mon père aussi. Elles continuent de traiter ma mère de « folle », de « plouc », et de raconter comment elle a abandonné mon père. Certaines d'entre elles l'appréciaient, mais elles colportaient déjà qu'Estelle était probablement avec mon père avant que ma mère ne s'en aille. Leurs enfants entendaient tout ça et nous

1. Maya Angelou (1928-2014) est une autrice et militante pour les droits civiques américaine. (NdT, ainsi que pour les notes suivantes)

2. Le PX est un supermarché réservé aux militaires et à leurs ayants droit, où tous les produits sont vendus hors taxes.

le répétaient, à Austin et moi, à l'école. Mon frère s'est retrouvé au milieu de pas mal de disputes, voire de bagarres, avec d'autres gamins qui se mêlaient du mystère de la disparition de notre mère. Mais bon, ça suffit comme ça, mes histoires ; là, il s'agit d'Élodie et de trouver un moyen de la protéger de ces femmes blessantes.

Élodie trinque des deux côtés ; Phillip, son mari, s'est mis à l'appeler d'Afghanistan à des heures incongrues et on dirait qu'ils se disputent de plus en plus. Elle ne dort pas beaucoup, en tout cas pas autant que les semaines précédentes où elle ne faisait rien d'autre. Elle était tellement fatiguée l'autre jour que lorsqu'elle est rentrée à la maison après une réunion de femmes de militaires, elle a lancé *Netflix* et s'est endormie au beau milieu d'un épisode. Mais, à trois heures du matin, elle était parfaitement réveillée au téléphone. Elle a continué sa nuit sur le canapé car elle s'y sent moins seule que dans son lit, mais il faut dire qu'elle utilise un coussin de grossesse. Du coup, je me demande si j'échapperais à la solitude si j'en avais un, moi aussi.

Récemment, j'ai mis au point un nouveau principe de vie : chaque heure passée à dormir, c'est ça de moins à affronter ma vie merdique. Moins de chance d'avoir à parler sérieusement avec mon frère. Moins de chance de croiser Kael par hasard. Moins de chance d'avoir à me taper tout ce à quoi je veux échapper. Quand vient l'heure de quitter le travail ou que j'ai terminé d'arracher les mauvaises herbes dans le jardin, de faire le ménage ou même simplement de contempler la fissure au plafond, il est l'heure de dormir, de se réveiller et de tout recommencer. Le problème, c'est que toutes ces tâches abrutissantes ont l'effet inverse sur moi, mon esprit est loin d'être anesthésié. Je ressasse en permanence mes idées, et mes pensées tournent en rond quand j'essaie de comprendre comment et pourquoi tout s'est barré en sucette.

Comment se fait-il que seulement deux semaines se soient écoulées ? Quand j'étais avec Brien, mon unique ex à peu près comparable, nos ruptures ne m'ont jamais autant préoccupée. Sur le plan émotionnel, j'étais toujours la moins affectée, celle qui ne pleurait pas et campait sur ses positions quand je pensais avoir raison. C'est lui qui présentait des excuses. Du moins, au début.

Il m'a usée. Et maintenant qu'il est complètement sorti de ma vie, je sais que notre relation me semblait immense simplement parce que je n'avais jamais fréquenté d'autre homme avant lui. Dans son cas, il s'agissait plutôt d'un gamin qui prétendait être un homme. Enfin, la plupart des mecs que j'ai rencontrés entrent dans cette catégorie. Mais bon, ça doit être ça, de ne pas avoir résolu son complexe d'Œdipe !

Ce n'est pas la même chose avec Kael. Il est l'exception qui confirme presque toutes les règles. Il m'a prouvé que toutes les idées préconçues que j'avais sur les hommes et les relations amoureuses étaient fausses. Jusqu'à un certain degré.

Il a renforcé mon opinion sur un point, en revanche : faire confiance à des quasi-inconnus ne me mènera jamais nulle part. Et c'est pareil pour tous les gens que je connais, puisque je ne peux pas faire confiance à Austin, ni à mon père, ni à moi-même ces derniers temps.

Je ne veux plus penser à mon frère ni à sa façon de détruire sa vie. Ni à Kael. Ni au fait qu'il l'aide, lui aussi. Beurk, je pars dans tous les sens, mon cœur s'est mis à battre à toute vitesse pour essayer de tenir le coup.

De l'eau m'éclabousse les pieds. Baissant les yeux, je vois qu'elle déborde de l'évier. Mes chaussures sont mouillées et c'est ma seule paire pour aller bosser. Je me souviens à peine d'avoir ouvert le robinet.

Putain, mais je déconne ou quoi ?

Je dévie rapidement le jet pour éteindre l'arrivée d'eau et retire le bouchon d'évier pour le vider un peu avant d'attraper un torchon, de le jeter par terre et d'éponger l'eau avec mes pieds. J'ajoute une bonne rasade de liquide violet à la lavande pour étouffer la puanteur de la vaisselle sale. La poêle dont je me suis servie l'autre soir est tellement noire que je peux encore sentir l'odeur de fromage cramé qui s'en dégage. Mélangée à l'humidité, ce n'est vraiment pas le cocktail idéal.

Mes doigts parcourent la surface lisse de la porcelaine d'une assiette. Dans l'eau savonneuse, j'arrive à détecter l'inscription de la date à laquelle Estelle et mon père se sont juré de s'aimer jusqu'à ce que la mort les sépare.

Je suis surprise de constater que leur fragile cadeau a survécu aussi longtemps dans le foutoir de cette maison.

Cinq

KARINA

La porte de la cuisine s'ouvre sur la voix d'Élodie parlant sa langue natale. Elle semble contrariée, mais je n'arrive pas à comprendre ce qu'elle dit. J'ai appris quelques mots de français avec elle, mais rien qui me permette de suivre sa conversation.

Quand je lève les yeux vers elle, elle me mime un « désolée » et avance jusqu'au plan de travail. Ses bras sont chargés de sacs de courses, sans compter les cafés qu'elle nous a effectivement rapportés et qu'elle est sur le point de laisser tomber. Elle a mis son uniforme, tout comme moi, mais elle porte un coupe-vent par-dessus. Elle retire sa capuche. Ses cheveux blonds sont secs et rassemblés en un petit chignon. Attrapant un torchon, je m'essuie les mains et me dépêche de l'aider.

Les sacs pèsent plus qu'ils n'en ont l'air. L'un d'entre eux est rempli de papier cartonné, de colle et de ciseaux. Elle ne devrait rien porter d'aussi lourd. La voix de la femme à l'autre bout du fil se fait de beaucoup plus forte, criant presque, et Élodie éloigne le combiné de son oreille.

– Mes parents.

Je ne sais pas grand-chose d'eux, juste qu'ils n'étaient pas super-contents de voir leur fille quitter la France pour épouser un soldat américain. Les Français ne sont pas légion dans les communautés de militaires comme celle d'ici. J'ai connu beaucoup de femmes comme elle, venues d'Amérique du Sud, du Mexique ou même d'Allemagne, mais jamais de France.

La vie d'Élodie en Géorgie est complètement différente de ce qu'elle a dû connaître chez elle. Le mode de vie en Europe n'a absolument rien à voir avec celui du Sud des États-Unis. Tout ira mieux quand Phillip reviendra d'Afghanistan. Enfin, j'espère. Quand je repense à l'une de leurs dernières conversations sur Skype que j'ai surprise et à cette voix masculine tellement en colère, comme à la mine si abattue d'Élodie ce matin après leur dispute nocturne, je suis triste pour elle. J'espère que cette tension n'était qu'une mauvaise passe, comme tous les jeunes mariés en connaissent, l'une de ces disputes qui surviennent quand le mari est envoyé sur un théâtre d'opérations et que l'épouse restée à la maison est enceinte.

Mon optimisme est largement feint, j'en suis consciente.

Élodie avance vers la porte, toujours au téléphone, et je l'intercepte pour lui dire :

– Je m'occupe du reste. Commence à ranger.

Elle esquisse une ébauche de sourire, mais la personne au téléphone dit quelque chose qui l'interrompt dans son élan. Elle s'appuie contre un placard de la cuisine, active le haut-parleur et dépose l'appareil sur le plan de travail, puis coupe la parole à sa mère qui s'époumone. Je sors de la pièce pour aller chercher le reste des courses dans la voiture, espérant que la crise ne soit pas aussi terrible qu'elle semble l'être. J'espère aussi pouvoir aller assez vite pour ne pas me retrouver trempée par la pluie. Je n'ai jamais de parapluie ni d'imperméable sous la main quand j'en ai besoin. Jamais eu de bottes de pluie non plus. Je ne suis pas du tout parée pour affronter la vie au quotidien, mais exagérément prête pour l'improbable. Par exemple, je dispose d'un kit de survie en cas de tremblement de terre, totalement inutile en Géorgie. En revanche, j'aurais bien besoin d'une veste étanche pour me protéger des pluies diluviennes qui tombent ici, mais ça, non.

Quand j'ouvre la porte de la moustiquaire pour sortir, Élodie regarde son téléphone en face, la langue pointant entre ses dents. Je pousse un petit cri de stupeur quand la pluie me tombe dessus et accélère en essayant de ne pas glisser dans la boue. Dans le coffre ouvert, juste derrière les quelques sacs restants, se trouve une poussette. D'un vert assez clair, elle a l'air quasiment neuve, mais elle n'est pas emballée dans son carton d'origine. Parfois j'oublie que d'ici quelques mois à peine il y aura un autre être humain dans la maison.

M'arrêtant un instant, je la touche du bout des doigts. Puis j'attrape le reste des courses et cours pour rentrer par l'arrière de la maison. La riche odeur de terre mouillée emplit l'air humide, un de mes projets inachevés est sur le point de trouver sa conclusion dans le jardin. Les petits travaux de rénovation que je repoussais depuis si longtemps avancent lentement, j'ai même quasiment terminé le carrelage de ma salle de bains. Tout ça en une semaine, merde.

Névrotique ou responsable ? Peut-être un peu des deux.

Un camion s'arrête au stop juste à côté et mon estomac se retourne. Ce n'est pas Kael ni son camion, mais il m'a fait penser à son engin si bruyant et aux vibrations quand il se garait devant la maison. Le conducteur qui passe tourne au bout de la rue et ses grosses roues lancent des gerbes d'eau partout autour. Quel connard !

À rester plantée là sous la pluie comme un chien perdu, je suis toute mouillée maintenant. Je me dépêche de rentrer et claque la porte derrière moi. Élodie en a terminé avec sa conversation téléphonique, elle est assise à la table de la cuisine.

Elle pousse un gros soupir. Ses yeux se remplissent de larmes. D'une voix frêle et avec un accent plus marqué que d'habitude, elle m'annonce :

– Désolée pour tout ça. Ils veulent que je rentre à la maison.

– Quoi ? Qui ça ?

Je m'installe sur la chaise en face d'elle et essuie la pluie sur mon visage. Elle semble en plein choc et le bout de son nez est tout rouge. Elle a vraiment le teint pâle, sa peau est translucide, ses joues légèrement rosées.

– Que s'est-il passé ? Élo ? Ça va ?

– Quelqu'un... Quelqu'un a écrit à mes parents pour leur raconter des conneries et ils préfèrent croire un inconnu plutôt que moi...

– Comment ça ? Qui leur a écrit ?

– Quelqu'un sur Facebook a contacté ma mère pour lui dire que Phillip me trompait, et plein de trucs dingues.

– Mais qui ? Tu connais cette personne ?

Elle me répond sans me regarder :

– C'était un compte bidon. Tout est faux et complètement con. Je ne sais pas pourquoi quelqu'un ferait une chose pareille ni même comment ils ont pu trouver mes parents.

Je ne sais vraiment pas quoi dire. Ni par où commencer. Je pose alors une question rhétorique :

– Mais qui pourrait faire une chose pareille ?

– Cette situation est vraiment horrible.

Ses épaules commencent à trembler quand elle ajoute :

– Et mon médecin a appelé tout à l'heure. Il m'a dit que ma glycémie n'était pas bonne. C'est juste... tellement stressant.

Son téléphone se remet à vibrer et le mot « Papa » s'affiche à l'écran. Elle le retourne et l'éloigne d'elle avant de reprendre :

– J'en peux plus. C'est trop.

Elle presse ses doigts contre ses tempes. Sa poitrine se soulève au rythme du smartphone qui vibre sur la table.

– Ils pensent que je ne suis pas capable de faire ça. Être une épouse, une mère. Rien de tout ça. C'est déjà beaucoup et le bébé n'est pas encore là, ajoute-t-elle en se mettant à pleurer. Je n'ai même pas d'endroit où vivre avec lui. Je n'ai pas de berceau. Rien. Je ne sais même pas quoi faire.

J'approche ma chaise de la sienne et tente de la rassurer en étant aussi convaincante que possible :

– Je suis désolée, Élo. Tu seras une super-maman. J'en suis certaine. Je ne te dis pas ça comme ça. Je te connais et je sais ce que tu as dans le cœur. Tout va bien se passer.

Son bébé sera bientôt là et elle a besoin qu'on lui rende sa confiance en elle. Mais je pense chacun de mes mots. Je connais plusieurs types de mères : les bonnes, les mauvaises et les vraiment mauvaises.

– Karina, je suis sérieuse. Je suis toute seule, ici. Si j'ai le bébé et que Phillip n'est pas là ou se fait blesser...

Elle tremble vraiment sur sa chaise. Je me penche au-dessus de la table pour lui prendre la main. Elle est glacée.

– Tu es frigorifiée.

Elle hausse les épaules et répond avec émotion :

– Ça va. Peu m'importe d'avoir froid. Mes parents pensent que je ne vais pas m'en sortir. En gros, ma mère vient de m'annoncer au téléphone que mon père est d'accord avec elle. Ils m'ont dit qu'ils avaient très peur pour moi. Ils se disent effrayés. *Effrayés !*

J'essaie d'assimiler tout ce qu'elle me dit. Je suis un peu en colère contre ses parents. C'est un peu tard pour avoir cette conversation.

– Effrayés, c'est un peu fort. Je suis désolée pour toi. Ils ont tort.

C'est à peine si elle me regarde.

– Ils détestent mon mari maintenant. Ils pensent que c'est un menteur et qu'il a une liaison avec une autre femme alors que je suis toute seule ici.

Elle insiste sur le mot « seule » et je me sens un peu mal de ne pas l'avoir aidée à se sentir entourée. J'ai mal pour elle d'être confrontée à autant de dureté de leur part. Ça me rappelle un truc que disait Kael : « *Quand certaines personnes pensent avoir raison sur un sujet, elles doivent savoir à qui elles s'adressent et déterminer comment communiquer avec les autres individuellement.* » Encore une perle de sagesse du poète en personne, Mikael Martin.

Éloignant Kael de mes pensées, je réponds à Élodie :

– Tu n'es pas toute seule.

Je ne sais pas combien de temps s'est écoulé depuis qu'elle a fini sa phrase. Elle me regarde et je sais que ses yeux ne mentent jamais. Cette fille triste est en train de se briser, là, devant moi, je le sens, je le lis dans son langage corporel.

– Je t'ai, toi. J'apprécie notre amitié et je t'aime beaucoup, mais j'ai grandi dans une famille nombreuse, entourée de beaucoup d'amis. Et puis, toute ma vie est là-bas. C'est un peu mieux ces derniers temps, depuis que j'ai quelques copines.

Elle marque une petite pause et semble se forcer à reformuler ses pensées. Un sentiment de culpabilité bouleverse les traits de son visage.

– Mais mon bébé n'aura pas de famille ici. Et comment vais-je pouvoir travailler ? Je ne peux pas payer la crèche sur mes heures de travail actuelles.

– Élo. On habite ici. Je garderai le bébé pendant que tu travailleras, je ferai en sorte que nos horaires soient décalés.

Cette solution rapide me rappelle aussi que notre arrangement actuel ne va pas durer.

– Karina, quand Phillip rentrera, j'habiterai encore plus loin du boulot.

– Tu pourras toujours déposer le bébé ici.

– Tu ne peux pas résoudre ce problème pour moi, Kare. Je sais que tu en as envie et que tu ne peux pas t'en empêcher, mais tu ne peux vraiment pas m'aider sur ce plan. Je n'aurais peut-être pas dû me marier. Je suis venue ici si rapidement, sans savoir comment était la vie aux États-Unis ni à quel point j'allais rester seule. Ma mère a raison, je le connaissais à peine quand j'ai sauté dans l'avion pour le rejoindre et je suis tout de suite tombée enceinte. On était dingues, non ?

Sa voix se brise et elle lève ses bras en l'air sur sa dernière question, comme si elle demandait une réponse au ciel.

Ses larmes redoublent. Je vois bien à quel point elle essayait de se contrôler, mais elle n'en est plus capable. Comme un besoin de son corps, elle s'effondre sur sa chaise, en sanglots.

Les larmes roulent sur ses joues et sa peau se teinte de rougeurs. Une main sur le ventre, elle est prise de haut-le-cœur. Je ne sais pas quoi lui dire pour qu'elle se sente mieux. Elle a peut-être raison : je ne peux rien faire pour elle. Tout ça est hors de mon contrôle.

– Je ne peux même pas me payer un billet pour rentrer à la maison. Merde, qu'est-ce que je vais faire ? Ils sont tellement en colère et, maintenant, ils me font douter de tout.

Quelques secondes passent avant qu'elle ajoute, toute à sa panique :

– J'ai tellement peur.

Elle se livre complètement à son chagrin, elle s'étouffe dans ses larmes et tousse tant qu'elle peut. J'attrape un verre d'eau aussi vite que possible et l'observe le boire d'un trait. Puis elle se tapote le torse.

– Ma poitrine me fait si mal. J'ai l'impression que ma tête va exploser aussi. Je...

Les larmes ont cessé de couler, mais son corps réagit encore comme si elle continuait à pleurer. Ses épaules sont secouées de sanglots. En quelques secondes, elle est emportée par sa panique et je l'observe passer en mode maman inquiète qui plaque sa main sur son ventre. J'essaie de lui proposer un autre verre d'eau. Elle répond d'un signe de tête négatif, prenant de grandes inspirations tout en sanglotant sans pouvoir s'en empêcher.

Ses soupirs sont si forts qu'ils couvrent presque le bruit de la porte de la cuisine qui s'ouvre sur Austin, débarquant comme si de rien n'était et que nous nous parlions encore.

La scène qui se déroule devant moi a de quoi me faire tourner la tête.

SIX

KARINA

On dirait qu'Austin n'a pas dormi de la semaine. Il a une tête de porc-épic avec ses cheveux blonds en bataille trempés par la pluie qui commence à dégouliner aussi sur son front.

Et le voilà, vêtu d'un T-shirt bleu et d'un jean noir déchiré au genou, l'air complètement paumé.

Le voir dans cet état fait monter ma colère d'un cran. En plus, ses baskets noires couinent sur le sol de la cuisine à chaque pas. Je m'approche de lui.

– Mais putain, qu'est-ce que tu fous là ?

– Kare, allez...

Son regard fatigué se porte alors sur Élodie, toujours assise à table, et il se précipite vers elle. Mon cœur bat à toute vitesse, ça y est, j'en suis presque au stade de la rage. Mais il se tourne vers moi et me crie dessus :

– Putain, c'est quoi ce bordel ? Tu vas bien ? Elle va bien ?

– *Dégage,* Austin. Sors de chez moi. Là, c'est du sérieux. On pourra s'occuper de notre merdier plus tard.

Incroyable. Il ose tout. Il ressemble à notre mère sur ce plan.

À notre père aussi, c'est juste dingue.

À cet instant, il a l'air bien plus jeune qu'il ne l'est réellement. Il n'a jamais été du genre à contrôler ses émotions, nous sommes vraiment jumeaux sur beaucoup d'aspects de notre personnalité, mais pas sur celui-ci. Sa façon de regarder Élodie me fait penser à ce petit garçon aux yeux verts qui avait tant pleuré lorsque l'ordre de mission à l'étranger de son papa avait été avancé de six mois. Il pleurait chaque fois que notre père partait. C'était le contraire pour moi ; en grandissant, je me sentais soulagée à chacun de ses départs, même si je ne l'admettrais jamais en public.

Il s'adresse directement à Élodie, repliée sur elle-même du mieux qu'elle peut :

– Ça va ?

Son corps est secoué de tremblements et elle protège son ventre de ses bras.

– Mon ventre, c'est bizarre... Le bébé... Mais je ne veux pas en faire des tonnes, ce n'est peut-être rien du tout.

– Tu es enceinte et tu n'as pas l'air d'aller bien. On peut appeler ton médecin ou quelqu'un en particulier ?

J'essaie de trouver qui pourrait nous aider. Ce n'est pas comme si je pouvais demander à ma mère. Ou à Estelle.

– Il faut immédiatement la conduire à Martin, annonce mon frère.

– Qu'est-ce que...

Je m'interromps. Bien sûr, mon frère parlait de l'hôpital de la base, qui porte le même nom que Kael. Il précise d'ailleurs immédiatement :

– L'hôpital.

Je réponds à Austin en l'envoyant chier :

– Je sais ! Je pensais à autre chose.

Je flippe complètement à l'idée qu'Austin puisse croire que je pense à Kael. En imitant le ton professionnel d'un médecin, Austin commence à fanfaronner :

– Sur une échelle de un à dix, pouvez-vous qualifier votre...

Élodie l'interrompt en s'exclamant, entre deux respirations hachées :

– Tu n'as rien de mieux pour te faire passer pour un médecin ?

– Non. Désolé. Je ne suis pas le Dr Stewart ou je ne sais plus trop comment s'appelle Patrick Dempsey dans la série.

Austin a réussi à faire rire Élodie, pourtant toute couleur semble avoir quitté son visage. Nous rions tous un peu bizarrement.

Dans ma tête, c'est la panique, mais j'essaie de rester calme et joyeuse en apparence. Et je me marre vraiment. Je me sens à la fois vide, entière et inquiète, comme si tout allait bien. Oui, les émotions sont bizarres comme ça. Comment pouvons-nous sentir autant de choses différentes à la fois ? Cette capacité des humains à éprouver tant de choses à la fois... Le simple poids de toutes ces choses qui pèsent sur mon cœur me fait l'effet d'une lourde punition divine envoyée par un dieu cruel et dénué d'empathie. Être hypersensible vous condamne à tant de souffrances, de problèmes, de traumatismes, d'amour sans retour, et à perdre le contrôle. Tout ça pour une seule et même personne. Bon, il y a ça, et aussi le risque qu'Élodie accouche d'un très grand prématuré dans ma cuisine.

Mon esprit passe du coq à l'âne, et elle, elle se marre en pensant à *Grey's Anatomy* !

Entre deux lourdes respirations, une main posée sur le ventre et le dos fortement cambré, Élodie continue sur sa lancée :

– De toute façon, je suis plutôt branchée Doug Ross.

– Je ne sais pas qui c'est, mais...

– Comment, tu ne sais pas qui c'est ? demande-t-elle, ébahie. C'est une série américaine avec George Clooney, et tu ne sais pas qui c'est ?

– Euh, allô ?

Il a fallu que je m'y reprenne à trois fois dans ma tête avant que ça ne sorte. Tous deux me dévisagent. Élodie est aussi pâle qu'un fantôme maintenant.

Elle semble se reprendre avant même que je doive la forcer à revenir à la réalité :

– Ok, ok. On devrait y aller.

– Voilà. Élodie, tu peux te lever ? On devrait aller direct aux urgences, non ? Attends, je demande à Google. Juste pour voir...

Je sais qu'elle est en pleine crise d'angoisse et que ça passera probablement rapidement, ou que ça pourrait empirer, on ne sait jamais. Avec ce bébé qui grandit, mieux vaut éviter de prendre des risques. D'autant plus que son médecin l'a appelée il y a une heure à peine pour lui parler de ses résultats d'analyse préoccupants. Quelques secondes de recherche sur mon portable plus tard, j'ai la confirmation que nous devons nous rendre aux urgences.

– Voilà, c'est confirmé. On y va, Élo.

Son téléphone se remet à vibrer et la photo de son père s'affiche à l'écran. Je vérifie qu'elle ne me regarde pas et j'ignore l'appel avant de retourner discrètement l'appareil.

Elle me répète qu'elle va bien, mais je lui montre d'un signe de tête que je ne suis pas d'accord et lui réponds :

– On doit juste voir si le bébé est en forme, d'accord ? Ça ne sera pas long. Je vais t'y conduire tout de suite.

– À cette heure-ci, il n'y aura pas trop de monde aux urgences, la rassure Austin. Je vais venir moi aussi.

Entre deux halètements, elle accepte enfin.

Les urgences de l'hôpital de la base sont *toujours* blindées, mais je ne dis rien car Élodie a besoin d'entendre des choses qui l'aideront à se sentir mieux. Mentir ou dire la vérité, peu importe. Austin se penche alors pour passer ses bras sous les jambes d'Élodie et la soulève comme si elle ne pesait pas plus qu'un sac de courses. Elle proteste :

– Je peux marcher.

Mais elle ne fait rien pour qu'il la repose par terre. De toute façon, si elle avait essayé de se déplacer seule, je l'en aurais dissuadée.

Il lui indique d'un signe de tête que ça ne le gêne pas. Je lui remets sa capuche en place pour la protéger de la pluie, et elle soupire. Élodie dans les bras, Austin traverse la cour pour rejoindre la voiture et, pendant ce temps, je cherche mes clés. Elles sont depuis le début dans la poche de mon uniforme. Mes mains tremblent alors que tout semble normal. Enfin pas normal, mais pas comme dans les films où les gens crient et courent dans tous les sens quand la situation est complètement chaotique.

En mettant les mains dans mes poches, je prends conscience qu'il faudrait que j'aille travailler, genre maintenant.

Vie de merde.

Je cours vers la voiture et ouvre la porte arrière. Austin la dépose délicatement sur la banquette. Je m'assure qu'elle est confortablement installée et dois vraiment me forcer pour ne pas dire à mon frère de s'asseoir à l'arrière, ou mieux encore de retourner d'où il vient. Où que ce soit. Visiblement, il l'aide à se sentir mieux, peut-être parce qu'elle pense que je ne sais absolument pas quoi faire. Et elle aurait raison. Mais ce n'est pas comme si Austin le savait plus que moi. Je ne sais pas pourquoi, mais elle semble plus calme maintenant, alors que sa tête repose sur son épaule et qu'elle cache son visage dans ses mains.

Lorsqu'il ouvre ensuite la portière passager, je pousse un gros soupir. J'espère qu'il l'entendra. Puis j'entre à mon tour dans la voiture. J'allume immédiatement l'autoradio et regarde à nouveau comment elle va. Elle pleure sur la banquette arrière. Austin a le regard perdu dans le vide et il remue les jambes, comme toujours lorsqu'il est inquiet. J'ai l'impression que ses lèvres bougent, mais je n'entends rien. La voix de Ryan Seacrest à la radio est plus forte. Je ne sais pas quoi leur dire, ni à l'un ni à l'autre, alors je me contente de conduire en silence.

Juste au moment où je prends la bretelle de l'autoroute, le voyant « moteur » s'allume sur le tableau de bord.

Et en plus, il pleut des cordes.

C'est bien connu. Un malheur n'arrive jamais seul.

Essayant de couvrir le couinement des essuie-glaces, je demande d'une voix forte à mon amie :

– Élo, tu as ta carte d'identité militaire ?

J'espère bien que c'est le cas, parce qu'ils sont capables de nous demander de faire demi-tour si elle n'a pas ses papiers sur elle, même avec une femme enceinte en train de souffrir dans la voiture. Tout dépend de l'humeur du garde. Même avec son visage baigné de larmes et son gros ventre, rien ne pourrait les faire changer d'avis.

– Je l'ai prise en passant à côté de la télé, nous annonce Austin. Bon, Kare...

– *Stop*. Pas maintenant.

Il serre ses mains l'une contre l'autre sur ses genoux. Je lui ai coupé la parole, mais pour bien insister, je jette un coup d'œil à Élodie dans le rétroviseur. Elle a les yeux baissés sur son ventre et son visage est ravagé par les larmes. Elle croise mon regard et me dit :

– Je n'avais jamais eu de crises comme ça avant de venir habiter ici. C'est vraiment le bazar dans ma vie, ces derniers temps.

– Ta vie était vraiment différente. Et puis, tu n'avais pas non plus de mari à la guerre ni de bébé de la taille d'un ananas dans le ventre.

Son regard se charge d'un peu d'espoir et elle esquisse une ébauche de sourire pour me répondre :

– Oui. C'est vrai, ça. Désolée de gâcher la journée de tout le monde.

– On arrive dans dix minutes environ.

Son regard croise le mien dans le rétroviseur. Elle a arrêté de pleurer, mais ses épaules tremblent encore.

Austin essaie de poser sa main sur la mienne. C'est un geste qu'il avait l'habitude de faire quand nos parents se disputaient en voiture, sur le chemin du retour le dimanche. Généralement de retour d'un week-end « fun » en famille que ma mère nous imposait. Elle avait du mal à rester longtemps à la maison, un peu comme mon père avait du mal à la supporter, elle. Un peu comme si nos parents ne pouvaient pas supporter de rester l'un à côté de l'autre un week-end entier. Alors, le temps du retour d'une escapade, le dimanche soir, ils finissaient par se hurler dessus dans la voiture. Tout commençait toujours par une « blague » de mon père et se terminait par une porte claquée ou alors ma mère dormait sur la balancelle devant la maison. Juré, elle préférait rester là plutôt qu'à l'intérieur de cette baraque du type « modèle standard attribué aux officiers ». Elle ne s'y est jamais réellement sentie chez elle.

Si Austin et moi partageons un lien si fort, c'est en grande partie à cause de nos parents ; c'est aussi de leur faute si nous nous rejetons parfois l'un l'autre. Là, quand je retire brusquement ma main pour lui échapper, le méchant de l'histoire, c'est lui. Il incarne notre père. Même si je suis certaine que mon père a quelque chose à voir dans sa décision de s'engager, je ne peux pas lui en vouloir directement. Ni à lui ni à notre mère. Austin m'a trahie et je refuse qu'il me touche. Je ne veux même pas de lui dans ma voiture.

Mon frère pose sa tête contre la fenêtre et regarde droit devant lui. Je connais cette expression. C'est celle de la désolation la plus complète, de la terrible envie d'être pardonné, voire soutenu. Mais je ne peux rien faire pour lui. Ce n'est pas comme s'il avait crevé un pneu de mon vélo ou décapité l'une de mes poupées. Rien à voir avec notre situation actuelle. Le jour et la nuit. Et ça fait du bien de lui rendre la monnaie de sa pièce, de le blesser comme il m'a fait mal, de ne pas céder ni lui pardonner juste parce que je n'aime pas le voir triste.

Il a pris sa décision, malgré toutes nos promesses d'enfant. Il va bientôt être envoyé en formation pour faire ses classes. Ensuite, il sera expédié en Irak, en Afghanistan ou dans un quelconque pays que nous venons d'envahir. C'est sûr et certain, il va en souffrir, comme j'ai toujours souffert de ma relation avec l'armée, mais je ne suis pas prête à lui parler. Peu importe le nombre de fois où j'ai surveillé mon téléphone pour voir s'il ne m'avait pas contactée ou pour relire notre dernière conversation, je ne suis pas vraiment prête à me lancer dans cette dispute.

Nous finissons la route en silence, souffrant tous les trois de notre côté, chacun à notre manière.

SEPT

KARINA

Il a fallu attendre quasiment une heure avant que l'infirmière appelle Élodie.

Elle s'est levée et je l'ai suivie, passant devant des enfants enrhumés aux joues rouges, des soldats en uniforme plongés dans leur téléphone, toutes ces personnes aussi le portable vissé à la main, dont beaucoup de parents au bout du rouleau accompagnés d'enfants surexcités. La salle d'attente est immense et si déprimante que nous avons gardé le silence pendant tout ce temps.

Austin est resté avec nous non-stop, montrant à Élodie des photos de bébés moches trouvés sur Facebook. Il l'a fait rire, mais ça ne veut pas dire qu'il est devenu un saint. Quand je me lève pour la suivre, il m'interpelle de son siège.

Je me tourne vers lui et lui assène un regard qu'il peut interpréter de plusieurs façons, soit *Va chier*, soit *Le correspondant que vous essayez de joindre n'est pas disponible pour le moment...*

Qu'il choisisse ce qu'il veut, rien à foutre.

Derrière la porte, un enfant tousse, une de ces toux grasses qui me fait penser à une scène tout droit sortie d'un film d'horreur. Nous passons devant trois pseudopièces séparées par des rideaux, n'offrant pas trop d'intimité à ceux qui doivent s'y faire soigner. Côté dignité, on repassera. Je déteste les hôpitaux, comme tous les lieux me faisant comprendre que j'ai perdu ma liberté. J'ai mal au cœur quand j'entends l'enfant à la toux grasse pleurer de ne pouvoir s'arrêter.

Lorsque nous parvenons à la « salle d'examen » d'Élodie, l'infirmière la pèse et prend sa tension avant de me demander de sortir. Je cherche la confirmation de mon amie qui me dit d'y aller d'un hochement de tête.

De toute façon, je dois appeler Mali et je commence à péter un câble. Elle a déjà tenté de me joindre trois fois, elle va me tuer. Elle a aussi laissé un message et puisque je vais me faire défoncer en l'appelant, pas besoin de l'écouter. Elle va être furieuse, j'ai déjà quarante minutes de retard.

Adossée au seul véritable mur que j'ai pu trouver, je tente de joindre ma patronne qui ne décroche pas. Je soupire d'agacement, mais je suis plutôt soulagée de n'avoir qu'à lui laisser un message. Sauf que, à peine l'annonce du répondeur terminée, j'entends le signal de double appel qui me dit qu'elle tente de me rappeler.

Après avoir pris une grosse inspiration, je décroche et lui raconte ce qui s'est passé et lui annonce que je peux arriver d'ici une heure, mais qu'Élodie ne pourra pas venir de la journée. Elle rétorque que, toutes les deux, nous lui avons fait perdre deux nouveaux clients, mais juste avant de raccrocher, elle me demande de dire à Élodie qu'elle espère que ce n'est pas grave. Cette attention de sa part me fait sourire.

Je pourrais envoyer un SMS à mon frère pour éviter d'aller lui parler dans la salle d'attente et sortir en douce par une autre entrée. Je ne suis pas prête à avoir cette fameuse conversation avec lui. Pourquoi avoir fait ça et pourquoi me l'avoir caché ? Je suis déjà tellement crevée et je ne sais même pas quoi lui dire. Oui, j'ai besoin de réponses, mais là, je ne suis pas sûre d'être capable de les entendre. Je pourrais essayer de tout ignorer, mais on est dans la vraie vie, avec des vraies gens, et d'un certain côté, j'ai besoin de savoir, de comprendre tout ce qui nous est arrivé, et aujourd'hui. Si je connaissais la part de responsabilité de Kael dans sa décision de s'engager et s'il me confirmait que je suis bien la victime d'un jeu pervers pour se venger de tout ce que mon père a pu faire subir à Kael et à ses amis, je me sentirais mieux. Enfin, j'espère.

Ai-je envie de tout savoir ? Pas vraiment. Est-ce que ça m'aidera à me sentir mieux ? Probablement pas. Vais-je réussir à les éviter tous les deux pour toujours ? Malheureusement, non. En revanche, je dois pouvoir y parvenir aujourd'hui.

Comme par hasard, mon frère débarque comme une furie dans le couloir. J'ai du bol, l'infirmière un peu rébarbative qui s'occupe d'Élodie sort de la salle et me demande de la suivre.

– Elle vous demande tous les deux.

L'infirmière fait signe à Austin de m'accompagner, ce qui me va, on ne pourra pas aborder nos problèmes derrière le rideau.

Assise sur le lit, son haut remonté sur la poitrine, le ventre à nu, Élodie a l'air si jeune. On lui a posé ces gros élastiques beiges avec des capteurs au bout pour monitorer le bébé. Elle ne pleure plus, elle a même l'air calme. Fatiguée, mais calme.

Je m'installe au bord du lit et lui attrape la main. Elle est si pâle que le bleu foncé de ses veines est impressionnant, sa peau en prend même une teinte grisâtre. En regardant d'un peu plus près, elle paraît malade sous la lumière des néons. J'en ai la nausée, mon estomac se retourne. J'ai tellement l'habitude de son teint frais aux joues roses, même l'éclat qui normalement habite son regard est absent.

Posant une main sur son ventre et désignant la poche de perfusion à côté d'elle de l'autre, elle m'annonce :

– Le bébé va bien. Je dois juste contrôler mon stress. Mais le bébé va très bien. Je suis simplement déshydratée, alors ils me donnent ça.

Je pousse un gros soupir de soulagement quand un médecin, qui visiblement était là depuis le début, nous interpelle :

– Vous êtes le fils Fischer ?

Je me retourne vers lui et le vois regarder Austin qui se tient dans un coin de la pièce, les bras croisés sur le torse. Mon frère lui répond « non » avec une telle nonchalance et une telle innocence que je le croirais presque. C'est vraiment un excellent menteur.

Élodie baisse les yeux pour éviter le mensonge. Je dévisage le médecin, mais je ne le reconnais pas du tout. Austin regarde son téléphone, comme si cette conversation n'avait pas lieu.

L'inconnu ne semble pas convaincu, mais accepte la déclaration de mon jumeau d'un hochement de tête. Mais moi, je veux savoir :

– Pourquoi ?

Austin tourne brusquement la tête vers moi, clairement mécontent de me voir prolonger cet échange alors qu'il avait réussi à l'éviter.

Au même moment, une infirmière passe la tête par le rideau et s'adresse au médecin :

– On a besoin de vous, Docteur. Un bras cassé.

Il nous regarde tous les deux un instant avant de sortir. J'assassine mon frère du regard et lui demande :

– Tu le connais ? C'était quoi, ça ?

– Je crois que c'est un ami de papa.

– Alors, pourquoi as-tu menti ?

Il me répond d'un haussement d'épaules et enchaîne :

– Bah, comme je t'ai dit, il est pote avec notre père.

Austin me regarde comme si cette simple vérité suffisait à tout dire. Je n'arrive alors qu'à lui répondre :

– En tout cas, tu mens facilement. Je me demande de qui tu tiens ça.

Mon frère s'approche de moi et, les bras en l'air, et murmure sur le ton du désespoir :

– Je ne t'ai pas menti !

– Tu t'es engagé dans cette putain d'armée sans m'en parler !

J'essaie de parler à voix basse, mais je n'arrive plus à contrôler mon agressivité. Ma colère monte d'un cran. La tête basse, mon frère pousse un soupir avant de se lancer :

– Karina, je savais que si je t'en parlais, tu péterais un plomb, c'est exactement ce que tu es en train de faire. Je me demande de qui tu tiens ça.

Je me prends ses mots en pleine tête et sens ma colère prête à déborder. En gros, il m'accuse d'être comme notre père. C'est l'un des trucs qu'on fait super-souvent : essayer de comparer l'autre à l'un de nos parents, juste pour le blesser.

Élodie, de son côté, nous regarde à tour de rôle avec patience. Je lui presse doucement la main pour la rassurer. Une scène familiale est bien la dernière chose dont elle a besoin.

– Va te faire foutre, Austin. Ce n'est pas le moment.

Puis je me tourne vers mon amie :

– Je suis tellement contente que le bébé aille bien. Je m'inquiétais pour toi. Pour vous deux.

Elle me rend mon geste en l'accompagnant d'un hochement de tête.

– Moi aussi. Désolée d'avoir causé tous ces ennuis. Ils me font des examens et surveillent le cœur du bébé.

Elle lève les yeux vers les machines alignées sur le mur, à la tête de son lit.

– Il n'y a pas de quoi être désolée. Tu n'as rien fait de mal.

Pourquoi les femmes se sentent-elles toujours obligées de présenter des excuses pour des choses qu'elles ne peuvent pas contrôler ? Moi la première. Élodie le fait aussi, ma mère...

– Je crois que c'est un tout. Mes parents. Phillip... Il est...

Élodie fuit mon regard pour se concentrer sur la petite télévision suspendue dans un coin. Le fin rideau qui délimite la pièce ne nous sépare pas vraiment des autres patients et je suis certaine que nos voisins peuvent entendre toute notre conversation. J'entends le brouhaha des infirmières au travail et encore cette abominable toux. Ce vacarme me rend nerveuse, mais je dois être là pour elle.

Mon regard se porte à nouveau sur son corps si frêle et je prends la mesure de ses yeux épuisés. Je suis consciente de la présence de mon frère et des autres patients, du manque d'intimité, mais je lui demande :

– Que s'est-il passé avec Phillip ? Si tu n'en as pas envie, tu n'es pas obligée de m'en parler.

– Le message Facebook que quelqu'un a envoyé à ma mère ? Il disait que la femme avec qui mon mari me trompait est avec lui sur le terrain. Et qu'elle est mariée. Et mes parents l'ont cru et ils veulent que je rentre à la maison avant la naissance du bébé. Comme si j'allais faire ça ! Comme si j'en étais capable !

Elle regarde Austin, puis moi. Elle pose l'une de ses mains sur son ventre et le caresse à travers la fine blouse fournie par l'hôpital. On la dirait couverte de papier de mauvaise qualité.

– Tu sais qui a écrit ? Le nom de l'expéditeur des messages ?

– C'est quelqu'un du même régiment que Phillip. D'après elle, c'est le mari de cette fille. C'est un compte bidon, mais je n'ai pas eu de mal à trouver la page de la femme dont il parlait, puisque c'était le seul ami Facebook de l'expéditeur.

Je lève la tête vers Austin, mais il regarde le sol avec insistance. J'imagine qu'il essaie de faire oublier sa présence à Élodie pour qu'elle se sente plus à l'aise. Ce genre d'histoire est très fréquente dans les milieux où les gens se marient avant d'avoir atteint l'âge légal pour boire de l'alcool. Mariés et envoyés à la guerre, puis un bébé et retour sur le terrain. Sous-payés, surmenés et sous-estimés. Une mission après l'autre. C'est un cycle infernal et Élodie semble piégée dans son propre cercle vicieux. Et ce n'est que le début.

– Tu veux que je sois honnête avec toi ? Ou que je te remonte le moral ?

– Dis-moi la vérité, dit-elle en se mordant légèrement la lèvre inférieure. Mais vas-y doucement.

– Ok.

Ok, mais je ne sais pas trop comment m'y prendre pour y aller en douceur. J'essaie d'atténuer la dureté de mes propos en baissant le son de ma voix :

– Le message du mari de cette femme, c'est sérieux, non ? Et pas envoyé au hasard. Genre tu ne penses pas qu'il pourrait y avoir un fond de vérité dans ce qu'il dit ? Ou qu'il y a une raison pour qu'il t'ait ciblée, toi et tes parents ?

Même devant la grimace d'Élodie, je poursuis mon discours. Honnête avec elle, mais en essayant d'être à la hauteur côté délicatesse.

– Écoute. Je ne dis pas du tout que c'est le cas, mais c'est le genre de trucs qui arrivent souvent. Je connais quelqu'un dont la femme est tombée enceinte pendant qu'elle était en Irak alors que son mari, civil, était à l'autre bout de la planète. Il l'attendait à Fort Benning, élevant leurs enfants pendant qu'elle baisait avec son supérieur. C'est assez fréquent. Les tromperies font partie de la vie militaire ici, c'en est même une composante importante. Chacun sa vie, Élo, j'aime bien Phillip et je ne l'accuse de rien. Je ne dis pas non plus que je suis d'accord avec tes parents. Tout ce que je dis, c'est que ce serait peut-être bien d'en savoir un peu plus ?

– Sérieux, Karina ? m'interrompt mon frère.

– Comment je fais ? demande Élodie.

Je suis soulagée de voir qu'elle n'est pas bouleversée par ce que je viens de lui dire. Juste curieuse.

– Tu pourrais écrire directement à ce mec ? Ou en parler à Phillip. Remarque, si tu lui poses la question cash, ça pourrait faire plus de mal que de bien, avant même de savoir si ça vaut le coup de t'inquiéter pour cette rumeur. De plus, le mec pourrait juste mentir. Et si, au final, c'est le cas et que tu finis encore une fois aux urgences à cause du stress, eh bien, c'est moi qui lui écrirai. À lui et à sa femme.

Je le dis comme je le pense.

Élodie ne rigole pas, mais je m'y attendais. Elle se contente de redresser le menton pour affirmer :

– J'ai confiance en mon mari, même s'il m'énerve vraiment en ce moment.

Austin et moi sourions.

Elle promène ensuite son regard dans la pièce avant de reprendre :

– Du moins pour le moment.

HUIT

KARINA

Deux heures plus tard, le hall d'accueil des urgences est encore plus bondé qu'à notre arrivée. Le médecin souhaite monitorer Élodie un peu plus longtemps et je dois aller bosser, alors l'une de ses nouvelles copines la reconduira à la maison quand elle pourra sortir. Elle semble contente, presque radieuse, ses joues ont retrouvé un peu de couleurs après la perfusion de vitamines qu'ils lui ont administrées.

Austin a bien proposé de l'attendre et de la raccompagner tout à l'heure avec ma voiture. Ces derniers temps, il agit en véritable gentleman et nous apprécions toutes les deux son geste, mais je ne sais pas quand il a conduit pour la dernière fois et je ne veux pas le laisser tout seul au volant, alors, poliment, je tue cette idée dans l'œuf. En plus, il faut que j'aille bosser fissa.

Élodie a envoyé un message à tout son groupe de femmes de soldats pour voir si l'une d'elles pourrait venir la chercher, du coup elles n'arrêtent pas d'échanger par messagerie depuis une demi-heure. Son portable reçoit des notifications en permanence et elle continue de tapoter sur son écran depuis son lit d'hôpital. Toutes ces femmes ont l'air de vouloir l'aider avec plaisir, elle a immédiatement reçu plusieurs propositions pour venir la chercher. La première à avoir répondu s'appelle Toni, je crois que son nom de famille c'est Tharpe, je l'ai vu écrit sur un T-shirt qu'elle portait un jour. Élodie parle assez souvent d'elle.

Égoïstement, je me demande bien qui viendrait me chercher à l'hôpital, moi, si j'étais dans le même genre de situation. Parfois, j'ai l'impression de flotter autour de ma vie toute seule, entourée d'humains qui se préoccupent du bien-être de tout le monde, sauf de moi.

Bien décidée à fuir cette horrible odeur d'hôpital et ces enfants qui toussent partout, je passe devant les innombrables rangées de chaises tapissées de vert en compagnie d'Austin, qui me demande :

– Tu peux me ramener ou t'es tellement en colère que tu vas m'obliger à rentrer à pied chez moi ?

– Je ne sais pas encore. En plus, tu n'as pas de chez-toi !

Il peut encaisser ma petite pique, il la mérite largement.

Entrant dans mon jeu, il me répond d'un ton blagueur :

– Tu vois, raison de plus pour avoir pitié de moi.

Je lève les yeux au ciel, il me pousse du coude.

– On pourra parler dans la voiture. Je m'arrangerai pour me faire ramener depuis chez toi. Il va falloir que je m'achète une caisse quand j'aurai fini mes classes...

Se rendant compte de ce qu'il vient de dire, il baisse les yeux vers moi et ajoute :

– Kare, je...

– Arrête !

Nous nous immobilisons. Je le regarde droit dans les yeux pour lui répondre :

– Ça va. De toute façon, tu vas quand même partir. Alors, à quoi ça sert de se mettre en colère maintenant ?

Même le ton de ma voix cède devant cet état de fait.

Impossible de ne plus jamais parler à mon frère. D'autant plus qu'il va très rapidement être muté dans

Dieu sait quel État. On ne peut rien y faire, c'est la dure réalité de la vie des militaires. Quand on a signé, toute liberté vous est retirée. Impossible de faire un choix de vie perso.

Je n'ai même pas réfléchi au type de boulot qu'il aurait pu choisir d'exercer dans l'armée et, en le lui demandant, j'espère sincèrement qu'il me répondra quelque chose comme assistant dentiste, mécano ou n'importe quelle compétence qu'il pourra utiliser dans le civil ensuite.

– Tu as choisi quelle spécialité ? Par pitié, dis-moi que tu seras gratte-papier.

Mon père dit toujours que tout soldat qui n'est pas confronté directement au combat est un gratte-papier et je prie tous les dieux pour qu'Austin ait choisi cette voie. En plus, il aura de meilleures chances de trouver un boulot quand il sera démobilisé. Je revois encore mon père, les mains dans une assiette remplie d'os de poulet, s'agiter et pester que les soldats du corps d'infanterie travaillent plus que les autres et sont traités comme de la merde la plupart du temps. Personne ne veut parler de ça et c'est pourtant bien ancré dans la culture de l'armée.

Il bafouille légèrement avant de me répondre :

– J'intègre l'infanterie.

Le choix le plus dangereux.

Tout comme Phillip, Kael, Mendoza...

– Austin...

Je me remets à marcher, lentement. Impossible de penser à autre chose.

– Je ne suis pas aussi intelligent que toi, ok ? Je n'ai pas de maison, de voiture ou même de boulot. C'était ma seule option. L'Air Force ne voudrait même pas de moi et j'ai foiré le test d'entrée dans l'armée de terre la première fois que je l'ai passé. J'ai eu du bol d'être juste accepté.

– Du bol ?

Je lui parle d'un ton narquois tout en avançant vers la grande porte d'entrée qui donne sur le parking. Il pleut moins, maintenant.

J'ai mal pour lui. Apparemment, il essaie de s'engager depuis un bout de temps et il a passé les tests plus d'une fois. Sa décision n'est pas récente et, à l'évidence, il ne se sentait pas assez à l'aise pour m'en parler. J'essaie d'en savoir plus :

– C'était quand, ça ? Depuis quand tu t'es lancé là-dedans ?

Il accélère la cadence pour me suivre.

– Il y a six mois, environ. J'ai fait plusieurs allers-retours. Je sais, j'aurais dû te le dire.

Manifestement, il ne veut pas éviter le sujet et il continue :

– Je savais que ça te mettrait en rogne. Ce n'est pas comme si j'allais te le cacher pour toujours. C'est juste que ça s'est passé comme ça, je n'en ai même pas encore parlé à papa ou à Estelle.

– Je ne suis pas en colère. Enfin, si. Mais c'est plus compliqué que ça. C'est surtout que je ne comprends pas pourquoi tu as cru que prendre une décision aussi importante sans m'en parler serait la meilleure option. Donc, Kael était le seul à être au courant ?

Côté karma, j'ai vraiment dû faire un truc terrible dans une vie antérieure, parce que juste au moment où je dis son nom, exactement à cet instant-là, Kael entre dans le hall d'accueil. Il nous repère immédiatement. Son regard se porte d'abord sur mon frère, puis rapidement sur moi et, de concentré, il semble devenir perplexe. Il a toujours l'air de savoir exactement où il doit être et ce qu'il doit y faire. C'est bien plus qu'un truc appris sur le terrain, chez lui c'est naturel. Nous sommes à moins de deux mètres l'un de l'autre, et je sens déjà toute son énergie consumer l'espace qui nous sépare. Tandis qu'il approche et sans aucune issue de secours possible, j'essaie de lutter, de repousser tout ce qui passe dans mon esprit et dans mon corps. Il ne faut pas que j'aie l'air surprise de le voir, même si c'est le cas. Après tout, nous sommes aux urgences.

Sous le choc de le retrouver en face de moi, je me redresse et recule d'un pas, l'air le plus impassible possible. Il me faut tout de même quelques secondes pour remarquer que Mendoza est derrière lui, tous deux sont habillés en civil. Kael a l'air si différent dans ses propres vêtements. Dr Jekyll et Mr Hyde. Sauf que dans son cas, en général, les deux facettes de sa personnalité sont de bonnes personnes. Si on passe sous silence ses mensonges et ses capacités d'acteur. En fait, il est plus du genre Damon Salvatore[3], avec une facette différente quand il est amoureux. Non pas que Kael ait des sentiments pour moi... et certainement pas comme ceux de Damon pour Elena Gilbert. Je ne suis même pas sûre que ce type d'amour passionnel existe dans la réalité.

J'aurais préféré que Kael porte son uniforme, il m'aurait été un petit peu plus facile de prétendre que je m'adressais à un autre soldat que le mien.

Enfin, le mien...

Je finis par regarder Mendoza qui, pour le coup, me regarde droit en face. Sa chemise est du même rouge que ses yeux. Elle est assortie au sang qui transperce ce qui semble être un T-shirt blanc enroulé autour de sa main.

– Que s'est-il passé, putain ? leur demande Austin.

Après un regard vers Mendoza et sur sa main, Kael lève les yeux vers mon frère. Vu notre environnement et la quantité de sang qui coule, il paraît très calme en répondant :

– Il a besoin de points de suture.

– Ouais, enfin ça, c'est ton opinion, intervient Mendoza, un petit sourire aux lèvres.

– Putain, mec, tu déconnes ou quoi ?

3. Damon Salvatore est le héros du *Journal d'un vampire*.

L'inquiétude d'Austin pour son ami est évidente, d'ailleurs il fait un pas vers lui.

– C'est rien. Les merdes comme ça, ça arrive, commente Mendoza en haussant les épaules.

– Ouais... T'as raison. Enfin là, on dirait que c'est sérieux.

Kael lève les yeux au ciel et penche la tête en arrière pour regarder le plafond avant d'intervenir sur un ton sarcastique :

– On a tout notre temps, les mecs. Attends... Qu'est-ce que vous foutez là, d'abord ?

Il a brusquement redressé la tête et jauge mon frère de haut en bas. Le regard soudain suspicieux, il tend la main vers la poche de la veste d'Austin comme pour l'inspecter.

Je me fige sur place.

Austin esquive la fouille de Kael avant que ce dernier n'aille au bout de son geste. Je suis complètement paumée. Austin lui répond alors en posant sa main sur sa poitrine :

– Mec. Je suis là pour Élodie, pas pour moi. Je vais bien, putain.

Il semble outré, mais n'est pas autant sur la défensive que je l'aurais cru. Kael me regarde, puis tourne son regard vers mon frère et présente calmement ses excuses :

– Ok. Désolé.

Il percute enfin et relève la tête, dans un geste rapide comme le font les soldats, avant de reprendre :

– Attends, Élodie ? Qu'est-ce qui lui est arrivé ? Phillip est au courant ?

Il sort son téléphone et regarde intensément l'écran quelques instants, comme s'il allait appeler Phillip, puis il se rend compte que c'est impossible, parce que quand on est en guerre, c'est comme ça.

Kael me regarde furtivement. Si je n'avais pas été attentive, je n'aurais rien vu. À l'évidence, il essaie d'éviter de me regarder. Ça m'énerve. Non mais merde, quoi, c'est moi qui devrais chercher à l'éviter. Je suis incapable de lire en lui. Un spectateur nous prendrait pour des étrangers, lui et moi. Et ça, ça m'énerve encore plus.

Je pensais, j'espérais même, qu'en lui parlant, en employant ce ton de voix propre à nos confidences sur l'oreiller, à nos mots bercés par le ronron du petit ventilateur, à nos secrets susurrés doucement à l'oreille, à ces petits sons que je proférais et qu'il a été le seul à entendre, je pourrais détecter de la tristesse en lui. Je croyais, j'étais sûre même, qu'en entendant cette voix, ma voix, et en se rappelant ces instants, il exprimerait des regrets. Je devrais voir tout ça sur son visage. Mais non. J'espère aussi qu'il ne m'a pas entendue dire son nom quand on s'approchaient il y a quelques secondes. Je voulais pouvoir contrôler cette première rencontre depuis que j'ai découvert son côté manipulateur.

Je m'arrête de gamberger pour essayer de lui parler d'un ton aussi désinvolte que possible, même si mes ongles se plantent dans les paumes de mes mains.

– Elle va bien. On est juste venus faire monitorer le bébé, parce que...

Je n'ai pas à parler d'Élodie alors qu'elle n'est pas là.

Ce n'est pas à moi d'annoncer à Kael qu'elle a fait une crise d'angoisse et qu'elle a eu des contractions. Rien de tout ça. J'aurais juste dû lui annoncer qu'on n'avait pas le temps de discuter parce que, clairement, nous portons tous les deux assistance à nos meilleurs amis qui ont dans l'urgence besoin de soins. Mais, pour Dieu sait quelle raison, nous nous retrouvons tous les deux plantés là, comme dans une scène de western, pour savoir lequel de nous deux va se mettre à parler en premier.

– Il s'est passé quelque chose ?

Mendoza et Kael ont posé la question en même temps.

– Pour le moment, on ne sait rien. Et elle n'a pas encore parlé à son mari, alors tu devrais attendre qu'elle l'ait fait pour le contacter.

On dirait que j'ai répété cette phrase depuis une semaine, vu la façon dont je la prononce. C'est plutôt angoissant, mais je ne peux pas m'en empêcher. Je sais que je ne m'exprime pas comme je le voudrais.

Kael se contente de hocher la tête et de détourner le regard, puis demande sur un ton particulièrement affectueux quand il prononce son joli prénom :

– Bien sûr. Élodie va bien ?

Alors qu'Austin commence à lui raconter ce qui s'est passé, j'ai le cœur gros, j'ai l'impression de fondre de l'intérieur quand je le regarde, si impassible, écouter mon frère. Il se fait du souci pour Élodie et son bébé, c'est évident, mais d'un air si calme, c'est étrange. Heureusement qu'Austin lui épargne, comme je l'espérais, tout le cirque avec ses parents et Facebook. Il achève son compte-rendu :

– C'était flippant, mais elle va bien. Enfin, je pense. J'espère, ajoute-t-il en s'essuyant le front.

Kael ponctue sa remarque d'un hochement de tête. Il a le visage du soldat qui fait son devoir. Mais pourquoi refuse-t-il de poser les yeux sur moi ? Ma bouche est toute sèche et Austin lui pose une question que je n'entends même pas parce que mes pensées sont éparpillées aux quatre vents, ça souffle fort dans ma tête.

Je me concentre sur sa bouche, sur sa mâchoire carrée. Il est rasé de frais et semble bien plus jeune que nous. Mon visage porte les traces de ma tristesse et je suis à peine maquillée, j'espérais que ça soigne ma peau plus vite. On dirait qu'il a fait une bonne nuit de huit heures de sommeil, qu'il a bu son café et qu'aucune inquiétude ne lui pèse sur les épaules. J'aurais dû me maquiller. Je ne m'attendais pas à le croiser. Ni à aller ailleurs que dans ma cabine de soin professionnelle, à la lumière tamisée. J'ai vaguement attaché mes cheveux en queue-de-cheval, le sommet de mon crâne est plein de poudre de shampoing sec à moitié brossé et les racines sont encore mouillées de toute la pluie que je me suis prise sur la tête. Le manque de sommeil m'a donné des cernes sous les yeux. En fait, je manque de motivation pour faire quoi que ce soit. Et lui, on dirait qu'il ne s'est jamais aussi bien porté.

Même sous la lumière crue d'un hôpital, la peau noire de Kael semble lumineuse. Son sweat-shirt vert d'eau fait ressortir son teint à la perfection, tout comme son bas de jogging noir en coton. L'ensemble lui va à la perfection, moulant ses cuisses musclées et tombant sur ses hanches juste comme il faut. Il a le chic pour avoir de l'allure en vêtements de sport, j'adore.

J'ai des fourmis dans les mains en observant la cicatrice juste au-dessus de son épais sourcil ; je repense à sa douceur sous mes doigts. J'ai l'impression de ne pas l'avoir vu depuis des mois, pas seulement quelques semaines. Ses baskets blanches doivent être neuves. Mes chaussures sont sales et mes lacets à moitié défaits. Quand je compare mon look au sien, décontracté mais absolument nickel, je me trouve négligée. Même si j'ai l'impression d'être une grosse merde, j'ai envie qu'il me montre qu'il se souvient de moi.

Il finit par me regarder, et j'essaie de garder mon sang-froid. Mais c'est à peine s'il me jette un coup d'œil avant de se tourner vers mon frère. C'est tellement rapide que je jurerais qu'il fait exprès de me snober, là, maintenant, sous l'ignoble lumière des néons de cette terrible salle d'attente. Il fait chier.

J'ai mille choses à lui dire. Aucune n'est utile, mais toutes me feraient tellement de bien. Mendoza m'observe détailler le corps de Kael de haut en bas, complètement désespérée. L'expression de son visage me donne l'impression d'être encore plus pathétique que je ne le suis vraiment. Le regard légèrement voilé, il me demande :

– Comment vas-tu, Karina ?

Je déglutis pour essayer d'humidifier ma bouche et lui réponds :

– Euh... bien, Mendoza. J'ai bossé, c'est tout. Et toi ?

Kael me regarde de nouveau, mais cette fois, j'ai la force de ne pas le mater.

Mendoza a le regard légèrement dans le vague, comme s'il était incapable de me regarder en face, même s'il essayait. C'est très étrange. Il me répond en riant d'un air amer :

– J'ai connu mieux, mais ça va.

– Passe le bonjour à Gloria de ma part, s'il te plaît.

Je ne la connais pas très bien, mais j'ai l'impression que je pourrais vraiment l'apprécier.

Mendoza est plus vieux que nous et il a plus de responsabilités, mais il ne semble pas aussi mature que Kael. Surtout si on tient compte du T-shirt ensanglanté autour de sa main, de son odeur mêlant citron et alcool, et de ce perpétuel sourire gêné.

– Qu'est-ce qui est arrivé à la main ?

Kael l'interrompt juste avant que Mendoza me réponde. Il s'adresse directement à Austin et lui fait un check en disant :

– On doit y aller. Je t'envoie un SMS.

Et il s'en va. Sans même m'adresser un regard.

Mendoza le suit vers l'accueil, tenant sa main blessée contre lui. Ses yeux bruns sont cerclés de rouge et il ne semble même pas savoir où il est. Le voir le regard perdu dans le vague alors que Kael parle à une infirmière me fait frissonner de peur. Impossible de me débarrasser de cette sensation.

NEUF

KARINA

Austin et moi traversons le parking, j'en profite pour lui demander :

– Tu le connais bien, Mendoza ?

Pour le moment, il a cessé de pleuvoir, mais je suis certaine que la pluie va bientôt reprendre. Le ciel a pris la teinte d'un galet de rivière. Cette couleur m'apaise après l'émotion d'avoir revu Kael. Le choc de son image s'estompe, remplacé par la colère qui monte à l'instant où j'ouvre la portière de ma voiture. Je m'installe sur mon siège, trifouille mes clés, appréciant la fraîcheur du métal dans ma main, mais je ne suis pas prête à partir tout de suite. J'ai besoin de respirer. Même si je préfère généralement éviter les conflits et faire comme si de rien n'était, cette fois, il me faut des réponses.

– Assez, ouais. Enfin, autant que faire se peut. Pas autant que Martin, évidemment, mais on est relativement proches.

Austin entrouvre sa fenêtre, laissant entrer un peu d'air frais. Même chargé d'humidité, ce petit souffle de vent qui suit la pluie fait du bien.

– Qu'est-ce qui lui est arrivé ? À Mendoza ?

– En général ou aujourd'hui ?

– Les deux ?

– Là, je ne sais pas trop. On dirait qu'il est rentré dans quelqu'un ou quelque chose. Et en gros, il... Eh bien, il se tape un gros syndrome de stress post-traumatique. Ils ont traversé des trucs vraiment merdiques là-bas.

Je sais qu'en parlant au pluriel, il implique Kael. Je suis soulagée qu'il ne prononce pas son nom. D'une manière ou d'une autre, ça n'aurait fait qu'aggraver la sensation glaciale qui se dépose sur ma peau.

Il passe alors la main dans ses cheveux blonds qui recouvrent presque ses oreilles, ce qui est long pour lui. L'armée se chargera de tout raser, ça arrivera bien assez tôt comme ça.

– Mendoza déconne vraiment ces derniers temps. Il est comme ça depuis que je suis revenu, mais Martin dit que la situation a vraiment empiré avant. Il en chie grave. Tout le monde dit que sa femme va le quitter s'il ne se reprend pas en main. Mais c'est dur. Il a vraiment du mal, et qu'est-ce qu'il peut y faire ? S'il en parle à quelqu'un, ils vont l'enfermer... et s'il ferme sa gueule, il va continuer à foutre la merde pour affronter ses démons.

Austin semble beaucoup plus mûr que je ne l'ai jamais entendu de toute notre vie. Il est peut-être prêt à devenir soldat, après tout.

Je l'interroge :

– Il a été envoyé combien de fois sur le terrain ? Il est revenu en même temps que Kael cette fois-ci, non ?

Mon frère semble en savoir beaucoup plus long que moi sur ce groupe d'amis. Parfois, les durées des missions des soldats, leur nom et toutes ces histoires me laissent perplexe, et ce n'est pas comme si Kael avait été un livre ouvert pendant notre brève relation. Il n'a jamais abordé sa vie militaire, ce qu'il avait fait ou même vu. Quand je pense au temps que j'ai psychoté sur lui, j'aurais aimé qu'il me fournisse au moins un petit mode d'emploi en cadeau de séparation. Mais non, je n'ai même pas réussi à lui faire soutenir mon regard plus d'une seconde dans cet hôpital.

– Ouais. Mendoza et Martin ont été renvoyés à la maison ensemble à cause de leurs blessures. Celles de Phillips ne devaient pas être aussi graves, j'imagine, mais j'ai entendu dire que leur véhicule avait pris feu, commente Austin en toussant.

– Tu fumes encore ?

– Chut ! Donc, je ne connais pas très bien Phillips, mais c'était le frère d'armes de Kael sur le front.

Soupir. Austin est déjà en train de devenir un bon petit soldat, il en a le vocabulaire. Je démarre la voiture et sors du parking en allumant la radio.

– Frère d'armes ? Tu parles déjà leur langage. T'es à fond. Et, au fait, c'est son nom de famille, Phillips, ou c'est Phillip son prénom ?

Je n'avais jamais percuté qu'Élodie l'appelait Phillip depuis le début, comme tous les autres soldats.

Austin éclate de rire.

– On parle cette langue depuis qu'on est tous petits. Toi et moi. Et il s'appelle Phillip Phillips. Comme cette fille qu'on a connue au lycée : Kristy Kristie.

Sa remarque me fait sourire. Austin baisse tellement le volume de la radio que je ne l'entends plus.

– Pauvre Élodie. Et Mendoza ? Il a été blessé ou c'est juste un état de stress post-traumatique ?

– Je ne dirais pas juste un ESPT. Tu sais, ce type de blessure psychique peut très bien être plus grave qu'une blessure corporelle...

Il sort un petit objet de sa poche et aspire une grande goulée. La vapeur emplit ma voiture. Je proteste en ouvrant en grand sa fenêtre.

– J'ai arrêté la clope, tu devrais être fière de moi.

Je soupire en le voyant prendre une autre taffe et lui rétorque :

– Je suis fière de toi, mais tu fumes toujours.

– Pourquoi tu veux savoir tout ça sur Mendoza, d'abord ?

– C'est juste que...

J'essaie de trouver une réponse quelque part entre la vérité et le mensonge, et m'en sors avec un :

– Je veux savoir, c'est tout. Surtout s'ils sont devenus tes amis maintenant.

– Kare, la situation peut vite dégénérer dans l'armée. Et si tu y cherches la merde, tu la trouveras. Mais tout bien pesé, la vie y est plus facile. Tu as un cadre et tu manges chaud tous les jours. J'aimerais que tu penses au bon côté des choses et que tu ne fasses pas de fixette sur tout ce qui peut mal se passer.

Alors, c'est comme ça entre nous maintenant : moi, complètement déchirée, ne sachant pas quoi ressentir. Si je veux qu'Austin reste ouvert, je vais devoir accepter sa décision et espérer que tout se passe bien. Mais je n'arrive pas à refréner ma colère. Même si je fais tous les efforts du monde pour la chasser le plus loin possible.

– Je te pose la question, parce que je veux savoir s'il va bien. Je m'inquiète pour Mendoza. Kael est tout le temps avec lui, à l'aider à traverser une crise puis l'autre. Si sa femme le quitte... ça sera terrible.

J'essaie de ravaler la grosse boule coincée dans ma gorge.

– Ouais. Si Gloria le quitte, c'est mort pour lui. J'espère qu'elle restera. Ils ont trois gosses et personne ne sait mieux le gérer qu'elle. Sauf Martin.

Je sens le regard de mon frère sur moi, mais je ne quitte pas la route des yeux.

– Je sais que c'est parfois super-dur. Ce mode de vie. On a grandi dedans, on le sait plus que quiconque. Mais je ne me suis engagé que pour trois ans et, ensuite, j'aurai du fric pour aller à la fac et j'aurai un appart. Je pourrai m'acheter une voiture aussi. Alors, arrête de t'inquiéter pour moi. Écoute, je suis désolé de m'y être pris comme un manche et si je pouvais recommencer, je le ferais, je te dirais tout, mais ça ne change rien au fait que je vais quand même partir.

Je ne sais pas comment me disputer avec lui. Je suis triste, en colère, je pense encore à Mendoza et à la lourde implication de Kael dans sa vie.

– Je comprends ce que tu ressens à propos de l'armée. Moi aussi, j'ai pensé ça. Tu le sais. Mais je n'ai pas le fric pour faire des études.

– On a eu tous les deux une somme d'argent pour nous payer une formation pro. Je me suis servie de la mienne.

Il lève les yeux au ciel et se rencogne dans son siège.

– Ouais. Je sais. Tu es aussi plus intelligente que moi. Je ne suis pas doué pour l'école et j'ai déconné. C'est moi qui me suis fait arrêter par les flics un jour et...

– Presque deux fois. Putain, mais c'est Kael qui a pris pour toi et, en plus, il s'est fait agresser.

– Ce n'était pas ma faute !

– D'accord, ce n'était pas ta faute s'ils ont cru que Kael était dangereux parce qu'il est noir et qu'ils l'ont plaqué au sol en quelques secondes. Mais sans toi, on ne serait jamais venus. Ça, c'était ta faute à toi. On s'est pointés pour sauver tes fesses.

– Désolé. Je n'allais pas laisser une fille se faire menacer et harceler par son mec et je ne savais pas quoi faire d'autre.

Je me souviens à peine des visages des jeunes MP[4] présents ce soir-là, je me rappelle surtout comment ils ont sorti leurs matraques avant de poser la moindre question. La voix de Kael résonne encore dans ma tête : « *Voilà ce qui se passe quand tu apprends à des jeunes à tuer et pas à se maîtriser.* »

4. Aux États-Unis, la MP est la police militaire.

Kael avait essayé d'aider Austin à sortir de cette situation chaotique, mais il a immédiatement été pris pour cible.

– Je t'ai déjà dit que j'étais désolé pour ça. Écoute, Kare, je fais de mon mieux, d'accord ? Eh ouais, j'ai merdé, mais franchement je m'en sors beaucoup mieux que quand j'habitais avec oncle Mike.

J'appuie sur l'accélérateur pour m'insérer dans la file de gauche et j'essaie de réfléchir à ce que mon frère me dit.

– Faut que tu apprennes à laisser pisser, Kare. Sérieux. Je sais que tu es en colère parce que je ne t'ai rien dit et que tu as découvert ça par hasard, mais on n'est plus des gamins et je ne peux pas tenir les promesses que j'ai faites avant même de savoir comment serait ma vie une fois que je serai livré à moi-même.

– J'ai compris, c'est bon. Mais tu ne peux pas revenir en arrière. Et le fait que Kael t'ait aidé sans m'en parler... J'ai cru pouvoir lui faire confiance.

– Karina, tu n'as confiance en personne. Reviens sur terre. Et ce qui te fait rager plus que tout, c'est son implication à lui.

Sans arrêter de téter son truc qui ressemble à un port USB, il insiste en levant un sourcil évocateur, puis reprend :

– Martin est un mec bien. Je te l'ai déjà dit et je te le répète. Il s'occupe de nous, de nous tous. Tu as vu ce qu'il fait pour Mendoza. Il est pareil avec tout le monde. C'est grâce à lui que je suis tombé sur un bon sergent recruteur, un de ses potes. Ne sois pas si dure avec lui. Je sais que tu cherches une raison de le détester.

– Je ne pense pas avoir besoin d'une raison.

Austin soupire en faisant un petit mouvement de tête.

Et voilà la piqûre de rappel de sa trahison. Tandis que je donnais à Kael accès à tous mes secrets et qu'il savait très bien depuis le début de notre relation comment je réagirais si mon frère renonçait à sa liberté, eh bien, il l'a aidé quand même. J'imagine qu'il préfère Austin, et ça fait un mal de chien. C'est dur à digérer.

De mon ton le plus sarcastique, je lui balance alors :

– Je suis contente que tu te sois fait un si bon ami !

D'un certain côté, mon cœur se réchauffe quand je pense à la relation entre Kael et mon frère. Il lui procure un sentiment de sécurité dont mon jumeau a besoin. Austin est le genre qui donne toujours son meilleur quand il est entouré. Sur ce plan, nous sommes différents ; encore un truc qu'il tient de notre mère.

– Kare, ce n'est pas comme si tu lui avais laissé vraiment une chance.

Je suis contente d'être presque arrivée, parce que plus mon frère me parle, plus j'enrage, même si je fais vraiment tout ce que je peux pour être compréhensive.

– Ce n'est pas ça le problème. Je m'inquiète pour toi. Je n'en ai rien à foutre de lui.

Je me parle à moi-même autant qu'à lui. Il lève les yeux au ciel pour me montrer qu'il voit clair dans mon mensonge, mais je continue :

– Rien n'est tout noir ou tout blanc. Vous m'avez menti tous les deux et, maintenant, tu vas partir alors que tu viens juste de revenir. Je suis toute seule avec papa et Estelle, et parfois Élodie, et là, tu t'en vas non pas pour faire des études à la fac ou parce que tu as trouvé un boulot, non, tu t'es engagé dans cette putain d'armée. Et une fois que tu seras incorporé, tu ne pourras pas démissionner et partir comme tu veux. C'est pour la vie. Il n'y a pratiquement aucune chance que tu sortes de là une fois que tu y es entré, et tu le sais très bien.

– C'est faux. Il y a des gens qui s'en vont à la fin de leur premier contrat, ça arrive tout le temps. Et puis, as-tu seulement pensé, juste une fois, que je pourrais être bien dans l'armée ?

Austin continue d'une voix de plus en plus forte :

– Tu peux penser ce que tu veux de l'armée et je sais que quand maman nous a quittés, ça t'a blessée – et moi aussi –, mais tu vois, il y a des gens contents de s'être engagés. Qui sont heureux. Et honnêtement, pense au couple de nos parents. Ils n'avaient rien à faire ensemble. Armée ou pas, missions longues ou pas. Je ne pense pas qu'ils seraient restés ensemble, même si la situation avait été différente. Tout n'est pas la faute de l'armée.

Je cligne, et cligne encore des yeux. Heureusement que nous sommes arrêtés à un feu.

– Non, tu as tort. Si papa n'était pas parti aussi souvent, elle ne se serait pas sentie aussi seule. C'était ça le fond du problème : la solitude.

– C'est vrai, ça, ce n'était pas du tout parce que papa et elle se détestaient. C'était parce qu'elle se sentait seule, réplique mon frère d'un ton ironique.

– La solitude, c'est dur à vivre, Austin. Ça peut te bouffer. De se sentir toujours seul. Sans amis. Ni famille.

Je prends une grande inspiration.

– Ouais, quelquefois c'est bon pour certaines personnes, répond Austin.

Comment des jumeaux peuvent être aussi différents ?

Je ne sais plus trop si je parle de ma mère, là. Le feu passe au vert et je tourne pour prendre la petite rue qui mène chez moi. Nous sommes tous les deux de plus en plus à cran, mais bon Dieu, que ça fait du bien d'être honnête et de parler de nos problèmes pour une fois, au lieu de les ignorer.

– Je me sens seul en ce moment. Je suis littéralement sans domicile et ma voiture est morte une semaine après mon retour ici.

Il éclate de rire. Il prend tout ça à la légère, mais c'est la vérité et elle est lourde à porter. Il continue :

– J'aurai des amis quand je me serai engagé. Putain, je pourrais même être posté ici. Ça arrive. Martin vient d'un bled situé à peine à plus de cent kilomètres de cette base.

J'y ai pensé. Comme il a choisi l'infanterie, il a de fortes chances de se retrouver soit à Fort Hood, soit ici, comme la plupart des soldats de ce corps. Du moins, c'est ce qu'on dit.

– Putain, peut-être qu'ils vont m'expédier à Hawaï et que tu pourrais venir me voir. On irait à la plage pour boire du rhum dans des noix de coco. Non ?

Il sourit. Je ne vois que le visage juvénile de mon frère, sa tête d'enfant. Il a tellement changé depuis, mais peu importe qu'il ait l'air d'un homme maintenant. Pour moi, il sera toujours le garçon malicieux de notre adolescence. La puberté l'a rattrapé plus tôt que moi et il a toujours eu l'air plus âgé, même si nous nous ressemblons beaucoup.

– Ce serait tellement bien. Mais si l'armée décidait de t'envoyer directement au front après tes classes ?

– Et si tu te faisais rentrer dedans par ce méga-camion qui recule juste devant nous ?

J'écrase immédiatement la pédale de frein pour éviter Bradley, le propriétaire du magasin de matelas qui fait une marche arrière sauvage à trois mètres de nous.

– Ce ne sont pas les « Et si » qui doivent gouverner tes choix de vie, Kare. Tu vas te rendre dingue à toujours t'inquiéter de ce qui pourrait arriver.

J'ai toujours été comme ça. Je ne sais pas comment faire pour m'en empêcher.

Mais je sais comment faire pour prétendre que tout va bien quand j'en ai envie.

– D'accord. Si on t'envoie à Hawaï ou si tu restes ici, je ne serai plus en colère contre toi. Si on t'expédie au Texas, finito.

– Le Texas, ce ne serait pas mal non plus. Ce n'est pas si loin que ça.

– Jamais de la vie. Je ne retournerai pas là-bas.

Les portes qui claquent, les cris, ma mère en larmes sous le porche devant la maison et le couinement des ressorts en métal qui retenaient la balancelle me reviennent en mémoire quand je pense à cet endroit.

– T'as adoré le Texas. Tu ne te rappelles pas à quel point on s'est éclatés là-bas ?

Il a le culot de me poser la question avec son petit air innocent. Ouais, Austin, je me souviens de toutes ces soirées merdiques auxquelles je t'ai accompagné. Tous ces mecs dégueulasses bien trop vieux pour me draguer, mais qui le faisaient quand même. Toutes ces filles qui arrêtaient de me parler dès que tu les ignorais.

Je tourne sept fois la langue dans ma bouche avant de dire ce que je pense. Nous sommes garés devant chez moi et je dois vraiment filer au boulot. Je défais ma ceinture de sécurité et lui annonce :

– Non. Je ne retournerai jamais là-bas.

– Même à Austin ? Après tout, c'est ma ville, tu te rappelles ?

– Ah ! Encore une histoire de maman.

Notre mère adorait nous raconter des histoires sur tout et n'importe quoi. Elle aurait dû devenir écrivain avec une telle imagination. Parfois, au point de naviguer à vue entre la fiction et la réalité. En l'occurrence, elle avait dit que la ville d'Austin, la capitale du Texas, tenait son nom de son fils, pas l'inverse. Dans sa légende, la ville était soumise aux quatre vents depuis des mois jusqu'à sa naissance, et un maire ou un sénateur avait décidé de baptiser la ville en son honneur, même si en tant que jumeaux, nous étions nés à quelques secondes d'intervalle.

Austin pouvait avoir sa ville, j'avais bien mon île, près des côtes de la Floride. Avec des plages de sable blanc et un château qui porte le nom de ma mère. Elle était même allée jusqu'à me raconter des légendes et plein d'histoires secrètes à propos de notre île, même quand j'étais trop vieille pour y croire. Elle m'avait fait solennellement promettre de n'en parler à personne, pas même à mon frère. Une fois le serment prêté, elle m'a raconté des fables sur des reines qui portaient son nom et qui avaient élaboré de fabuleux plans pour quitter leur île. Ces histoires me semblent stupides maintenant, mais en repensant à ces reines prisonnières, je me rends compte que la plupart de ses contes avaient des significations trop profondes pour que je puisse les comprendre à l'époque.

– Parfois ses mensonges n'étaient pas si horribles que ça, commente Austin.

Je m'essuie les yeux du revers de la main. Je ne pleure pas, mais je sens les larmes venir. Mon frère me sourit et m'enfonce un peu plus :

– Tu te souviens quand elle nous avait raconté que mamie était un dragon qui avait pris forme humaine ?

Je souffle doucement pour évacuer.

– Elle devait se servir de ses histoires pour supporter la réalité.

Tous les deux perdus dans le passé, nous gardons le silence.

Chaque fois que je pense à ma mère, j'ai comme un coup au cœur. Les bons souvenirs sont tellement différents des mauvais. C'est comme si je repensais à deux personnes différentes, comme si elle avait eu une jumelle, elle aussi. Je n'ai plus aucun problème à me détacher des mauvais souvenirs, émotionnellement parlant. Il m'a fallu un bon bout de temps, ces trois dernières années, mais j'ai réussi à les extraire de ma mémoire les uns après les autres. Les bons, en revanche, ceux qui nous feront rire à en avoir mal au ventre, comme la fois où nous avions mangé du beurre de cacahuètes directement dans le pot en nous servant de branches de céleri pour l'attraper, sont plus difficiles à oublier. Ils sont coincés là, même si je tire dessus comme une forcenée, je n'arrive qu'à la regretter. À cause d'eux, elle me manque, ce qui ne fait qu'empirer la situation.

Je jette un coup d'œil à Austin. Il a le regard perdu dans le vague et je me demande à quelle version de notre mère il pense. Je me souviens de celle qui était pleine de vie, celle qui préparait notre voyage pour aller sur mon île.

Elle la disait magnifique et le soleil aussi chaud que l'âme de ses habitants. D'une voix douce et pleine d'envie, elle me parlait de plages secrètes sur lesquelles on pouvait voir les étoiles les plus brillantes dans les ciels les plus noirs. Elles illuminaient la nuit, personne n'avait jamais vu pareil spectacle et elle me promettait qu'un jour, on irait là-bas.

Elle jouait alors avec mes cheveux et me disait :

« Quand on sera parties, on ne pourra plus jamais revenir.

– Est-ce qu'Austin pourra venir avec nous ? »

Je lui avais posé cette question un jour. Je me souviens très bien de son visage, de sa métamorphose, comme quand elle regardait la maison depuis la balancelle.

« Je ne pense pas qu'il puisse venir. »

Voilà ce qu'elle m'avait répondu. J'ai suivi la direction de son regard pour tomber sur mon frère et mon père plantés devant un match de foot à la télévision, ils parlaient, se souriaient et se goinfraient de chips.

Juste avant son départ, elle s'était remise à venir me voir le soir. Pas tout le temps, mais un peu plus souvent. J'étais complètement crevée à cause des cours et de mon boulot, mais je restais éveillée juste pour passer du temps avec elle. Elle me demandait de lui parler de notre île, de lui dire comment je m'en occupais.

Comment allaient ses habitants ?

Est-ce qu'on dansait sur le sable chaud quand le soleil se couchait à l'horizon ?

Elle voulait connaître tous les petits détails. Ne plus rien sentir de réel.

C'est comme ça qu'elle échappait au quotidien. En grandissant, je me suis de plus en plus intéressée à la psychologie.

Pourquoi les gens sont-ils ce qu'ils sont ? J'ai lu des livres, fait des recherches sur Internet. Je voulais trouver une explication au comportement des humains que je croisais tous les jours. Plus j'en ai appris, plus j'ai compris que ma mère avait besoin de se convaincre que tout allait bien, comme quand j'étais petite fille. Comme quand tout allait mieux. L'haleine chargée d'alcool, elle me suppliait de la faire échapper à notre vie en plongeant dans l'univers de contes de fées qu'elle avait créé pour moi. Je me lançais alors dans une histoire et, au bout de quelques phrases, elle prenait le relais.

Parfois, elle pleurait. En silence. Mais je sentais ses larmes brûlantes couler sur mon bras et son corps tremblait dans la nuit. Je lui disais que j'étais contente qu'elle soit venue me rendre visite, qu'elle ne le faisait plus assez. Quand je lui annonçais que la mer était chaude et que tout le monde se portait bien sur l'île, elle souriait. Elle me disait alors que ça lui manquait de ne plus avoir de saisons et qu'elle détestait l'humidité permanente dans laquelle nous vivions. Je reprenais alors l'histoire là où elle l'avait laissée et lui caressais le crâne jusqu'à ce qu'elle se remette à parler.

Plus ses histoires devenaient sombres, plus elle était triste.

Certaines nuits, ses contes me semblaient hantés et j'avais du mal à dormir après ça. Ces soirs-là, elle restait dans ma chambre. Comme elle ne m'accordait jamais autant d'attention le reste du temps, j'attendais avec une sorte d'impatience qu'elle me raconte ces horreurs.

Elle était si convaincante qu'en grandissant, même en sachant que la moitié de ce qu'elle racontait était inventée, je la suppliais de continuer. C'était sympa de vivre dans sa réalité, même si celle-ci pouvait s'avérer très sombre. Quelques années plus tard, alors qu'on habitait en Géorgie, elle s'est mise à dormir de plus en plus souvent sur la balancelle et je la sentais glisser dans son propre monde, elle y passait plus de temps que dans le nôtre.

– D'après toi, où est-elle maintenant ?

Je ne pose pas vraiment la question à mon frère ni à moi-même. C'est plus une question en l'air. Austin ne me regarde pas, mais répond :

– Aucune idée. Mais une chose est sûre, elle n'est pas là.

DIX

KARINA

Austin s'assied sur mon canapé et se gratte le crâne en me demandant :

– Ça t'embête si je reste quelques heures ici ? Je vais trouver un endroit pour cette nuit, mais là, j'ai vraiment besoin de prendre une douche et de dormir un peu.

– Non, pas de problème. Je vais aller bosser. Ferme juste la porte derrière toi en sortant et ne dors pas dans mon lit.

Je rigole, mais en fait, c'est sérieux. Je n'ai pas lavé mes draps depuis que Kael y est passé et je refuse que quiconque dorme dedans. Eh merde, je suis clairement dans le déni de mon obsession pour lui.

Il ne discute pas.

– Promis. Je dormirai sur le canapé ou dans le fauteuil.

Une image du corps de Kael étalé de tout son long sur mon fauteuil me vient à l'esprit, mais je l'ignore. J'autorise Austin à dormir ici jusqu'à ce qu'Élodie rentre, probablement bientôt, car elle aura besoin de s'allonger. Je dois aller au travail le plus rapidement possible et ne peux pas me laisser distraire. Cette journée est sans conteste l'une des plus bordéliques de toute ma vie.

– Faut que je file. Ma boss est déjà prête à me trucider.

Austin arbore un sourire triste.

– Merci, sœurette.

Il sait que notre vie ne sera pas normale avant un bon bout de temps, mais il sait aussi que je serai toujours là pour lui, quoi qu'il advienne. Comme toujours. Je ne m'imagine pas changer la nature profonde de notre relation, même s'il s'est engagé.

– Ne m'appelle pas comme ça. Je suis encore en colère contre toi. C'est juste que je n'ai pas la force de continuer à te faire la gueule. N'oublie pas de fermer la porte.

Le téléphone d'Austin sonne dans sa poche. Il me montre l'écran en ignorant l'appel.

Quand je vois le nom de Kael s'afficher, je lève les yeux au ciel.

– Super.

– C'est un mec bien et il m'aide vachement, le défend mon frère.

– Ouais, c'est ça. Si c'est un aussi bon gars que ça, pourquoi m'a-t-il complètement ignorée à l'hôpital ? Il n'a même pas essayé de me présenter ses excuses. Ni même de me parler. Il a fait comme si je n'étais pas là.

– Parce que toi, tu as fait quoi au juste ? Tu as été super-gentille et amicale ?

Contrariée, je lui réponds :

– C'est lui qui a déconné. Je ne lui ai rien caché, moi.

– Tout le monde cache des conneries. Il l'a peut-être fait pour ton bien, tout comme moi.

Je l'observe, un peu étonnée de le voir aussi sûr de lui et aussi détendu. J'en ai la chair de poule et je me frotte les bras en lui répondant :

– Ce n'est pas à vous de décider ce qui est bien pour moi, ni l'un ni l'autre. Et tout le monde ne ment pas, Austin.

– Mais si, tout le monde.

Je ne sais pas quoi lui dire. Il y a vraiment quelque chose de différent dans l'attitude de mon frère depuis qu'il est revenu de Caroline du Sud il y a quelques semaines. Il semble plus mature. Je ne sais pas si c'est bien, ou pas. Aujourd'hui, quand il a débarqué chez moi, il avait les épaules basses et l'air renfrogné, et j'ai pensé qu'il était redevenu immature. D'accord, on était en plein milieu d'une crise avec Élodie et il fallait la conduire à l'hôpital. Mais depuis que nous avons croisé Kael et Mendoza, il semble être sorti de la torpeur dans laquelle il était plongé. Maintenant, il articule plus nettement ses mots, sa voix est posée et il a le dos droit.

– Je dois filer. Je suis tellement à la bourre ! N'oublie pas de fermer la porte.

Je tapote les poches de mon uniforme pour m'assurer de bien avoir sur moi mon portable et mes clés.

– Pourquoi es-tu aussi inquiète ? Ton quartier est très calme. Est-ce qu'il s'est passé quelque chose que j'ignore ?

Mon frère s'interpose entre moi et la porte d'entrée.

– Non. Enfin plus ou moins. Je ne sais pas. Je crois que je suis juste parano.

Je le contourne pour sortir.

– Ce n'était pas à la maison, mais un type très louche est venu au boulot me poser des questions sur papa et, tout à l'heure, le médecin voulait en savoir plus sur toi. C'est moi qui devrais te demander ce qui se passe, merde.

– Quel type ?

Dans le lourd silence de la rue déserte, la voix d'Austin me fait l'effet d'une détonation. Le soleil est en train de se coucher et le ciel orange étend comme un filtre sur le paysage.

– C'était ce mec, là. Niel, ou Nate... Nielson ? Je crois que c'est le nom qu'il a donné. J'ai l'impression de l'avoir déjà vu quelque part, mais je n'arrive pas à le remettre. Mais avant tout, je suis une femme qui habite seule, avec une autre femme, enceinte de surcroît. Tu as regardé les infos dernièrement ? On doit fermer nos portes.

– Nielson ! Putain de merde !

Austin fait les cent pas et continue en hurlant :

– Putain, mais qu'est-ce qu'il foutait à ton boulot ? C'est le mec avec qui je me suis battu le soir où je me suis fait prendre par les MP avec Kael !

– Quoi ? Tu le connais ?

J'essaie de retrouver à quoi il ressemble, mais les souvenirs de cette soirée sont flous.

– Ouais. Pas très bien, mais lui, il me connaît. Et toi, maintenant. Merde !

De plus en plus inquiète, je lui demande :

– Et c'est un problème ? Il est dangereux ? Ou c'est juste un connard qui aime se battre ?

– Les deux. Il sait des trucs… sur papa. Je ne sais pas si tout est vrai et j'essaie de rester loin de toute cette saloperie, mais il a lancé plein de rumeurs merdiques sur papa. Ne t'approche pas de lui.

– Des rumeurs à propos de quoi ?

Il hésite, puis finit par me dire :

– Bah, d'après lui, papa aurait fait des trucs dingues pour couvrir un scandale qui impliquerait la mort de civils, ou un truc dans le genre, et sa mise à la retraite serait une grosse arnaque pour cacher ce qui s'est passé. La rumeur circule vite sur la base.

Mon frère ignore vraiment tout des secrets de mon père ? Si c'est le cas, je ne vais certainement pas ouvrir la boîte de Pandore, et encore moins maintenant, quand je suis carrément en retard au boulot et perturbée par tout ce que je sais déjà. Trancher pour savoir si mon père est, oui ou non, une ordure responsable de la mort d'innocents devra attendre que je sois revenue du travail ou, en tout cas, le moment où je serai capable de forcer mon cerveau à affronter cette montagne.

– C'est qui ce mec ? Et qu'est-ce qu'il veut à papa ?

– C'est l'ex de Katie.

Il me faut un moment pour savoir de qui il parle. La fille qui, lors de cette soirée il y a quelques semaines, m'a entendue dire qu'elle était la meuf de la semaine d'Austin. Je m'étais sentie tellement mal pour elle. Mais cette culpabilité s'évapore immédiatement.

– Katie ? Mais putain, pourquoi l'une de tes petites amies est-elle liée à toute cette merde ?

Je me frotte les tempes. Les nuages recouvrent lentement le soleil qui a fait une courte apparition. Un signe de l'Univers, j'en suis certaine.

– Elle a rompu avec lui et il pense que c'est de ma faute. Je ne sais pas pourquoi il déteste papa ou pourquoi ce connard s'est pointé à ton boulot, ni même comment il a pu dénicher ton adresse. Pourquoi tu ne m'en as pas parlé ?

– Tu me poses vraiment cette question ?

Austin garde le silence. Il semble fatigué et désemparé, mais je sais qu'il ne m'a pas tout dit. Comment ma vie est-elle passée de l'ennui le plus total à ce sac de nœuds dont je n'arrive pas à me dépêtrer ?

– Encore une fois, comment se fait-il qu'il connaisse papa ?

– Il était en mission avec eux. Il est du même peloton, mais il vient juste de revenir. Il a été porté disparu sur le terrain. Il s'était volatilisé et ils ont fini par le localiser dans un village. Il vivait là-bas avec les civils. Et quand ils l'ont retrouvé, il n'a pas voulu revenir. Ils l'ont enfermé quelques jours puis, soudain, il a été libéré. Il a rompu plusieurs fois avec Katie et, maintenant qu'il est rentré, il a perdu la boule.

J'ai la bouche tellement sèche tout à coup.

– Alors, ce mec qui en veut à papa et à toi se balade librement et il se pointe à mon boulot ? Est-ce que papa est au courant ? Pourquoi t'es-tu battu avec lui ? Juste à cause de papa ? Tu m'as dit que tu défendais une fille face à son mec, pas que tu couchais avec elle dans son dos. Ce sont deux choses très différentes.

– Ce n'est pas aussi simple que ça, dit-il en se frottant les yeux.

– *Je veux* une explication. Maintenant. Et tout de suite ! Je dois vraiment, vraiment y aller.

Je jette un coup d'œil à la rue dans laquelle je devrais être en train de courir plutôt que de rester plantée dans mon jardin avec Austin.

– Ce soir-là, c'était pour elle. Il était agressif et il la cherchait, elle et ensuite moi, en me disant de la merde.

– C'est un soldat ?

– Non, enfin en ce moment, si. Mais ils sont en train de le démobiliser. Du moins, c'est ce que j'ai entendu dire. Et ils feraient bien d'aller au bout de la procédure. Enfin, s'il se sort de son inculpation pour désertion, c'est qu'il doit avoir des amis vraiment très haut placés.

J'ai du mal à me souvenir de tous les détails de cette soirée où Kael s'est mouillé pour aider mon frère, avant même qu'ils ne se connaissent.

– Pourquoi habite-t-il sur la base ? Kael m'a dit que tu t'étais battu contre un mec qui y habitait.

– Il est marié.

– À qui ?

– Un autre soldat. Je ne sais pas comment ça va se passer s'il se fait renvoyer pour déshonneur et qu'elle est toujours dans les rangs.

– Il ne devrait pas être en prison ? À ce que je sais, on ne peut pas simplement disparaître. Si tu désertes, il t'arrive des bricoles.

Toute cette histoire me fait l'effet d'une mauvaise série diffusée l'après-midi et plus j'avance dans mes questions, plus je suis perplexe.

J'ai aussi du mal à cacher mon mépris quand je pense à la copine d'Austin.

– Alors Katie, cette fille *adorable*, se tape un mec marié et sort avec toi ? Elle mérite vraiment les excuses que je lui ai présentées. Et elle est si jeune... Beurk. La femme de ce mec est au courant ?

– Pour la démobilisation, probablement. Je pense qu'elle est sur le terrain. Et pour Katie, je ne pense pas. Kare, je n'ai vraiment pas envie de parler d'elle, là, je suis crevé. Et tu es en retard pour ton boulot.

La tête d'Austin tombe en arrière. Il lève les mains en l'air avant que je l'envoie chier.

– On parlera de tout ça plus tard. Va bosser. J'ai besoin de dormir, sinon je vais tomber dans les pommes à rester comme ça. Promis, je fermerai la porte à clé.

De toute façon, je n'ai pas vraiment envie de continuer à étaler notre linge sale devant chez moi. En traversant la rue, j'envoie un texto à Élodie pour la prévenir que je vais bosser et je lui demande si elle a besoin de quoi que ce soit. Tout le reste du trajet, je pense à Kael. La manière dont il a semblé à peine me reconnaître, à quel point je l'ai trouvé froid. Il ne voulait peut-être pas faire une scène ? Ou alors il ne savait peut-être pas quoi dire, ou alors il était trop absorbé par les conneries de Mendoza. Ou alors il s'en fout, après tout.

ONZE

KARINA

Même avec deux heures supplémentaires pour compenser mon retard, la journée a filé à toute allure. Je n'ai eu qu'une seule cliente, Lisa, l'une de mes habituées. Elle a passé toute la séance à me parler de sa prochaine épilation au laser. J'ai écouté chacun de ses mots comme s'ils sortaient directement de la Bible pour m'empêcher de penser à autre chose.

Quand je rentre chez moi après le travail, mon voisin Bradley est occupé à attacher un tas de planches à l'arrière de son pick-up. Toujours aussi sympa, il me prévient qu'il va pleuvoir dans la soirée et demain matin. Je le remercie et poursuis ma route, sans cesser de penser à Kael, au son des pneus de son camion sur l'asphalte quand il m'a quittée...

Austin... Kael... Mendoza... Et maintenant, ce Nielson. Tous ces mecs me donnent la migraine. La simplicité de ma vie avant de rencontrer Kael me manque. Elle était bien plus ennuyeuse, mais elle me manque. Quand je rentre, la maison est étrangement calme, limite flippante. Austin a replié la couverture dont il s'est servi et a abandonné un bol de céréales à moitié rincé dans l'évier. Je consulte mon téléphone pour voir s'il m'a laissé un message me disant où il allait, mais non.

Je nettoie ensuite le plan de travail dans la cuisine et l'évier, terminant enfin la vaisselle que j'avais laissée pas lavée ce matin. Le silence de la petite maison est assourdissant. Quand la voix grave et suave de Kael commence à passer en boucle entre mes oreilles, je mets de la musique. Puis je prends une douche. Même là, sa présence est palpable. Mais putain, pourquoi je l'ai laissé autant s'approcher de moi et aussi vite en plus ?

J'essaie de trouver une réponse à cette question en m'essuyant. La crème hydratante sur mes mains me rappelle le moment où il m'a avoué qu'il trouvait que ma peau sentait le miel et qu'il a fait courir sa langue sur mon épaule dénudée.

J'essaie d'annihiler ce souvenir en m'attaquant au linge.

Quand j'en suis à plier mes vêtements et changer les draps de mon lit, mes cheveux sont quasiment secs, mais je pense encore à Kael. Il était si beau ce matin. Non pas que ça ait la moindre importance, mais je ne l'avais jamais vu aussi beau. Même s'il ne souriait pas, on aurait cru qu'un poids avait été ôté de ses larges épaules. C'était peut-être moi son fardeau ?

Allongée sur le canapé, le regard rivé sur les piles de linge plié par terre, j'essaie d'occuper mon esprit vagabond avec une émission de téléréalité diffusée sur une chaîne dédiée au design et à la déco intérieure. Je regarde un couple transformer une petite maison miteuse en magnifique foyer pour leur famille. De jalousie, je lève les yeux au ciel quand je vois le mari prendre sa femme dans ses bras et la faire tourner en l'air dans leur cuisine flambant neuve. Qu'ils aillent se faire foutre avec leur vie parfaite de merde !

Élodie rentre à la maison juste au moment où un nouvel épisode va commencer. Désignant l'écran, elle m'avoue :

– J'adore cette émission. Oh, ça démarre !

Mon amie s'installe sur le canapé et retire ses chaussures. La couleur est revenue sur ses joues et elle sent l'ail, elle a dû dîner, j'imagine. Une page de pub pour une loterie s'ouvre et j'en profite pour lui demander :

– Comment te sens-tu ?

– Mieux. Beaucoup mieux. Je suis désolée pour tout à l'heure. Je suis sûre que Mali était en colère contre toi à cause du retard. Je l'ai évitée toute la journée, m'avoue-t-elle en grimaçant.

– T'inquiète. Ne t'en fais pas pour Mali. Elle m'a gueulé dessus, mais pour la forme, et je sais qu'elle préfère être sûre que tu ailles bien. Je suis si contente que vous alliez bien, le bébé et toi.

Je m'allonge contre ses genoux et elle plonge sa petite main dans mes cheveux. Elle les caresse et tortille les pointes entre ses doigts.

– Moi aussi.

La voix d'Élodie est teintée de tristesse. Je lève les yeux vers elle et la vois hésiter et se mordre les lèvres avant de se lancer :

– J'ai parlé à Phillip.

– Qu'est-ce qu'il a dit ?

– Il a dit qu'il aimerait que je lui fasse confiance et que tout ça n'est qu'un tissu de mensonges.

– Mais tu as confiance en lui, non ?

Ma question est sincère. Ce n'est pas parce que, moi, je ne lui fais pas confiance que sa femme pense comme moi.

– Oui, enfin... Si. J'ai confiance en lui, mais c'est la manière dont il a géré toute cette histoire qui me gêne. Il dit que la personne qui a lancé ces rumeurs est dingue et que je devrais ignorer tout ça parce que ça n'a rien à voir avec la vérité. Mais le pire, c'est qu'il n'était pas du tout surpris quand je lui ai tout raconté. J'ai comme une intuition bizarre...

Elle me caresse les cheveux un peu plus rapidement, du coup, je lui demande :

– Qu'est-ce que tu comptes faire ?

Elle ne le sait probablement pas encore. Je ne sais pas trop où elle en est, mais à sa place, cette réponse ne me suffirait pas. Un étranger a déniché ses parents sur Facebook – de l'autre côté de la planète – et leur a écrit des messages accusant Phillip de tromper sa femme avec la sienne. Ce n'est pas comme si c'était quelque chose qu'on pouvait facilement planquer sous le tapis, comme les poussières en balayant. Observer le comportement de mes parents ensemble m'a appris une chose indiscutable à propos du mariage : mieux vaut choisir ses batailles, les traces de dentifrice dans le lavabo, ça n'a rien à voir avec une accusation d'adultère.

– Je ne sais pas. En fait, je l'ai juste écouté me dire d'ignorer tout ça et que certaines personnes lui en veulent. Ce qui est franchement étrange.

Avant de lui dire ce que je pense, je préfère savoir où elle en est.

– Et qu'est-ce que tu lui as dit ?

– Je lui ai dit que je lui faisais confiance, mais qu'il devait éclaircir cette histoire jusqu'au bout. Je ne peux pas me contenter de tout ignorer. Maintenant, mes parents sont impliqués. Et le bébé. J'ai fait une crise d'angoisse aujourd'hui à cause de tout ça. On ne peut pas simplement faire comme si de rien n'était.

Elle me regarde et je lui assure :

– Moi non plus, je ne serais pas capable d'ignorer. Je ne pense pas que ce soit possible.

– Tu crois Phillip ?

Elle plante son regard bleu dans le mien et j'essaie de gagner quelques secondes avant de lui répondre :

– Moi ? Je ne le connais pas assez pour savoir, en toute honnêteté. Mais que quelqu'un contacte ta famille, ça en revanche, c'est du lourd. Et une vraie connerie si c'est basé sur un mensonge.

– Si c'est vrai, qu'est-ce que je suis censée faire ? Et s'il me trompait ? Tu m'as dit que la plupart des couples de militaires avaient des aventures.

Ses yeux commencent à s'emplir de larmes.

Bon Dieu, je regrette de lui avoir dit ça...

– Mais bon, qu'est-ce que je dois faire ? Mes valises pour rentrer en France ? Demander à mes parents de m'aider à acheter un billet d'avion ? Je n'ai même pas d'argent à moi. Tout est à son nom. Et je ne peux pas lui retirer notre bébé. Il a dit qu'il y avait des lois pour m'en empêcher.

Je me redresse d'un coup.

– Il t'a dit ça aujourd'hui ?

Elle me le confirme d'un signe de tête avant de poursuivre :

– Il était vraiment en colère. C'était presque comme si... comme s'il me menaçait.

Je lui prends la main dans un geste de compassion.

– Ne pense à rien d'autre qu'au meilleur pour le bébé et toi, d'accord ? S'il y a un fond de vérité dans cette histoire, il ne peut pas t'empêcher de rentrer chez toi, si c'est ce que tu veux.

Quelle horrible situation ! Elle pourrait rentrer chez ses parents, mais en vrai, est-ce qu'elle le fera ? Est-ce la meilleure solution ? Je ne sais pas. Plus j'en apprends sur Phillip, plus je me rends compte que je ne le connais pas du tout. Kael est son seul allié, ce qui veut dire qu'il doit y avoir quelque chose de bon en lui, non ?

– Je ne sais plus ce que je veux. Il est tellement... il est tellement colérique ces derniers temps. Je sais que c'est parce qu'il est déployé sur le terrain, qu'il est loin, mais c'est tellement dur. Même avant notre crise d'aujourd'hui, on avait d'autres sujets de dispute. Je n'ai pas très envie qu'il m'appelle maintenant. Je sais que c'est horrible de penser ça parce qu'il est à la guerre, mais en ce moment, on ne fait que s'engueuler. Je suis fatiguée.

– Je te comprends. Il n'y a rien d'horrible. Ce que tu ressens est tout à fait normal. Alors, en tant qu'époux, son conseil est de tout ignorer ?

Un autre hochement de tête.

– Et c'est ce que tu veux ?

– Je ne pense pas en être capable. J'ai cette sensation dans le bide, en plus du bébé, dit-elle en se caressant le ventre, un sourire aux lèvres.

– Tu sais, on pourrait se renseigner nous-mêmes auprès du mec qui a contacté ta famille. Je sais que Phillip t'a dit de tout oublier, mais si tu n'en as pas envie, on peut juste lui écrire et lui demander des preuves ou des explications. Même si c'est un compte bidon. Demande à tes parents d'envoyer une capture d'écran du message.

Elle attrape son téléphone, va sur l'appli photo et me le tend.

– Ils m'en ont déjà envoyé une.

Ma vision s'ajuste sur la photo, et là, je reconnais le visage :

– Nielson ! C'est le même mec !

J'ai pratiquement crié. Je zoome sur son visage et remarque ses petits yeux cruels, son air tendu. C'est le type qui est venu au salon poser des questions sur mon père, celui dont la petite copine couche avec mon frère – le même qui dit que sa femme couche avec le mari d'Élodie. Putain, mais qu'est-ce qui se passe ? Élodie reprend son téléphone et me demande :

– C'est qui, ce mec ?

Je tape son nom dans la barre de recherche de mon appli Facebook.

Penchant un peu la tête, Élodie me demande :

– Il ressemble à un type... Je ne sais pas... Je devrais le connaître ?

– C'est le mec avec qui Austin s'est battu dans la rue l'autre soir, quand les flics ont débarqué. Putain, il est tellement flippant, c'est dingue !

Elle hoche la tête pour digérer ce que je viens de lui révéler, mais je vois bien qu'il lui faut plus d'explications.

– Il est venu au boulot pour poser des questions sur mon père. Il est... Je ne sais pas ce qu'il a, mais une chose est sûre, il cherche la merde avec nous tous. Putain, je ne sais pas quel est son problème. Je vais demander à Austin, parce qu'il le connaît. Kael aussi.

– C'est compliqué.

– Très.

– Tu crois qu'on devrait lui écrire ?

– Non. Pas encore.

Avec un mec pareil, c'est une mauvaise idée. J'en suis sûre et certaine. Je me répète :

– Pas encore. Laisse-moi d'abord interroger Austin. Mais pour l'instant, suivons le conseil de Phillip et ignorons-le ! Comment ça s'est terminé avec tes parents ?

Quand elle hausse les épaules, je vois que son uniforme lui flotte autour des bras.

– Ça va maintenant, enfin je crois. Ils veulent toujours que je rentre à la maison. Karina, est-ce que ne pas avoir envie de rentrer fait de moi une mauvaise personne ? Même si...

Elle prend une grande inspiration et tape doucement ses pieds contre le bord du canapé.

– J'aime Phillip, vraiment. Mais même si on se sépare, ou pire, j'ai envie de rester. J'y ai pensé toute la journée. Même si je n'ai pas de famille ici, j'aime bien y vivre. Les grandes maisons, les gens. Je viens d'un tout petit village et mes parents n'aiment pas la ville. Ils vivent près de Paris, mais ne veulent jamais y aller. Et je commence seulement à me faire des relations. La plupart de mes amis chez moi sont déjà partis à la fac, ou ils ont déménagé.

– Tout d'abord, ça ne fait pas de toi une mauvaise personne, lui dis-je en lui frictionnant l'épaule. Et je te comprends. Même si je détestais déménager quand j'étais petite, certaines personnes s'épanouissent dans un nouvel environnement. Ma mère était comme ça. Elle avait toujours envie de repartir de zéro, d'essayer de nouveaux trucs. Il n'y a pas de quoi culpabiliser. En plus, tu es tellement jeune, tu pourras toujours rentrer si tu en as envie. Cette liberté, tu l'as.

Je repense à ma mère qui dansait dans le séjour, les bras en l'air. Elle était toujours habillée comme si elle revenait de Woodstock. Elle me laissait même décorer ses cheveux nattés en y ajoutant des perles de couleur. Je ne sais pas pourquoi je me souviens d'un jour en particulier de façon très nette. La musique était à fond, les fenêtres grandes ouvertes pour que tout le quartier puisse profiter de la guitare électrique de Santana. Ma mère l'adorait avant même que ce soit devenu cool.

La maison sentait bon la cuisine. Ma mère m'a attrapée par le bras dès que je suis entrée dans le séjour et m'a dit d'oublier mes bouquins pour la soirée, en les balançant sur le canapé. Elle m'avait même signé un mot pour que je n'aie pas à faire mes devoirs. Mon père ne l'a jamais su, heureusement, il n'aurait pas accepté. Les franges des manches de sa veste en daim marron – bien trop grande pour elle – volaient dans les airs comme des ailes. On aurait dit un oiseau qui essaie de tirer le meilleur parti de sa cage en métal.

Élodie s'approche de moi, claque des doigts devant mon nez pour me faire revenir à la réalité.

– Allez, on a assez parlé de moi. Tu m'inquiètes en ce moment.

– Moi ? Pourquoi ?

Je m'ébroue pour faire comme si je ne planais pas complètement.

– Tu es tellement distraite. Et triste. Je le vois bien. Tu étais juste en train de rêvasser en pleine conversation.

Elle me regarde avec insistance.

– Mais non, je ne suis pas triste. Et je ne rêvasse pas. C'est juste que...

Ce mensonge est tellement énorme qu'elle en lève les yeux au ciel.

– Genre ! Bien sûr que si. Et je sais que tu n'aimes pas trop parler de ta vie privée, mais je te connais assez bien pour savoir que tu n'es pas heureuse, loin de là, et très triste, et que tu te sens seule aussi.

– Ok ! Ok ! C'est bon, j'ai compris. *Mon Dieu !*

Nous éclatons de rire toutes les deux.

– Je dis ça, je dis rien.

Élodie glousse. J'aime que la légère barrière linguistique qui reste entre nous retire parfois toute nuance dans ses propos, surtout quand j'ai besoin d'entendre la vérité.

– Mais bon. Revenons-en à tes problèmes à toi. Je vais essayer d'en savoir plus sur ce Nielson et toi, tu te concentres sur ta santé et celle du bébé. D'accord ?

Elle accepte d'un hochement de tête avant de pousser un soupir.

– Merci. Et puis bon, je ne peux pas te laisser ici toute seule. D'ailleurs, tu me manquerais tellement si je partais, sans compter que tu n'as pas d'amis !

Elle me fait un bisou et j'éclate de rire. Même si nous savons très bien toutes les deux qu'elle a raison, je proteste :

– Mais si, j'ai des amis ! Et en plus, qui a décidé qu'avoir des amis c'était mieux que de passer du temps avec soi-même, confronté à ses propres réflexions ? Les femmes ne devraient-elles pas être leur propre meilleure amie ?

J'essaie de parler en imitant Samantha dans la série *Sex and the City*. Généralement, Élodie fait Charlotte, c'est le personnage qu'elle préfère imiter, mais moi je préfère Samantha, celle qui me ressemble le moins, en réalité.

– Mmmm, je ne suis pas d'accord. Pour moi, la vie, c'est surtout une série d'expériences.

Elle s'installe confortablement sur le canapé, se réfugiant sous sa couverture préférée, celle que sa grand-mère lui a tricotée.

– Je fais des expériences.

– Toute seule.

– Et ? J'aime bien être toute seule. Je m'aime bien, au fond.

Certes, je mens un peu, mais un jour, ce sera la vérité.

– Oui. Mais Martin aussi, il t'aime bien.

– Chut !

Un sourire de plus en plus mutin aux lèvres, elle ajoute :

– Et puis, si mon mari ne me trompe pas, on pourra se faire des rencards avec vous deux et on sera des couples d'amis et on fera des trucs de couples ensemble !

Elle accompagne son idée de haussements de sourcils suggestifs. De mon côté, je couvre mon visage d'un coussin du canapé.

– Ne tire pas de plan sur la comète !

– Vous allez vous en sortir.

Elle semble si sûre d'elle. Je grogne pour montrer que je ne suis pas d'accord et désigne la télé :

– Regarde, c'est super-beau !

J'essaie de faire dévier le cours de ses pensées en lui montrant à l'écran un énorme îlot central en marbre dans une cuisine toute neuve, d'un blanc étincelant.

– Regardons la vie parfaite des autres et arrêtons de parler de ma non-vie amoureuse pour savourer l'instant.

– Je lâche l'affaire, mais c'est juste parce que je suis crevée.

Élodie se met alors à bâiller et s'appuie contre moi.

DOUZE

KAEL

Ça caille chez moi. Je rentre dans cet espace totalement sombre qui me semble familier. Les longues nuits noires et froides dans le désert, à dormir par terre, sont bien loin maintenant, mais les souvenirs ne m'ont jamais vraiment quitté. Ils me réconforteraient presque.

Là, maintenant, tout ça me semble trop bon pour durer. En principe, je peux quasiment toucher du doigt ma liberté. Mais je sais trop bien comment ça marche – je ne m'attends pas à pouvoir gentiment partir de Fort Benning sans devoir en affronter les conséquences –, ça merde toujours quelque part. Cependant, je suis bien plus près d'être libre que je ne l'ai été depuis un bon bout de temps. Même si je ne suis pas sûr de parvenir à mes fins.

– Putain, ça pèle ici, se moque Austin.

Quand j'allume la lumière, je le vois se frotter les bras. C'est limite si mon souffle ne fait pas de la buée, mais je le mène en bateau :

– T'es sérieux ? Tu ne vas jamais survivre à tes classes si tu ne peux pas supporter un peu de fraîcheur.

Il me répond d'un doigt d'honneur et se laisse tomber sur le canapé.

– Ça ne peut pas être si dur que ça, si ? Tu l'as bien fait, et ce gros débile de Lawson aussi.

– Quel que soit l'endroit où tu seras assigné, tu vas te faire défoncer si tu fais des blagues comme ça. Tu ne peux pas te foutre de la gueule de tes supérieurs hiérarchiques. Moi, en l'occurrence.

À cet instant, je suis sûr qu'Austin pense que je plaisante, mais sérieux, je ne sais pas s'il va s'en sortir. L'entraînement est chaud pour les fumeurs, à devoir courir comme un dératé jusqu'à ce que ton sergent te dise que tu peux arrêter. À la fin, on est à peine capable de marcher. Maintenant que j'ai vécu une mission sur le terrain, j'ai l'impression que les premières semaines dans l'armée étaient comme des vacances aux Bahamas. Même si je ne sais pas ce que ça fait d'être en vacances, mais j'ai regardé assez de films et de séries pour en avoir une idée. Ok, mon référentiel vient des trucs que regarde ma mère, les *Housewives* de toutes les villes possibles qui n'arrêtent pas de partir en vacances.

– À vos ordres !

Austin me fait un salut militaire en se marrant. J'ai envie de croire qu'il va réussir et s'en sortir honorablement. Comme il l'a dit, Lawson a réussi et j'ai fait mes premières armes avec lui, donc je sais à quel point c'est un gros con. Austin est plus résistant, mais il a plus d'empathie. De ce que j'ai pu voir, il pourrait faire un sacré bon soldat s'il choisit bien ses fréquentations. Le problème, c'est que c'est l'armée qui fera le choix pour lui en le sélectionnant pour un peloton particulier, alors le mieux qu'il puisse faire, c'est espérer se retrouver avec des mecs avec qui il a quelque chose en commun ou que, du moins, il pourra tolérer.

– C'est pas un peu de course à pied qui va me tuer.

Sa voix grimpe d'une octave alors qu'il s'étale de tout son long sur le canapé.

– Ouais, c'est ce que tu dis maintenant. Tu as réussi difficilement l'épreuve physique pour entrer.

Je jette un coup d'œil au fauteuil en cuir, je sais qu'il est super-froid. Pas question que je pose mon cul là-dessus. J'aurais besoin de plus de meubles, mais comme je suis généralement tout seul ici, ce n'est pas vraiment nécessaire. Sans déconner, la présence d'Austin ne me dérange pas, je ne suis pas du genre à aimer être tout seul. J'ai envie qu'on me foute la paix, mais pas d'être livré à moi-même. Enfin, un truc dans le genre. Mon thérapeute m'a dit que je m'épanouissais quand j'étais en groupe et je n'ai pas l'habitude d'être seul. La solitude m'est étrangère. J'ai l'habitude de partager un petit baraquement avec un coloc quand je suis chez nous ou à dormir en groupe dans un container modifié quand je suis sur le terrain. L'intimité et passer du temps tout seul ne sont pas des concepts que je connais.

Dans le container, ma bannette était juste sous le bloc de clim qui ne marchait que la moitié du temps. Avant que la chaleur ne devienne trop étouffante, j'avais réussi à la réparer avec un autre gars en utilisant les quelques outils disponibles sur la base. Obtenir une nouvelle clim nous aurait pris des semaines, si on avait par miracle obtenu qu'on nous en commande une. La plupart du temps, on ne s'en sortait pas si mal avec ce qu'on avait sous la main. La plupart de mes repas se résumaient à des rations dégueulasses en petits sachets, si bien que chaque fois qu'un mec recevait un paquet de chez lui avec des trucs à bouffer dedans, c'était Noël.

Les colis aidaient beaucoup. La plupart des mecs de mon peloton n'étaient pas mariés, alors s'ils recevaient quelque chose, c'était de la part de leur mère. Comme la mienne qui m'envoyait des oursons en gélatine et des Sneakers. Quand des trucs bien arrivaient, c'était rare, mais ça nous donnait quelque chose d'autre à faire que juste essayer d'éviter de mourir. Comme la femme de Lawson, qui réussissait parfois à glisser de la vodka, de la gnôle ou un joint planqué dans une boîte de céréales. De temps en temps, on recevait des lettres d'enfants écrites à l'école et la majorité des plus âgés devenaient dingues en voyant ces dessins au Crayola qui leur rappelaient que leurs propres gamins grandissaient à Benning sans eux. Ça fait partie du sacrifice pour la patrie et nous le savons tous très bien, mais ça ne veut pas dire que c'est le bonheur ni qu'un dessin reçu pour la fête des anciens combattants ne puisse pas mettre à genoux un grand gaillard de plus de cent kilos.

Tout à mes souvenirs, je parcours mon salon du regard. Il est plus grand que tout ce que j'ai connu depuis que j'ai intégré l'armée il y a presque trois ans. Putain, quand j'ai eu ma promotion et que je suis passé sergent, c'était tellement le pied de pouvoir sortir des baraquements ! J'apprécie de n'avoir à traverser qu'une pelouse pour me rendre au boulot et de ne pas avoir de temps de transport, mais je déteste avoir quelqu'un avec moi dans ma chambre. J'ai toujours été un solitaire. Je n'aime pas qu'on touche à mes affaires, ni partager mon espace de vie avec d'autres, ni devoir utiliser les mêmes toilettes ou même entendre Phillips ramener une fille à la maison depuis le bar d'à côté et se la taper à moins de trois mètres.

La vie privée n'existe pas quand on s'est engagé, et la présence d'Austin ne me semble pas différente de celle de mes frères d'armes, sauf que maintenant, nous sommes dans mon appartement. Ici, je peux aller pisser tranquille sans qu'une fille à moitié à poil vienne frapper à la porte en chouinant pour utiliser les toilettes. Au moins lui, c'est le coloc le plus facile à vivre que j'ai jamais eu. Il est moins chiant que la plupart des mecs de mon peloton. Il passe beaucoup de temps sur son portable ou à jouer à la console et ne ressent pas le besoin de combler le silence en discutant. Il ne parle pas autant que sa sœur, même si un jour il m'a dit qu'elle était du genre silencieuse. Il est marrant, lui ! C'est bizarre, parce que j'ai l'impression qu'elle n'arrêtait pas de parler quand j'étais chez elle. En fait, elle s'excusait chaque fois qu'elle se mettait à divaguer, ce qui m'a amené à me demander qui lui disait de se taire quand elle était petite. Et ça m'a donné envie de leur mettre la misère, à ces cons. Elle avait peut-être choisi toute seule de se retirer du monde. Je ne le saurai probablement jamais, mais j'aime bien l'idée que Karina Fischer fasse des trucs uniquement avec moi.

Le seul défaut de Fischer n'est pas des moindres. Souvent, ses petites manies me rappellent celles de sa jumelle, comme sa façon de parler avec les mains ou le nombre infernal de fois où il lève les yeux au ciel et soupire dans une journée. Certaines personnes se servent de leur regard ou de leurs mimiques pour s'exprimer. Karina ne ressemble pas à son jumeau de façon frappante – qui me rappellerait immédiatement leur gémellité – mais on ne peut pas nier qu'ils sont du même sang. Ils ont de bons gènes. Surtout Karina. Putain, elle fait partie de ces femmes qui n'ont même pas besoin d'essayer de se démarquer, c'est naturel chez elle, et dès qu'on se met à la regarder, on ne peut plus s'arrêter.

Tout le peloton l'a remarquée quand elle a commencé à nous fréquenter et depuis qu'Élodie a sympathisé avec les femmes du groupe, sa colocataire est devenue un sujet de conversation, même à six heures du matin. Tous les jours, au briefing, alors qu'ils se foutaient déjà de ma gueule parce que je devais m'asseoir même dehors pour étendre ma jambe, ils se sont mis à parler d'elle, et aussi d'Élo, mais Karina est la seule célibataire et personne n'a envie de déconner avec la femme de ce taré de Phillips.

La première fois que Lawson a parlé de la draguer, Austin était là et il nous a dit qu'elle ne sortait pas avec les soldats, genre jamais de la vie elle ne ferait ça. Il a même dit qu'elle ne sortait avec *personne*. Il n'a même pas tiqué quand un groupe de mecs en rut a dit que le corps de sa sœur était fait pour être baisé. Quand Lawson s'est mis à délirer sur son physique, je l'ai observé en me demandant si Karina pourrait l'apprécier s'il n'était pas marié. Je la connaissais déjà assez pour savoir qu'elle n'était pas branchée mec déjà casé.

Jamais de la vie. Elle est de ces filles qui ont besoin qu'on ne pense qu'à elle, même si elle ne se voit pas du tout comme ça. La Karina Fischer que je connais a besoin de beaucoup mieux qu'un planton débile qui sniffe le gaz des bombes de crème fouettée à l'arrière d'un véhicule blindé en revenant d'une mission qui a failli tous nous tuer. Ce dont elle a besoin, c'est d'une personne qui la kifferait de plus en plus à mesure qu'elle se dévoile, pas d'un connard immature comme Lawson. Le mec qui finira avec elle devra avoir la patience d'un saint, le temps de comprendre comment elle fonctionne et ce qui la fait bicher. Si moi, qui parle son langage même si nous sommes très différents, je ne peux pas le faire, aucune chance que Lawson ou n'importe quel mec que je connaisse y arrive. Je n'ai pas envie de penser à elle, ou aux mecs qu'elle pourrait se faire, ou à ce qu'ils voudraient de son corps et de son esprit.

Alors qu'Austin est plongé dans son téléphone, je lutte pour me sortir sa sœur de la tête. Bordel, cette fille me rend dingue. Des souvenirs précis et lumineux de notre relation livrent un combat sans merci contre la partie de mon cerveau qui commençait à la détester. Ce serait tellement plus facile de la haïr que de lui faire du mal ou fantasmer sur elle. Sur la façon dont les gouttes d'eau s'accrochaient à ses longs cils quand elle sortait de la douche. Sur la sueur qui coulait le long de son dos quand je la prenais par-derrière, ce qui me donnait une vue incomparable sur ses rondeurs. Ce n'est pas seulement son corps qui me manque, c'est aussi sa façon de s'exprimer, comme si elle ne formulait certains mots que pour moi. À mesure que j'avance dans cette promenade de souvenirs inutiles, je sens mon corps s'impatienter. Il me faut une raison pour sortir de cette pièce.

Je vais dans la cuisine pour m'occuper un peu. Je pourrais manger. Je n'ai rien avalé depuis un bon petit bout de temps, alors je balance un truc dans le micro-ondes. Mon ventre gargouille depuis que j'ai dû laisser mes enchiladas tout juste sorties du four sur la table chez Mendoza. Pile au moment où j'ai planté ma fourchette dans mon assiette, il a foutu son poing à travers la porte vitrée de l'arrière de la maison. Gloria avait fait mijoter son plat pendant des heures et tout allait bien, jusqu'à ce qu'il se mette à déconner. Il est comme ça, une bombe à retardement au sens premier du terme. Le plus petit truc, comme le bruit des bulles d'huile qui éclatent dans la poêle, suffit à le faire paniquer. Et ensuite, il a pété les plombs.

Je ne peux pas m'ôter de la tête la grimace de son fils quand il a vu le jet de sang ni comment il a attrapé sa petite sœur et couru à l'étage.

En regardant la pizza congelée tourner en rond dans le four, je regrette les enchiladas que Gloria avait mis tant de temps à préparer. Elle cuisine toujours super-bien. Mendoza a vraiment le cul bordé de nouilles, non seulement sa femme l'aime à la folie – en acceptant toutes ses conneries – mais en plus, elle prend soin de toute leur famille quand il n'est pas là et n'a jamais regardé un autre mec depuis leurs seize ans. Parfois, ça me donne envie de gerber, mais il faut avouer que je suis aussi un peu jaloux. Je prendrais ne serait-ce que la moitié de tout ce qu'il a, ou même juste la bouffe. Putain de merde, je préférerais même le pain de viande de ma mère à la pizza pourrie qui traîne dans mon micro-ondes. Je sais que je pourrais aller manger au mess sur la base, mais ça me saoule d'aller là-bas, j'ai envie de rester chez moi aussi longtemps que possible. Ma vie entière va changer quand je serai démobilisé, même si maintenant j'ai l'impression que ça n'arrivera jamais. Je me prépare doucement à entrer dans un nouveau monde, un monde de liberté. Avec cette liberté viendra le changement et une chose est sûre, putain, j'y suis prêt. Dès que j'aurai appris à cuisiner.

Il faudrait vraiment que je m'y mette. Ça me permettrait de manger de la vraie nourriture, mais là je n'ai pas le temps. Faire les courses, couper la bouffe, mélanger, faire mariner, tout ça, tous ces machins que font les gens, pour l'instant c'est pas le cas. J'ai plus de temps aujourd'hui que ces dernières semaines, mais j'emploie les heures que je passais avec Karina à assister à mon programme de réinsertion à la vie civile où ils essayent de nous apprendre des trucs de base, à moi et à un groupe de soldats, genre faire un CV et une lettre de motivation ou comment s'y retrouver dans le système de santé des anciens combattants. Ils ne vont pas me laisser partir le plus loin possible de l'armée tout seul. En gros, je resterai un soldat toute ma vie.

Enfin, tout dépend de ce qui se passe avec ma putain de démobilisation. Avec ma jambe toute pétée, ils ne vont pas me garder. Je suis tellement déglingué qu'ils ne peuvent plus se servir de mon corps, mais ils resteront à tout jamais dans mon esprit.

J'en reviens toujours au même point. Ce n'est pas la première fois que je me retrouve planté dans ma cuisine pleine de la poussière des murs nus en plâtre, à me servir du ronronnement du micro-ondes comme d'un bruit blanc qui me fait replonger dans le passé. À triturer mes doigts, comme quand j'étais petit. Il y a des trucs qui ne changent jamais. Putain, le nombre de fois hallucinant où j'ai planté mes rangers dans le sable de mon passé est suffisamment suspect pour compenser toutes les saloperies que j'ai faites là-bas. En fin de compte, je sais très bien tout le sang que j'ai sur les mains.

Je serai toujours ce gars irrémédiablement bousillé. Karina est la seule à m'avoir donné l'impression que j'avais purgé ma peine, que tout était enfin terminé. Elle est la seule à avoir conscience d'une partie de ce que j'ai fait ou simplement vu, ne serait-ce que parce qu'elle a grandi dans ce milieu, et elle ne m'a jamais regardé comme le genre de mec qui ne devrait même pas l'approcher. Elle a remplacé le bruit dans mes oreilles et imprégné mon esprit avec des petits bouts d'elle-même, jusqu'à guérison. L'écouter parler m'a plus aidé que tous les discours des thérapeutes que j'ai pu croiser. Sa présence et ses actes sont les seules choses capables de me détourner de toutes les autres merdes qui traînent dans ma tête. Et depuis que je suis privé d'elle, je n'ai que le travail comme dérivatif ; mon nouveau boulot, c'est de transformer ce chantier en un endroit vivable, et même agréable, et on peut dire qu'il y a du taff.

Je dois terminer ce chantier avant de commencer à gagner de l'argent plutôt que de tout claquer dans un loyer avec mon allocation logement de base de sergent. Mais je dépense la plupart de ma solde pour aider à payer les frais de scolarité de ma sœur. Il ne me reste plus grand-chose à la fin du mois, mais je fais gaffe à mon fric, pas comme la plupart des soldats. J'économise et bosse comme un dingue pour rester en vie après avoir quitté l'armée. Je ne l'admettrai jamais devant les gars, ni même tout seul, mais quelque part, j'ai toujours su que je me barrerais un jour. J'ai commencé à mettre mon plan à exécution il y a un sacré bout de temps.

Je dois avoir terminé ce duplex pour atterrir quelque part quand je serai démobilisé. Et aussi quand Phillip reviendra, ce qui ne va pas tarder. Tout serait tellement différent s'il était là maintenant, putain. Il serait probablement dans cette pièce, avec moi, une tequila à la main, à me dire à quel point il flippe de devenir bientôt père. C'est clair, je ne le vois pas du tout dans ce rôle. En plus, il veut habiter avec Élodie dans la partie à louer de mon duplex. Lui, Élodie et leur bébé. Je ne vais pas dire que je suis à fond dans l'idée d'avoir comme voisin un nouveau-né qui va hurler, mais c'est mon pote, la liste d'attente pour décrocher un logement décent sur la base peut les faire mariner plus d'un an, et je ne les vois pas tous habiter dans la mini-maison de Karina. Et puis, mieux vaut que j'aie Phillips à l'œil.

Bordel, ma jambe me fait un mal de chien. Depuis ce matin. Pas assez pour m'empêcher de conduire Mendoza à l'hôpital et ensuite rentrer à la maison, mais là, elle me lance, putain! Je m'adosse au plan de travail pour ne pas reposer dessus. Pas question que je retourne chez le médecin, ça ne ferait que ralentir ma procédure de démobilisation. Ils sont capables de me forcer à me faire opérer encore une fois, ce qui foutrait en l'air tout mon programme. En plus, ils me fileraient encore plus de médocs et je finirais par passer des heures à regarder les murs, comme avant.

Mais putain, ça fait mal, parfois.

J'observe mon dîner surgelé tourner en rond sur son plateau, encore et encore. Le fromage commence à former une croûte sur le carton. Là, j'ai tellement faim que je le boufferais aussi. J'ai connu pire. En gros, je me réchauffe une ration dite « de luxe », enfin presque.

Encore une minute et douze secondes. Un soldat peut faire beaucoup de choses dans ce laps de temps. Je ferme les yeux. À la seconde où mes paupières tombent, j'entends le fantôme des roquettes qui explosent au loin. Parfois, ce bruit me réconforte. C'est le cas aujourd'hui.

Je sais que certains aspects de la vie de soldat vont me manquer, comme la routine et l'action. Je ne suis pas du genre à faire du VTT ou de l'escalade, mais de temps en temps, la sensation de cette déferlante d'adrénaline, à la seconde où je me mettais à courir pour me planquer parce que des coups de feu résonnaient, me manque.

La sonnerie du micro-ondes me fait sursauter. Putain, ça y est, je perds mes réflexes. Je me penche pour voir si Fischer est toujours sur le canapé en train de parler sur messagerie avec je ne sais qui. J'espère qu'elle n'est pas mariée ce coup-ci. Fischer a vraiment besoin d'un cadre pour rentrer dans le rang, et l'armée fait beaucoup de bien aux petits cons dans son genre. J'ai remarqué que le manque de liberté engendré par la vie militaire m'avait permis de prendre le contrôle sur plein de choses. Je sais exactement ce qu'on attend de moi. Il y a des ordres, des tâches à exécuter. Pas comme dans le monde extérieur où un pneu crevé peut te faire perdre ton boulot et où la plupart des gens n'ont même pas accès à une assurance santé.

Le départ de Fischer va foutre sa sœur en l'air, je le sais. Je ne serai pas là, alors elle ne verra pas sur mon visage le reflet de tout ce qui déconne dans sa vie. Je ne suis pas d'accord avec elle, mais ce n'est pas à moi de décider. D'une manière ou d'une autre, je suis devenu le méchant de son histoire, je suis devenu son Rowan Pope dans *Scandal*, la série qui passait sur l'écran de sa télé chaque fois que je suis venu chez elle. Le souvenir de son salon me rappelle plus que tout que je dois me barrer de cette ville à la seconde où je pourrai démarrer mon camion pour me tirer à Atlanta. Surtout ne pas risquer de trouver une raison de rester ici.

Quelques mois, voilà ce que je me donne. J'ai deux ou trois merdes à terminer ici pour commencer à me faire du fric et à rembourser mon emprunt. Comme, par exemple, le plan de travail en bois brut toujours pas terminé qui m'irrite les bras quand j'essaie de me mettre à l'aise en déchargeant le poids de ma jambe. Les éraflures sur ma peau commencent à faire moins mal et le plan de travail sera terminé la semaine prochaine. Mon pote du marché aux puces m'a annoncé qu'il allait recevoir au moins encore dix plaques de marbre pour moi. Avec ma jambe, ces derniers temps, j'ai de plus en plus de mal à faire des travaux dans la maison. Mon corps semble tout simplement usé, mais je dois continuer. La présence de Fischer ici est un coup de main très utile. J'ai encore moins de temps pour me reposer qu'avant et je ne peux pas me défaire de l'idée que soit je me précipite vers quelque chose, soit je suis pris en chasse : par l'armée, par des ennemis avec une arme sur le torse qui me crient dessus dans une langue que je commence seulement à comprendre, par le père de Karina, par mes propres merdes. Je sais que c'est à cause de la guerre, ce qui veut dire que cette sensation pourrait bien me poursuivre indéfiniment. C'est ça l'ESPT[5]. Je le porterai toujours en moi, comme nous tous.

Le silence de son frère l'a poussée à me retirer sa confiance, c'est pour ça qu'elle a fui. Ce qu'elle aurait fini par faire tôt ou tard. Son frère m'avait mis en garde, il m'avait dit qu'elle ne se laissait jamais approcher, par personne. Qu'elle ne se permettrait jamais de m'accorder sa confiance, à moi ou à n'importe qui. Putain, je pensais avoir du temps avant de la croiser et je ne voulais pas la revoir avant d'être prêt, mais j'ai appris que tout ce qui se passe en dehors de la vie militaire ne se passe jamais comme je le voudrais.

Le dernier endroit où je pensais la rencontrer, c'est bien l'hôpital. Quand je l'ai aperçue, j'ai paniqué, j'ai cru qu'il s'était passé un truc grave, qu'elle était blessée.

5. État de stress post-traumatique.

Puis, quand j'ai compris qu'elle allait bien, j'ai dû me fermer complètement et faire taire mes émotions. Je ne voulais pas qu'elle voie mon regard inquiet ou entende la peur dans le son de ma voix. Je me suis autorisé une seconde de soulagement, puis j'ai fermé le robinet. Heureusement qu'Élodie va bien et Austin a du bol que ce ne soit pas lui qui foute la merde une fois encore. Karina n'a vraiment pas besoin de s'inquiéter pour les conneries ou les choix de vie de son frère, elle a déjà du mal à gérer les siens.

Je peux encore sentir ses yeux verts se poser sur moi dans la salle d'attente. Elle avait tellement envie que je la regarde que je le sentais, mais je ne pouvais le faire que quand elle regardait ailleurs. Puis j'ai senti son air de défi, attendant que je fasse le premier pas, que je lui présente des excuses ou que j'essaie de m'expliquer. Ça ne pouvait pas arriver, mais elle me testait. Je l'ai senti.

Penser à elle me fait ressentir une vague d'excitation comme peu de choses peuvent encore le faire ces temps-ci. Physiquement et psychologiquement, elle provoque chez moi des réactions qu'il m'est difficile de contrôler. Impossible de m'en débarrasser. Une chose est certaine, c'est hyper-malsain et je suis certain que si l'un de mes psys analysait ça, il désapprouverait, mais je suis accro à cette sensation. Je ne ressens ça qu'avec elle ou quand je suis en danger de mort. Tout le reste me laisse indifférent, comme anesthésié.

Putain, mais qu'est-ce que j'ai foutu ? Pourquoi j'ai fait ça ? Le dernier sujet qui devrait m'occuper l'esprit, ce sont bien les femmes. Ce n'est pas le moment de me lancer dans une relation ou promettre quoi que ce soit à quiconque. Le seul truc qui devrait me préoccuper, c'est de trouver un moyen de me tirer de cet enfer. Et fissa. Pas d'attaches. Peut-être que si je me le répétais suffisamment, ça se réaliserait.

Cette journée m'a fatigué, corps et âme, mais je ne dois pas aller me coucher avant une heure. Je sens que je peux y arriver ; c'est un truc de soldat, d'être tellement à l'écoute de ton corps que tu sais quand le tester et quand c'est impossible. La pression lancinante qui s'exerce sur ma rotule aussi bien que l'étau qui m'enserre les tempes, j'analyse tout. J'essaie d'évaluer ma douleur sur une échelle de un à dix, comme les dizaines de médecins et spécialistes que j'ai croisés m'ont tous demandé de le faire. Là, je mettrais un bon gros six, si un dix équivaut à une saloperie à tout péter.

Je souffre continuellement depuis ce soir, mais une douleur au genou et une crise de Mendoza, ce n'est rien comparé aux merdes auxquelles j'ai assisté sur le terrain. Le bruit des missiles qui déchirent l'air et leur détonation dans l'enceinte du camp sont aussi présents dans ma tête que le jour où c'est arrivé. L'image de ces poutres de métal qui tombaient sur nous comme des éclairs et la souffrance infernale de sentir le fer s'enfoncer dans ma jambe pour écraser mes os est encore là – et pourtant ce n'était rien, comparé à l'épreuve des flammes qui léchaient ma peau pour la dévorer quand j'attendais que quelqu'un me sorte du brasier. Et l'incendie dans le véhicule de transport armé...

De l'autre côté de l'appartement, Austin m'interpelle en gueulant :

– Mec, t'es en vie ? Tu te planques genre depuis dix minutes. Qu'est-ce que tu fous ? Et sinon, je peux t'emprunter de la bouffe ?

Je sursaute comme si j'étais en train de mourir dans mon rêve. Je reviens brusquement à la réalité, dans mon appartement, aussi loin du feu et de la mort que je le serai jamais. Physiquement, du moins. Mon esprit va continuer à cramer, comme toujours.

– Si tu ne peux pas me la rendre, c'est pas un emprunt, bouffon !

Les yeux fermés, j'essaie de calmer ma respiration. Je fais bouger ma nuque de droite à gauche, ce qui me provoque toujours cette douleur lancinante. Là, ce serait merveilleux si Karina pouvait exercer son talent sur mes muscles endoloris. Karina, Karina, Karina, elle trouve toujours un moyen de se glisser dans mes pensées.

– Allez, je te rembourserai quand j'aurai fini mes classes.

Il parle plus doucement maintenant, mes paupières se soulèvent pour le découvrir dans la cuisine. Austin et moi, on se vanne comme des frères d'armes ; il n'aura aucun problème à s'habituer aux rapports entre soldats qui n'arrêtent pas de s'envoyer bouler pour déconner. Ça fait partie du quotidien. Les mecs qui ne peuvent pas encaisser en chient vraiment, même si ces blagues sont horribles et que la plupart d'entre elles sont plutôt blessantes et seraient donc plus qu'inappropriées dans tout autre environnement de travail.

– Ton fric va vite disparaître si tu commences à le dépenser avant de le gagner. Regarde bien tous les mecs autour de toi, ils vont le claquer en soirées, en baskets neuves et dans plein d'autres merdes électroniques. Sois moins con qu'eux. Si tu as vraiment besoin de claquer ce blé tout de suite, alors sers-t'en comme apport pour acheter une caisse.

– Tu te la joues, M. Putain de Responsable. Ça ne sera pas dur d'économiser. Je vais être payé toutes les deux semaines. J'en mettrai toujours un peu de côté.

Il me fait marrer. Bien sûr qu'il y croit. J'ai entendu plein de mecs, des vieux aussi, dire la même chose et, ensuite, ils se sont pris le truc qu'on appelle la réalité en pleine tronche. On verra dans un an combien de pognon il a mis de côté et combien il doit aux magasins de meubles en location, avec option d'achat. Si je me plante, je veux bien l'admettre publiquement.

– Tout le monde dit la même chose. Crois-moi, ça peut devenir assez chaud côté pognon quand tu pètes un pneu ou que la facture d'électricité fait un bond. Oh, mais tu n'as pas besoin de payer ce genre de truc, toi, tu n'as ni caisse ni appart !

– Ah ah, t'es un marrant, toi !

Il profite de mon humeur sarcastique pour prendre une bière dans le frigo. Il n'a pas l'âge légal requis pour boire, moi à peine d'ailleurs, et pourtant je suis déjà allé deux fois à la guerre.

Il lève la bouteille et me propose :

– T'en veux une ?

Il me faut quelques secondes pour me décider.

– Et puis merde. Pourquoi pas ?

Ça me fera peut-être du bien de m'anesthésier un peu. J'ai besoin d'un truc plus fort pour y parvenir complètement, mais un peu de répit ne serait pas de refus. Je ne supporte pas le côté aléatoire de la douleur. Elle arrive et repart quand ça lui chante, impossible de prévoir. Gérer l'incertitude de ces crises, c'est déjà la moitié du boulot. L'autre moitié, c'est de devoir rester immobile assez longtemps pour guérir, ce qui est très difficile dans mon cas.

Fischer rompt le silence qui s'est installé entre nous :

– Ça va ? J'ai entendu le micro-ondes sonner et tu ne bougeais pas, dit-il en regardant le four accroché au mur entre deux placards.

– Ouais.

J'ai la voix éraillée, alors je m'éclaircis la gorge avant de poser ma bière. Je ne vais pas lui dire que je viens d'alterner entre le désir et la haine pour sa sœur. Alors, je reprends :

– Ouais. Je pensais à Mendoza et Gloria. Je n'ai pas envie de dire au lieutenant ce qui se passe, mais je n'ai plus vraiment le choix.

Je n'ai jamais vraiment cherché à attirer l'attention du responsable de notre peloton, mais la situation de Mendoza ne s'arrange vraiment pas et, aujourd'hui, j'ai vu à quel point elle pouvait même se dégrader. Il n'a plus aucun contrôle sur son état de stress post-traumatique et, maintenant, moi non plus. J'ai essayé de l'aider tous les jours, tout le temps, mais là, j'ai la preuve que ça ne peut plus durer: peu importe le temps que je passe avec lui, que je le surveille, ça ne change rien au fait qu'il n'est pas soigné. Il compense par la violence de plus en plus souvent.

– Au moins, personne n'a été blessé.

Fischer commente la situation d'un air inquiet. Ses yeux sont presque de la même couleur que ceux de sa sœur. Sa putain de sœur. Mendoza est ma priorité.

Si, Mendoza a été blessé. Il souffre.

– Ouais, je murmure.

J'aimerais pouvoir en parler avec Fischer, comme je pourrais le faire avec sa sœur. Mais je me contente de hocher la tête. Il n'est pas mûr pour connaître la part d'ombre de la vie d'un soldat engagé pour le plus grand bien de la nation, et j'espère qu'il pourra effectuer tout son service sans avoir à découvrir les clauses les plus noires du contrat qu'il a signé. Ce serait trop dur pour lui, et son moral de nouvelle recrue en pâtirait. Déjà, il va falloir qu'il essaie de survivre, je ne veux pas qu'en plus il prenne Mendoza en exemple.

Sa sœur comprendrait, elle. Elle sentirait mon empathie et le chagrin que j'éprouve pour mon frère d'armes, pour sa famille aussi. Je ne lui ai jamais donné de vraies réponses quand elle me posait des questions sur lui, ce qui fait de moi un bon gros hypocrite, mais si je la revois un jour, je lui dirai tout ce qu'elle voudra savoir. J'aurais bien besoin de sa sagesse en ce moment. Alors que, planté là, je me contredis chaque fois que je pense à elle.

Je change mes appuis pour que mes bras ne s'engourdissent pas. J'ai bien l'intention d'arriver jusqu'à ma chambre sans qu'Austin ne remarque quoi que ce soit. Je suis devenu maître dans l'art de cacher mes douleurs. Son regard parcourt mes bras et mes jambes. Je sais qu'il n'en ferait pas un fromage, mais je n'ai pas envie de compassion ou de l'opinion d'un étranger, et une chose est sûre, je ne veux pas qu'il en parle à sa sœur ou, pire encore, que son père l'entende avant que je sois démobilisé. Je dois vraiment expédier ces derniers rendez-vous, aucun d'entre eux n'est médical, ce qui me permettra de me tirer et d'ensuite aller à l'hôpital des Anciens Combattants quand les papiers auront été signés.

– Ça va ?

Mon regard se baisse sur mes jambes puis remonte vers lui.

– Oui, ça va.

– On ne dirait pas.

J'étire ma jambe douloureuse. Le boulot des médecins militaires, c'est de réparer mon corps juste assez pour que l'armée puisse me renvoyer sur le front d'une guerre qui aurait dû se terminer il y a plusieurs années. Pas me soigner correctement, mais me soigner rapidement. Leur but est d'aller le plus vite possible pour faire des économies d'argent, de temps et de paperasse. L'hôpital des Vétérans est une meilleure option, ils me traiteront comme un être humain. J'ai fait mes recherches et c'est comme ça que je veux me barrer, pour garder mes acquis sociaux et m'en aller sans la moindre amertume, après toute la merde que j'ai dû traverser au nom d'une soi-disant « liberté ».

Fischer m'imite, il boit sa bière cul sec et me demande :

– Que va-t-il arriver à Mendoza s'ils découvrent qu'il est allé à l'hôpital ?

– Oh, ils vont le découvrir. Je ne sais pas trop ce qu'ils feront. Tout dépend de leur humeur.

– C'est aussi aléatoire que ça ?

On dirait qu'il n'a pas grandi dans ce milieu. Je le lui confirme d'un hochement de tête.

– Tu n'imagines même pas.

– Bah merde, commente-t-il en se caressant le menton. Alors, tu sais où tu vas aller quand tu seras démobilisé ? Tu pars vraiment ?

Austin me pose ces questions en détaillant la cuisine ; elle est jonchée d'outils et de matériaux nécessaires à la rénovation du duplex : des cartons de dalles pour le sol, des seaux de peinture. Je le lui confirme d'un hochement de tête.

– Il faut que je me tire d'ici. Et en vitesse. Rien n'est fait pour moi ici. Que des mauvaises vibrations et des relations pourries. Dès que j'aurai signé les papiers, je me casse. Je ne sais pas encore où. Mais n'importe où, ce sera toujours mieux qu'ici. Peut-être à Atlanta.

– S'ils m'envoient dans un endroit cool, tu pourrais venir avec moi. J'espère être posté à Hawaï.

Il rigole, mais je me demande s'il n'y a pas un fond de vérité dans ses paroles. Il va bientôt se retrouver au milieu d'un tas d'inconnus qui deviendront ses frères, beaucoup plus vite qu'il ne l'imagine. Nous n'avons pas servi ensemble, pourtant je sens déjà un lien se tisser entre nous, mais mieux vaut éviter de m'attacher à lui car il va bientôt partir et je dois garder mes distances avec sa sœur, avec tout ce qu'elle n'a jamais su. Je m'inquiéterai quand même pour lui et je prendrai des nouvelles de temps en temps, tout seul il est capable de se foutre dans la merde, mais dans quelque temps, je ne me sentirai plus aussi responsable que maintenant. Il deviendra le problème de quelqu'un d'autre. Pas de sa sœur, j'espère.

– On verra. Je ne te suivrai que si tu es envoyé dans un coin avec du soleil, des prix immobiliers bas et moins de pluie qu'ici, putain.

L'idée d'Hawaï est trop loin de la réalité pour que je rêve avec lui.

– Mec, s'ils me postent à Knox ou Hood, putain, ce sera *la misère*.

Je le comprends, et c'est sûr que s'il se retrouve dans le Kentucky ou au Texas, je ne viendrai pas lui rendre visite.

– Je serais dégoûté pour toi si on t'y envoyait. Tu finiras peut-être par rester ici, après tout.

Austin en rigole et salue cette idée en faisant tinter sa bière contre la mienne, déjà vide.

– Ma sœur adoooorerait.

À l'évocation de sa sœur, je vais me chercher une autre bière dans le frigo. Austin suit mon exemple et présente des excuses :

– Désolé. Je n'arrête pas de parler d'elle.

– Comment va-t-elle ?

Je ne suis pas très à l'aise à l'idée de parler de Karina avec lui, ce n'est pas la conversation la plus légère de ma vie, mais il est ma meilleure source d'informations et la curiosité l'emporte.

Il me dévisage une seconde. Il a la tête d'un petit bourge blanc qui éviterait tous les problèmes qu'il aurait pu causer ; le genre de mec que, d'habitude, je ne peux pas encaisser, mais il n'est pas aussi prévisible qu'il en a l'air et je l'apprécie plus que la plupart des gens. Il a bon fond et c'est facile de lui parler, j'aime bien ça.

– Aujourd'hui, je l'ai vue pour la première fois depuis qu'elle a découvert le pot aux roses. Je crois qu'elle va bien. Elle enrage et, pour le moment, nous déteste tous les deux, continue-t-il en haussant les épaules. Mais ça, il fallait s'y attendre. Un jour ou l'autre, elle finira par se réjouir de ma décision. Enfin, j'espère. Elle ne peut pas faire grand-chose d'autre.

Il lèche ses lèvres et attaque sa bière. Le micro-ondes sonne et j'en sors la pizza, en me cramant les doigts au passage.

– Elle est du genre rancunière, non ?

Je connais déjà la réponse à cette question, mais j'ai envie qu'il me l'explique et peut-être que mon esprit buté pourrait en tirer une leçon.

– Putain, grave. Elle se souvient de tout aussi, alors même si tu crois t'en être sorti, elle est capable de remettre un truc sur le tapis des années plus tard, genre *tu m'as tapée quand on avait douze ans.*

Il est mort de rire, mais je ne vois pas ce qu'il y a de drôle.

Je lui ai menti, elle m'en voudra toujours. Je crois que je le savais déjà, mais je n'avais pas vraiment imprimé. À ses yeux, je serai toujours un menteur. J'ai fait preuve de duplicité et elle ne lâchera jamais l'affaire. Déjà avant cette histoire, elle me faisait à peine confiance, alors il est purement et simplement impossible que je revienne dans ses bonnes grâces. Fait chier. De toute façon, je l'avais déjà accepté, ce n'est que parce que son jumeau squatte ma cuisine que je pense à elle. D'une voix grave, Austin me met en garde :

– Martin. Je te dis ça parce que je te kiffe, mec, mais ma sœur ne te pardonnera jamais. Je ne sais pas si c'était du sérieux entre vous et je ne veux pas le savoir.

Il semble plus âgé qu'il ne l'est. La lumière de la cuisine commence à tressauter, comme un mauvais présage. Je regarde ses mains bouger tout en digérant ce qu'il m'annonce. Sa candeur et son honnêteté me prennent au dépourvu.

– Nos parents l'ont vraiment bousillée. Moi aussi à l'évidence, ajoute-t-il en souriant. Mais nous n'avons pas pris le même chemin et elle... eh bien, elle s'est refermée sur elle-même et je ne veux pas te voir essayer de l'aider pour finir par te planter. Pour elle, j'aimerais qu'il en soit autrement, mais je ne sais pas si elle sera un jour capable d'avoir une relation avec quelqu'un. Je m'inquiète pour elle, mais ne te flagelle pas pour ça.

– Tu vas un peu loin, non ? Elle n'a que vingt ans et toi, tu te tapes des femmes mariées. Si j'étais toi, j'éviterais de donner des conseils.

Sa façon de me regarder quand je dis ça me donne envie de l'attraper par son T-shirt et de le plaquer contre le mur. Je me retiens, mais j'ai les mains qui tremblent de rage autour de ma bière.

– Oh là, mec. Tu évites de parler des meufs que je me tape, et moi je peux parler de MA sœur comme j'en ai envie. Tu ne la connais même pas. Putain, du calme !

Ses joues s'empourprent et sa voix se fait de plus en plus forte. On se prend la tête pour quelqu'un qui n'est même pas là. Quelqu'un qui nous engueulerait copieusement tous les deux, d'ailleurs. Je le relance en grognant :

– Et toi, si ?

– À peine. C'est ce que j'essaie de te dire. Toi non plus, tu ne la connaîtras jamais et tu vas te rendre dingue à tenter de la comprendre ou d'obtenir son pardon. J'essaie de t'aider, là, de vous aider tous les deux, mais vas-y, ignore mes conseils, tu verras bien où ça te mène. Elle critique notre père depuis le jour où notre mère s'est tirée. Sans céder d'un pouce.

Je souffle. Ça me fait chier qu'il pense pouvoir me parler comme ça, mais effectivement, il connaît mieux Karina que moi. Même si d'un certain côté, je pense le contraire, c'est peut-être lui qui ne la connaît pas aussi bien qu'il le croit.

– Comme si ton père ne méritait pas de morfler !

– Qu'est-ce que tu sais que j'ignore ? demande-t-il en m'observant.

Nous nous dévisageons. Je ne vais pas aller sur ce terrain. Impossible. Même si Karina ne me reparle jamais, elle m'a confié des choses que je ne répéterai jamais, même à Fischer.

Je passe ma main sur mon crâne rasé et coupe court à la conversation :

– Et puis merde, à la fin. Je n'ai pas envie de parler de ça. En tout cas, je vais peut-être aller à Atlanta plus tôt que prévu. Je pourrais speeder la rénovation de la maison que j'ai achetée là-bas et j'espère en tirer un bon prix, assez pour pouvoir chercher un bien près de ma ville natale où l'immobilier est bien moins cher que dans les grandes villes. Plus je rembourserai rapidement mon prêt sur ce duplex, plus le bureau des Anciens Combattants pourra m'en accorder un autre.

Les bénéfices ne seront pas énormes dans un premier temps, mais je dois bien commencer quelque part. On accorde ce type de prêt immobilier à pratiquement tous les soldats. Et c'est bien normal. Servir son pays devrait au moins pouvoir permettre à tout militaire d'avoir sa propre maison.

– Hé, au moins tu as des perspectives d'avenir et un endroit où crécher. Moi, je n'ai même pas de ville natale. Ni d'appartement. Je suis chômeur et SDF.

Il me sort ça comme ça, sans vraiment se plaindre, il énumère juste des faits.

Quelle contradiction, ce mec ! Il est à la fois le type qui a le plus confiance en lui de la terre et le moins en même temps. Je n'ai jamais rencontré quelqu'un comme lui.

– On ne te l'a pas dit ? Tu ne devrais pas te comparer aux autres.

– Ouais, je crois que j'ai lu ça sur un T-shirt, un jour.

– Hé, au moins tu as un père.

– Bien vu. Mais je n'ai pas de maman.

– Bah, merde alors.

On sourit tous les deux à nos blagues sur la lourde réalité de notre vie. Ça fait du bien de savoir que tout le monde a des merdes à gérer et que tout le monde en chie. Se vanner sur des trucs hors de notre contrôle est notre moyen de faire baisser la pression. Il en faut bien un.

– Tu as ta jumelle.

D'un seul coup, nous redevenons un peu plus sérieux. Je me sens tendu à la seule évocation de son nom. Austin a pratiquement terminé sa deuxième bière.

– Elle ne me parle presque pas. Elle a essayé de me virer quand je suis arrivé chez elle. Bon, elle a fini par me laisser entrer pour prendre une douche et tout, mais comme je te l'ai dit, elle ne lâche jamais l'affaire, à un point que tu n'as jamais vu.

Je le regarde, mais ma bouche va plus vite que ma raison et je me mets à parler avant d'avoir eu le temps de m'en empêcher.

– Elle en veut à qui ? À votre mère de vous avoir abandonnés, ou à ton père qui se comporte comme s'il n'en avait rien à foutre d'elle ?

– Les deux. Mais la liste ne s'arrête pas là. Elle m'en veut à moi aussi, et même à toi ! Maintenant, c'est toi qui vas morfler. C'est moi qui t'ai demandé de ne pas lui dire pour mon incorporation et elle ne te le pardonnera probablement jamais. Elle n'a pas le choix, elle doit me parler – on est jumeaux après tout. Mais sérieux, ça ne me surprendrait pas qu'elle fasse comme si tu n'avais jamais existé. Je te confirme, ma sœur n'est pas comme les autres filles. Tu ne peux pas lui faire oublier tes conneries d'un sourire.

On dirait que Karina et moi avons les mêmes mécanismes de défense.

– Je croyais qu'on avait décidé de ne plus parler de ta sœur ?

Je me frotte les tempes de ma main libre. Pathétiquement posée sur le plan de travail, ma bouteille de bière est encore à moitié pleine.

– C'est toi qui as commencé. Mais oui, par pitié, parlons d'autre chose. Parlons plutôt de ce qu'il y a à faire à Atlanta, puisque tu aimes tellement cette ville. Je n'y suis pas allé depuis des années. D'ailleurs, on devrait y faire un tour à la fin du mois, ajoute-t-il, l'air surpris de sa propre idée, j'aurai vingt et un ans. Ou aller quelque part. Tout le monde est en train de prévoir une excursion camping, de toute façon. J'ai reçu un SMS à ce sujet.

– Ah non, je n'irai pas à cette putain de sortie camping. Ça, c'est tout vu, j'ai décidé de ne pas les accompagner.

– Allez ! me relance Austin en levant les yeux au ciel.

– Ce qui est intéressant à Atlanta, c'est la fiscalité locale hyper-avantageuse, alors j'ai envie de m'y installer avant que le prix de l'immobilier explose. Ensuite, il y a toujours quelque chose à faire et il y a une tonne de films qui y sont tournés. Ce n'est pas comme ici où tout est mort. Et enfin, j'ai surtout envie d'y vivre pour la bouffe. Je n'ai jamais rien vu de tel.

Je n'ai pas beaucoup voyagé, ce n'est pas comme si j'avais le palais très éduqué. J'essaie de goûter des trucs quand j'en ai l'occasion, mais je suis juste allé là où l'armée m'a envoyé et ce n'est jamais vraiment l'occasion de faire du tourisme. Je suis allé une fois en Allemagne, mais je n'ai pas quitté l'aéroport. J'y ai mangé un bretzel. Et un paquet de M&Ms.

– Tu m'avais paumé, jusqu'à ce que tu mentionnes la bouffe, rebondit Austin en jetant un coup d'œil à son repas réchauffé au micro-ondes. Comment peux-tu en savoir autant sur le marché de l'immobilier ?

Sa remarque me fait rire et j'en profite pour changer la position de mon bras sur la planche en bois brut.

– Imagine tout ce que tu pourrais faire de ton temps si tu ne le passais pas à coucher avec des filles comme Katie ou si tu ne jouais pas aux jeux vidéo.

Il se fout de moi en levant sa bière pour saluer ma déclaration et vide le reste d'un trait.

– Quand j'aurai fini mes classes, je pense que je serai comme toi. Mature et tout.

Il prend une autre bière dans le frigo et l'ouvre avec la boucle de sa ceinture avant de reprendre :

– Mais pour l'instant, j'ai l'intention de savourer chaque minute de liberté qui me reste, tant que ça dure.

Sait-il à quel point il n'en aura pas ? Je me contente de hocher la tête.

À mon tour, je lève ma bouteille et nous buvons tous les deux une gorgée. La bière est si froide qu'elle me fait mal aux dents. Je ne suis pas encore habitué à avoir un congélateur et de la glace à disposition.

– Tu as déjà pensé à ton dernier repas ?

En entendant ma question, Austin lève les yeux de son téléphone.

– C'est un truc que je suis supposé faire ? Ce n'est pas la prison.

Je ne réponds pas.

– Mais non. Pas encore. Probablement une pizza géante. Et de la bière. Plein de bière.

Il bafouille légèrement ses derniers mots. Il est agité, son corps est en mouvement constant, secoué par d'incessants petits sursauts.

Désignant la nouvelle bière fraîche dans sa main, je lui demande si ça va, d'un mouvement de tête.

Persuadé d'être sobre, il acquiesce silencieusement. Je l'observe et il me faut quelques instants pour mettre de l'ordre dans mes idées et essayer d'évaluer son degré d'ébriété. Peu importe en fait, ce n'est pas comme s'il avait quoi que ce soit à faire demain.

– Je ne suis pas aussi bourré que j'en ai envie. J'espère que ma sœur va arrêter de m'en vouloir.

Puis il baisse la voix, comme s'il se sentait mal d'avoir dit ça et ajoute :

– Désolé. Je ne voulais pas parler d'elle. Encore.

Je passe ma main sur ma bouche et tire sur ma lèvre, puis j'essaie de la chasser de mes pensées en lui répondant :

– C'est cool. C'est comme ça. Tu lui as menti, après tout.

– On lui a menti, tous les deux, précise-t-il en continuant de boire.

– Tous les deux. Je sais, mais tu es son frère et tu lui as promis de ne jamais t'engager. Pas moi. Je ne lui ai rien dit juste parce que tu étais censé le lui annoncer.

C'est en lui parlant que je m'aperçois qu'il m'énerve encore. Pendant qu'il faisait son lâche à attendre pour lui parler, moi je devais lui mentir. L'embrasser et lui mentir. Essayer de gagner sa confiance et lui mentir. Voilà ce que j'ai fait.

– Je sais, mais elle ne comprend pas. Tu crois toujours que j'ai fait ce qu'il faut, non ?

À l'idée du sachet de pilules vide trouvé dans sa poche quand je l'ai porté de la cour à mon appartement, trop bourré pour s'en rendre compte, je hoche la tête. Je ne sais toujours pas qui l'a déposé devant chez moi. Ne pas en avoir parlé à sa sœur est un autre mensonge. On dirait que c'est un truc que je fais souvent, sans même essayer.

– Est-ce que toi, tu crois que c'était la bonne chose à faire ? C'est la vraie question à se poser, Fischer.

– Je ne sais pas encore. Enfin, pas le mensonge. C'était plutôt con et ça n'a fait qu'empirer la situation.

– Ça, c'est sûr.

Ça lui a donné une bonne raison de fuir. Elle est douée pour ça. C'est dans ses habitudes, elle y trouve un certain réconfort.

Austin me relance en parlant lentement :

– À ta place, je n'irais pas la chercher pour lui demander de te pardonner. Elle déteste ça. Tu peux demander à tous ceux qui la connaissent.

Le truc, c'est que je ne pense pas que ceux qui l'ont rencontrée la connaissent vraiment. J'y étais presque, mais chaque fois que je me suis trop approché, elle s'est planquée.

– Ce n'était pas au programme. J'ai assez de merdes à gérer pour le moment.

Il tire la gueule.

Nos conversations à propos de Karina sont généralement à sens unique et je m'en suis servi pour apprendre tout ce que je pouvais sur elle. Ça doit être son côté mystérieux qui m'attire et qui fait qu'elle m'obsède encore. Même si maintenant elle n'est plus qu'un fantôme dans ma vie, je n'arrive pas à m'en débarrasser.

– Et puis, je ne pense pas que votre relation puisse marcher. Elle peut être chiante parfois et elle a besoin d'être avec quelqu'un capable d'équilibrer tout ça. En plus, elle est super-timide avec les mecs. Elle n'est jamais vraiment sortie avec personne, à part ce blaireau de Brien, et franchement, c'était un sacré con.

Il faut beaucoup de force, tant sur un plan psychologique qu'émotionnel, pour suivre une conversation avec Karina. Elle sortait toujours des trucs inattendus et, avec elle, j'étais toujours sur le qui-vive. Avec ses petits jeux, ses explications pour tout et n'importe quoi, elle avait à la fois tort et raison, un incendie et un iceberg, cette fille. Elle avait ses issues de secours déjà bien tracées, longtemps avant de me rencontrer. Oui, elle était difficile à gérer, mais est-ce qu'Austin est conscient de l'ironie qu'il y a à la traiter de chiante ? Elle était loin d'être timide. Discrète, oui, techniquement, mais pas timide. Austin ne l'a jamais vue comme moi ni n'a appris à la connaître comme je l'ai fait. Bien entendu.

Ce n'est pas qu'elle est timide, c'est plutôt qu'elle se ferme aux autres parce qu'elle n'a pas confiance en eux. Je ne le dirai jamais à son jumeau ni ne lui révélerai cet aspect de sa personnalité – c'est son droit de le partager ou le cacher –, alors je dois faire gaffe à ce que je vais lui répondre.

– Il y a un million de raisons pour lesquelles notre relation ne pourra jamais marcher, arrête d'y penser et de me poser des questions cheloues sur ta sœur.

Je me redresse, laissant le poids de mon corps se reposer sur ma jambe, quand, la bouche pleine de ragoût de bœuf au rabais, il rétorque :

– Ok, j'arrête. Mais toi, tu arrêtes aussi de penser à elle parce que c'est la troisième fois qu'on dit qu'on va changer de sujet. Tu devrais d'ailleurs changer d'avis pour le camping.

– J'ai mon compte de camping avec eux en Afghanistan. Ajouter de l'alcool et des filles à l'équation est une mauvaise idée.

– Ajouter de l'alcool et des filles n'est jamais une mauvaise idée, rétorque-t-il en souriant.

TREIZE

KARINA

Ma journée a commencé normalement. J'ai reçu ma paie, bien boostée par toutes mes heures supplémentaires. Je me suis fait un café, puis je suis allée chez la manucure au bout de la rue et en suis sortie avec les ongles des mains et des pieds vernis d'une couleur appelée « Lucky Lucky Lavande ». J'étais d'humeur à les faire peindre en noir, mais je m'en suis dissuadée toute seule. Mes ongles n'ont pas besoin d'être assortis à mon humeur.

Quand j'ai mis mon nom sur la liste d'attente, mes ongles étaient dans un sale état, limite gênants, mais choisir « Lucky Lucky Lavande » au beau milieu d'un énorme livre d'échantillons m'a remonté le moral. Je sais que tout va s'arranger. En plus, j'ai eu de la chance, l'esthéticienne m'a suggéré d'ajouter une couche de gel pour renforcer mes ongles, alors je l'ai fait. Ce traitement donne l'impression qu'ils sont plus longs et mes mains plus jolies. Elle était tellement bonne vendeuse que j'ai même payé un extra pour un massage de dix minutes. Ses doigts ont fait des miracles sur mes muscles très sollicités. En tant que professionnelle, je peux affirmer qu'elle savait ce qu'elle faisait, en plus.

En rentrant à la maison, je passe devant le salon de coiffure devant lequel se tient une femme que je n'avais jamais vue, fumant une cigarette. Elle me désigne le petit panneau fait maison sur la vitrine et m'annonce leur opération spéciale sur les balayages et l'épilation des sourcils à la cire. Après avoir lourdement regardé les miens, elle ajoute d'une voix rocailleuse :

– Pour cinq dollars de plus, j'ajoute la teinture des sourcils.

Son front est brillant de sueur. Le soleil va vraiment taper fort aujourd'hui. Il est à peine onze heures du matin et la chaussée est déjà bouillante. Rien que sur mon court trajet, je l'ai senti à travers mes tongs.

Je décline son offre généreuse aussi poliment que possible sans avoir à lui parler vraiment et en évitant de la regarder droit dans les yeux. Elle fait tomber sa cigarette par terre juste devant moi et rentre dans sa boutique en laissant claquer la lourde porte métallique derrière elle. Je jette un coup d'œil dans sa direction avant de ramasser son mégot, de l'écraser par terre pour m'assurer qu'il est éteint et de le mettre dans la poubelle la plus proche après avoir soufflé dessus.

Ensuite, je ne peux pas m'empêcher de m'arrêter pour me regarder dans le rétroviseur d'un van garé dans la rue. Je rejette mes cheveux en arrière pour voir où en sont mes racines et à quel point elles ont repoussé. Effectivement, c'est l'invasion.

Je devrais peut-être me faire une couleur ? J'ai l'impression d'être tellement nulle en ce moment et me faire faire les ongles m'a donné un petit coup de fouet. Il est peut-être vrai, dans tous ces scénarios de livres de romances ou de films, l'épisode « Cendrillon » où la fille change son apparence et – bam ! – oublie son ex, se sent super bien et s'éclate comme une folle avec son groupe de potes extraordinaires, tous heureux et célibataires, et puis un autre type arrive et lui sauve la mise !

Et on n'oublie pas de lever les yeux au ciel !

Je ne crois pas une seule seconde à cette connerie, je pense qu'il faut travailler bien plus que son apparence pour tourner la page, en revanche, j'ai bien acheté de la teinture. Deux couleurs : un blond foncé et un châtain clair pour les mélanger et éviter d'avoir une masse uniforme sur la tête, ce qui donnerait à mon teint un air cireux et grisâtre. J'ai perdu les quelques couleurs que j'avais gagnées sur les joues, probablement parce que je ne suis pas trop sortie, sauf pour aller au boulot à pied et en revenir. Me faire un shoot de véritable vitamine D, ça peut attendre, mais généralement c'est en me teignant les cheveux que j'arrive à repartir de zéro. Depuis toujours, enfin, depuis que j'ai eu l'autorisation de le faire pour mon treizième anniversaire.

J'ai eu des phases rose pastel, je me suis pratiquement cramé les cheveux en essayant l'argenté et j'ai testé tout le spectre du brun au blond dans les moments où j'avais besoin d'échapper à mon quotidien et de me changer les idées. Comme les salons de coiffure coûtent une fortune et que j'ai vraiment besoin d'économiser pour faire des travaux chez moi, je me suis acheté un pinceau et un bol pour faire le mélange, histoire de me donner l'impression que je suis une pro ; puis je me suis lancée, plus pauvre de trente dollars, mais espérant que ça ferait l'affaire.

Une heure plus tard, je me plante devant le miroir pour observer mes cheveux éclaircis et mes ongles d'un lavande pétant. Je me sens comme neuve. Sur la boîte, il est écrit que mes cheveux seraient d'un « noisette doré » ; je ne vois pas trop ce que c'est, mais j'aime bien le résultat. Cette couleur me donne bonne mine, j'ai le teint frais, presque rose, j'ai l'impression d'être plus vivante. Quand je change de tête, je passe toujours par des phases où j'ai l'impression d'être la fille la plus confiante de la pièce, et d'autres où j'ai l'impression que tout le monde me déteste en secret et déblatère sur moi dans mon dos. Oh ! c'est tellement fun de tout suranalyser !

Cette nouvelle couleur me rappelle celle de mes seize ans, ce qui est plutôt drôle, parce que je zone dans un vieux T-shirt du lycée. Il est gris, a un trou dans la manche et mon short est assorti. Son tissu est très doux, comme une serviette-éponge, et c'est mon préféré. Ces dernières années, il a accompagné de grands moments de réconfort.

Tout change en permanence autour de moi, maintenant plus que jamais, et j'essaie juste de garder les pieds sur terre. Austin va bientôt partir ; même s'il se retrouve à faire ses classes à Fort Benning, je ne le verrai pas avant la Journée des familles et sa remise de diplôme. Phillip va rentrer dans les prochains mois et je me retrouverai à vivre toute seule encore une fois.

Je dois me reprendre, putain, et me concentrer sur ma vie et ma carrière.

En fait, je n'ai pas encore de carrière – j'ai fait une formation, mais il me faut plus d'expérience et je ne sais absolument pas ce que je veux faire ensuite. Tout ce que je sais, c'est que je ne me vois pas travailler pour Mali toute ma vie.

Je déconne ou quoi ? Je ne sais même pas ce que je vais faire ce week-end, alors pour le restant de mes jours...

Il faut que je prenne l'air. Je traîne beaucoup trop à la maison ces derniers temps.

J'éteins la lumière dans la salle de bains et me pose dans le canapé du salon. J'ai l'impression d'avoir atteint mon but en me teignant les cheveux et en me faisant faire les ongles, mais un soin du visage justifiera que je passe le reste de la journée dans le canapé à lire et à regarder la télé.

J'en suis à cinq minutes sur Instagram avec des épisodes d'*Incorrigible Cory* en arrière-plan (merci la vidéo à la demande) quand je reçois un texto d'Élodie. Elle va à un barbecue après le boulot et veut savoir si j'ai envie de l'accompagner. Elle a mis des émojis steak, bière et même un smiley dans son message.

Jamais de la vie.

Je commence à lui répondre pour lui dire que je ne me sens pas de quitter mon canapé, mais je sais que c'est le genre de message qui va la pousser à insister, alors je cherche sur Internet quoi faire à Fort Benning un dimanche. Trois options, un marché de créateurs sur la base, le centre commercial et un marché aux puces. Je poursuis ma recherche sur le marché aux puces, même si c'est à plus de trente kilomètres, et je regarde les images. J'habite ici depuis plusieurs années et je n'en ai jamais entendu parler.

Tout est en extérieur, on dirait que tous les stands regorgent de meubles, de bois et de tondeuses à gazon d'occasion. Il y a même un gars qui vend du carrelage. Alors je regarde l'heure dans le coin de mon téléphone : treize heures. Je pourrais m'habiller un peu mieux, appliquer le minimum vital de maquillage et probablement être sortie de chez moi avant qu'Élo rentre à la maison et insiste pour que je l'accompagne à ce barbecue avec ses copines. Mieux encore, je pourrais simplement mettre un soutien-gorge, me brosser les dents et être partie dans moins de dix minutes. Au moins, je suis coiffée et manucurée.

J'opte pour la deuxième solution. Je ne connais personne qui irait à un marché aux puces à trente kilomètres d'ici un dimanche après-midi. La plupart de mes connaissances sont certainement au même barbecue qu'Élodie. Kael inclus. J'en suis certaine et, honnêtement, le croiser à ce type d'événement est certainement la dernière chose dont j'ai besoin en ce dimanche de renouveau.

Ce qu'il me faut, c'est conduire ma voiture sur l'autoroute, les fenêtres baissées, avec de la musique super-triste à fond pour chanter tout ce que je veux, peut-être pleurer un peu en chemin et m'acheter un truc pour la maison. Si ça se trouve, je pourrais trouver une lampe originale et cool, genre qui appartenait aux grands-parents de quelqu'un en Allemagne, pour remplacer la lampe Ikea de mon salon qu'on trouve dans toutes les maisons identiques de la base.

Plus j'avance, plus je suis excitée par ce que je pourrais trouver et par mes projets pour finaliser la déco de ma petite maison. Je suis loin d'en avoir fini avec la rénovation, mais j'espère que cette pépite du marché aux puces sera riche en trouvailles pas chères et faciles à monter.

En me garant, je jette un coup d'œil dans le rétro à ma banquette arrière. Je ne pourrai pas mettre grand-chose dans ma voiture, mais il y a peut-être un service livraison ? Je dois bien connaître quelqu'un avec un camion ou un gros van. En dehors de Kael.

Mon père me laisserait emprunter le sien ou viendrait même peut-être me donner un coup de main. Je m'arrête au distributeur à l'entrée et tire deux cents dollars. J'ai tellement tergiversé pour savoir combien je pouvais dépenser que lorsque je prends mes billets, deux personnes font la queue derrière moi.

Puis, à travers les portes je vois plein de stands riches en tapis, bijoux, vêtements, couvertures et gros morceaux de bois qui ressemblent à des portes de grange de ferme. Au final, je me demande si je vais avoir assez avec deux cents dollars.

Je me fais tamponner la main à l'entrée et ma fortune descend de dix dollars juste pour m'acquitter du droit d'entrée. Je suis surprise de voir autant de monde, il y a autant de civils que de familles de militaires, repérables immédiatement, bien sûr. Tout en observant la foule, je détecte une odeur de sucre chaud et de beignets. Cet endroit est juste magique.

Mon premier arrêt se fait à une table couverte de bijoux. Je culpabilise parce que je sais que je ne vais rien acheter, j'ai juste envie de les regarder et de les admirer. Je n'en porte pas, ce n'est pas mon truc, mais j'ai du mal à ne pas être à fond sur les turquoises. La vendeuse qui tient le stand me sourit, mais n'approche pas. Il doit y avoir pas mal de monde qui fait la même chose que moi. Elle a l'air sympa et rien qu'à la voir, je sais qu'elle a passé sa vie à travailler d'arrache-pied.

La bague qui retient mon attention est l'une des moins chères. Elle est toute simple, juste deux anneaux en argent de la même taille reliés l'un à l'autre au milieu. Il y a un truc qui me parle dans ce bijou, mais elle coûte vingt balles et j'ai vraiment besoin d'acheter des meubles.

Je continue mon chemin, sans bijou au doigt, et je me lance un rappel : ne pas me laisser distraire par les jolies bagues ou les énormes portes de ferme que je ne pourrai jamais faire entrer dans ma voiture. Je passe devant une série de vendeurs de bois et de planches en les observant minutieusement, aussi bien les mains pleines de cals du mec qui vend du petit bois que les détails de vieux volets peints. On voit encore des éclats de la couleur précédente sous le bleu profond actuel. Je ne m'arrête pas, je passe juste lentement devant. Une fois encore en prenant le temps de tout admirer. Jusqu'à une vieille caravane décorée de cactus avec une énorme fontaine à eau pleine de citrons jaunes et verts et de glaçons. Ils vendent aussi de petites succulentes et d'autres plantes à suspendre. Mettre un peu de vie dans ma maison est essentiel et je préfère de loin fréquenter les végétaux plutôt que les humains en général. Même si j'ai du mal à les garder en vie, les uns comme les autres. Je m'achète à boire, puis deux plantes vertes, et je prends une photo de mes deux nouveaux bébés pour les envoyer à Élo et les poster sur Instagram. J'ai envie de montrer à tout le monde que je suis sortie de chez moi aujourd'hui.

On dit quoi au fait ? « Si ce n'est pas sur Insta, est-ce vraiment arrivé ? »

En fin de compte, je me sens un peu merdeuse après avoir posté ces photos, alors j'enfouis mon portable dans ma poche. Je m'installe à l'une des petites tables mises à disposition des visiteurs et bois un autre gobelet de leur eau parfumée. Le côté esthétique de ces fontaines d'eau infusée de fruits, un jour de canicule en Géorgie, me donne l'impression que c'est la meilleure que j'ai jamais bue. Plus je reste ici, plus j'apprécie cet endroit. Je remercie Élodie de m'avoir invitée à ce barbecue, c'est ce qui m'a poussée à me réfugier ici. C'est comme si je démarrais une nouvelle vie avec des nouveaux cheveux et ces nouvelles plantes. Ce marché aux puces me donne l'impression d'être tellement loin de chez moi, de Fort Benning, même si je ne suis qu'à trente minutes de route ! En fait, même le chemin pour venir était sympa, à travers la campagne et cette petite ville qui n'accueille qu'une station essence, un bureau de poste et quelques maisons.

Je jette mon gobelet dans la poubelle de recyclage et attrape mes plantes, prête à explorer le reste du marché. Je n'ai pas vraiment réfléchi avant de les acheter, en fait elles sont assez grosses et c'est à peine si je peux voir par-dessus.

Une voix derrière moi m'interpelle :

– Besoin d'aide ?

Quand je fais demi-tour, je manque les faire tomber toutes les deux par terre.

QUATORZE

KAEL

Karina ajuste ses pots pour les retenir. Je m'apprête à lui donner un coup de main, mais elle fait un pas en arrière et manque mettre les pieds dans une flaque.

– C'est bon, c'est bon.

Elle refuse mon aide, ce n'est pas surprenant, elle est têtue comme une mule. Le genre demoiselle en détresse, ce n'est pas son truc et elle aime bien le prouver même si elle en retire des bleus à l'âme et des rougeurs sur les bras. Comme maintenant, les plantes griffant la peau de ses bras. Elle essaie de redistribuer le poids des pots en les portant différemment, mais elle le fait mal.

Elle porte un short gris qui est vraiment trop court pour ce genre d'endroit. J'ai du mal à regarder autre chose que la courbe généreuse de ses cuisses dénudées. J'aurais dû savoir qu'il ne pouvait pas y avoir deux femmes avec cette silhouette dans le coin.

Quand elle s'est retournée, au début, j'ai cru que c'était ma culpabilité qui me faisait voir le visage de Karina sur le corps de quelqu'un d'autre. Une étrangère aux cheveux plus clairs. La voir se débattre avec ses deux plantes est un peu douloureux. Je sais à quel point c'est lourd, ces saloperies. L'un des deux pots contient une plante avec de grosses feuilles vertes et quelques fleurs violettes, le tout dans de la terre meuble, mais le cactus est au milieu d'un tas de petits cailloux et le pot lui-même est en terre. Ses aiguilles semblent acérées, elles s'enfoncent dans la chair de ses bras, le laisser tomber le long de ses jambes, ou sur ses pieds à moitié nus, ne serait pas la chose à faire. Le premier truc que j'ai repéré sur cette fille, ce sont ses jambes et ses pieds dénudés.

Non pas parce que je suis un gros pervers, mais parce que le soldat en moi se demande ce qui a bien pu lui passer par la tête pour qu'elle décide de mettre des tongs sur un marché à ciel ouvert un lendemain de jour pluvieux en Géorgie. Non, mais qui fait ça ?

– Tu n'es pas vraiment habillée pour ce genre de lieu.

Mon entrée en matière lui donne envie de me fusiller du regard. Ce qui me fait sourire. Ses yeux verts trahissent ensuite un air suspicieux.

– Qu'est-ce que tu fous là ?

– Moi ? Je viens ici super souvent. Toi, clairement pas.

Je la taquine en jetant un regard bien insistant sur ses tongs.

Sa nouvelle couleur de cheveux lui éclaircit le regard et il y a autre chose de différent sur son visage. Elle ne porte pas de maquillage, ce qui me permet de voir les petites taches de rousseur sur le bout de son nez. Je la détaille encore quand elle baisse les yeux sur mes bottes.

Tapant des pieds sur la terre battue, j'insiste :

– Tu vois ?

Elle me regarde un peu excédée, genre les yeux au ciel. Comme le sol est principalement en terre, avec de temps en temps de gros graviers, je me dis que ça ne doit pas être super-fun de marcher sur un petit centimètre de plastique entre sa peau et la boue. À cette époque de l'année surtout, les étals les plus anciens vers le fond sont entourés de mares géantes pleines de gadoue, même quand il ne pleut pas.

En général, dans le marché, le terrain est plein de trous, de bosses, de morceaux de bois qui traînent et de bouts de stands abandonnés. L'endroit a connu des jours meilleurs, mais c'est en partie pour ça que je l'apprécie. J'apprécie de partager ça avec lui : nous sommes tous deux cabossés.

Toujours pas tout à fait sûr que ce soit bien elle là, devant moi, je lui demande :

– Qu'est-ce que tu fais là ?

Elle arrête enfin sa torture et pose les plantes sur la table devant elle. Ronchonnant un « Eh merde ! », elle essuie ses mains terreuses sur son vieux T-shirt troué. Puis elle secoue les bras devant elle et je ne peux m'empêcher de rire en la regardant faire l'inventaire de ses égratignures. Je remarque quelques coupures, mais rien qu'un peu de désinfectant et un pansement ne pourraient soigner.

– Moi ? Qu'est-ce que *toi,* tu fais là ?

Elle est d'humeur joueuse, on dirait, alors je la taquine :

– Eh bien, moi ? Je viens ici tous les week-ends, donc je sais que toi non. Tu vas admettre que c'est la vérité ou tu vas me reposer la question ? Maintenant, à ton tour. Qu'est-ce que tu fais ici en short et en tongs ?

Elle fronce les sourcils, et je remarque que là aussi la couleur a changé. Elle hausse les épaules en me répondant :

– J'ai découvert l'existence de ce marché sur Yelp. Et j'avais besoin de trucs pour ma maison, alors je suis venue.

– Qu'est-ce que tu cherches ? Je sais ce que la plupart des vendeurs ont en stock et qui peut te proposer les meilleurs prix. Tu as acheté tes plantes chez Kathy, à côté de la grosse caravane ?

Je sais que c'est le cas ; nous ne sommes qu'à quelques pas de leur zone de repos.

– Je ne sais pas comment elle s'appelle, mais ouais, à la caravane.

Elle protège ses yeux du soleil avec sa main et ses ongles violets retiennent mon attention. Visiblement, ces derniers jours, elle a pris un peu de temps pour s'offrir un relooking.

– Cool, elle est là depuis toujours. Son mari vient de temps en temps le week-end pour lui donner un coup de main.

Ce que je ne dis pas, c'est que son mari a fait le Vietnam et que son fils est maintenant en Afghanistan. On a l'armée dans le sang dans cette famille. Mais je me tais pour ne pas lui rappeler que son frère vient de s'engager. Pas tant qu'elle a envie de m'étriper.

Karina regarde partout autour d'elle, mais cherche à éviter mon regard. J'essaie de faire la même chose. Moi aussi, j'essaie de l'oublier en ce moment. Je crois que j'ai à peu près réussi ce matin. Bien évidemment, j'ai eu quelques ratés, mais bon, personne n'est parfait. La croiser ici, c'est dingue, ça me perturbe même, mieux vaut qu'on se débarrasse de cette phase de gêne chaque fois qu'on se voit rapidement. Ça fait deux jours de suite qu'on est, par hasard, au même endroit au même moment. Mais là, elle me semble un peu moins distante qu'elle ne l'était dans la salle d'attente des urgences hier.

Nous restons plantés là, en silence, alors que des gens passent devant nous avec leur café fumant et qu'un petit vieux porte une énorme porte en bois sur son dos juste à côté. L'un de nous va devoir dégainer en premier et mettre un terme à cet échange. Je lève les yeux vers elle pour découvrir qu'elle me dévisage. Encore quelques secondes de silence s'écoulent. Le soleil a rendez-vous avec la lune, mais la lune n'est pas là, et le soleil attend.

J'attends, espérant plus ou moins qu'elle parle de ses plantes ou qu'elle me gueule dessus pour Austin. Quelque chose. N'importe quoi.

Au final, c'est moi qui cède :

– Bon, c'était sympa de te voir. Je ne peux pas rester, j'ai chasse à la planche.

Je rigole un peu à la fin de ma phrase pour qu'elle chope le côté « je peux pas, j'ai piscine » que j'essaie de glisser dans la conversation.

Elle me sourit, mais c'est bref. Aucune émotion. Comme un talentueux caméléon qui perd son temps à essayer d'utiliser ses techniques contre moi. Il faut vraiment que je mette un terme à cette conversation avant qu'elle ne m'envoie chier.

Elle s'éclaircit la gorge et s'apprête à reprendre ses pots de fleurs en me prenant de court :

– Bon, bah, à plus.

– Tu peux demander à Kathy de te les garder pendant que tu finis ton tour.

Je désigne la caravane argentée, et Karina suit la direction de mon doigt alors que sa propriétaire me salue d'un signe de main en criant :

– Hé Martin ! Comment ça va, mon chou ?

L'expression du visage de Karina change. Elle m'observe maintenant de près et m'accompagne. J'arrive à la hauteur de Kathy dont les cheveux sont retenus en queue-de-cheval. Ses racines sont grises, mais le bout est roux.

– Ça va. J'essaie de trouver du parquet et de rentrer à la maison avant qu'il ne fasse trop chaud. Et toi, ça va ? Et Roger ?

Kathy sourit en m'entendant mentionner son mari et regarde en l'air :

– Ouais, ça va chauffer aujourd'hui. Roger va bien. Je lui passerai le bonjour de ta part.

Je m'arrange alors pour que Karina et moi puissions passer à autre chose et poursuivre nos programmes respectifs :

– Est-ce que mon amie peut laisser ses achats ici jusqu'à ce qu'elle les charge dans sa voiture ?

Kathy répond d'un hochement de tête et ajoute :

– Bien sûr ! Pourquoi tu ne m'as pas dit que tu connaissais Martin ? Contente de faire ta connaissance !

Kathy la prend alors dans ses bras et la serre contre elle dans un geste amical qui, je le sais, met Karina mal à l'aise et ajoute :

– Je t'aurais fait un prix !

Karina parvient à sourire en déclarant gentiment :

– Heureuse de faire votre connaissance.

Je ne pense pas que Kathy ait remarqué qu'elle a pris ses distances pour éviter tout nouveau contact physique, mais moi, je l'ai bien vu. D'une certaine façon, Karina est tellement prévisible, mais d'une autre, avec elle tout peut arriver.

– Pas de problème, laisse-moi tes plantes. Je te les garde jusqu'à ton départ. Vas-y !

J'attrape les pots et les pose juste derrière la caisse avant qu'elle puisse simplement penser à me dire de ne pas le faire. Une famille de militaires s'approche du stand et regarde les rangées de pots de fleurs suspendus, Kathy s'excuse pour aller les saluer. Elle a l'air de bien les connaître.

– Merci.

Karina m'a parlé sur un ton sec. Je lève les yeux pour la voir coincer ses mèches éclaircies derrière ses oreilles. Son visage, dépourvu de tout maquillage, est un peu rougi par le soleil. Elle ne me regardera pas en face, même si sa vie en dépendait.

Je déteste ce genre de petit jeu, mais si elle veut jouer à ça, allons-y. Je lui tourne le dos et commence à partir dans la direction opposée en lui disant :

– Ok, à plus.

Je n'ai aucune raison de rester plus longtemps. Même si elle arrive à accepter que j'aie aidé son frère à s'engager, j'ai bien trop de recoins sombres pour faire briller de la lumière pour elle. Ce n'est pas comme si elle pouvait un jour m'accorder sa confiance. Pas à moi ni à quiconque d'ailleurs.

Je fais environ trois pas avant qu'elle ne m'interpelle, et je me dis que je devrais faire comme si je n'avais rien entendu pour notre bien à tous les deux, mais je me tourne quand même.

Allez, Karina, qu'on en finisse une bonne fois pour toutes. Sans faire d'histoire.

– Ouais ?

– C'est tellement bizarre de te voir ici. T'es tout seul ?

Elle se lèche les lèvres et j'ose la regarder droit dans les yeux. Je lui réponds d'un hochement de tête. Pourquoi veut-elle savoir ça ?

Elle fourre ses mains dans les poches de son short en coton gris. Nous restons là, sous le soleil écrasant, et elle ne dit pas un mot. J'essaie de m'empêcher d'essayer de décrypter son attitude, mais c'est un échec. J'étudie l'expression de son visage et vois à ses lèvres qu'elle est nerveuse. Son angoisse m'aspire, m'attire vers elle.

– Et *toi*, tu es seule ?

Pourquoi suis-je incapable de la quitter ? D'habitude, je suis du genre à tout contrôler, c'est même ma raison d'être. Mais là, impossible de la laisser derrière moi.

Elle hoche la tête et me répond :

– Tu ne crois pas que c'est bizarre ? Que je sois là ? Si tu viens tout le temps ? Je ne le savais pas. J'essayais juste d'échapper à un barbecue auquel Élodie m'a invitée, je ne fais jamais de truc comme ça d'habitude. Tu sais, je ne me hasarde jamais dans un marché aux puces au beau milieu de nulle part. Mais pour une fois, je l'ai fait, et toi tu es là...

Qu'est-ce qu'elle me veut ? Un signe pour lui dire que je crois au destin ? Que ses histoires d'étoiles et de lune nous ont attirés ici tous les deux pour qu'on se parle et qu'on se remette ensemble ? Elle a eu une chance, plusieurs même, d'écouter l'Univers lui parler de moi, mais elle s'est barrée.

Mon instinct me gueule de me casser le plus rapidement possible.

Mission annulée, Martin, tire-toi.

Apparemment, j'aime perdre mon temps. Et elle aussi.

– Et ? Maintenant que le destin nous a réunis ici tous les deux, tu vas arrêter de faire comme si tu ne me connaissais pas ? À l'hôpital, je n'en étais pas sûr.

– C'est à peine si tu m'as adressé la parole !

Kathy nous regarde, et je pousse Karina pour qu'elle ne puisse plus nous voir. Merde, la dernière chose dont j'ai besoin, c'est que tout le monde dans le coin soit au courant de ma vie privée. Je viens ici tout seul depuis que je suis arrivé à Benning, alors la simple présence de Karina va déjà tous les faire parler. J'ai envie de conserver mes petites habitudes sur ce marché. Mes conversations se limitent à bonjour et au revoir. Des salutations et parfois quelques hugs.

– Bon, ce n'est pas le bon endroit pour reparler de tout ça. Les urgences non plus.

Elle redresse la tête et fait un pas vers moi. Avec elle, il y a toujours un combat à mener. Elle et son frère. Ils doivent avoir ça dans le sang.

– Mais c'est quand le bon moment ? Ou alors, on ne va jamais parler et faire comme si ça n'était jamais arrivé ?

– Tu aimerais ça, hein ?

Et juste au moment où je vais retirer ce que je viens de dire, parce que c'est un peu dur, elle me le renvoie dans les dents :

– Moi ? Mais c'est ton truc à toi, ça.

– Eh bien, on a ça en commun, alors.

Je mets un peu de distance entre nous ; j'ai besoin de souffler un bon coup pour reprendre le contrôle.

– Tu es vraiment énervant, dit-elle en tapant du pied.

– Parce que toi, tu ne l'es pas ?

Ses joues, de roses sont devenues rouges, et ses yeux sont le reflet d'un véritable chaos avec pour seule intention : me détruire. Elle est comme Daenerys, douée pour faire tomber les hommes un peu faibles. Si je ne mets pas un terme à cet échange, je serai le suivant. Elle a l'impression d'avoir été trahie, que je suis dans le camp ennemi maintenant.

– Comment peux-tu ne pas penser que tu as complètement déconné ? Ou c'est parce que tu n'en as plus rien à faire ?

Je décèle moins de rage dans le ton de sa voix que dans l'attitude de son corps. Je ne sais pas lequel est le reflet de la réalité.

– Je ne suis pas heureux des décisions que j'ai prises, non. Mais ça ne change rien. Ce qui est fait est fait. Tu ne crois pas ?

– Donc, tu n'en as littéralement rien à foutre. Ce n'est pas le moment pour faire profil bas, Martin.

Elle m'appelle par mon nom de famille, c'est clair et net, elle veut me forcer à réagir.

Plutôt crever que de lui donner satisfaction.

Enfin, peut-être un peu, un tout petit peu. Je m'approche d'elle pour la dominer.

– Tu ne vas pas croire ce que je te dis et ça ne te fera pas oublier ce que j'ai fait, donc on perd notre temps. Avant même d'essayer de me pardonner, il va falloir que tu acceptes que ton frère s'est engagé. Il va s'en tirer à bon compte parce que c'est ton jumeau, mais moi, je vais trinquer un bon bout de temps. Probablement pour toujours.

Son regard est plein de colère et elle pousse un soupir. Je suis presque sûr que cette fille me hait.

Je me mets alors à murmurer la suite pour que la famille qui passe à proximité ne nous entende pas.

– Je te connais.

Je suis si proche d'elle, de son visage, que je vois sa poitrine lentement se soulever au rythme de sa respiration.

– Tu as tort.

Ça me fait un mal de chien, mais je continue. Elle n'a pas tout à fait raison sur ce point et j'en ai vraiment marre d'endosser la responsabilité des conneries de tout le monde.

– Je t'ai dit que je m'inquiétais pour lui depuis le début. Il déconnait sérieusement et je le savais, mais ce n'était pas à moi de te donner les détails. J'ai essayé de faire ce que je pouvais pour lui, puis il a parlé de s'engager. Il essayait depuis un petit bout de temps déjà, il avait passé les tests dans une des Caroline, là où habite ton gros connard d'oncle. Je connais un bon sergent recruteur qui ne l'aurait pas traité comme une sous-merde, alors je les ai mis en relation. Quand j'ai parlé de toi et que je lui ai demandé ce que tu en penserais, Austin m'a demandé de me taire jusqu'à ce qu'il puisse tout te révéler. C'est ton frère, ton jumeau en plus, alors je me suis effacé. Ce n'est pas mon genre de m'incruster dans les affaires de famille, Karina. Et Austin et toi, vous avez un sacré merdier à démêler tous les deux.

Je me demande comment elle va réagir. Il y a une minuscule possibilité qu'elle prenne conscience que ce n'est pas moi le méchant dans cette histoire. Elle va devoir changer tous les refrains qu'elle fait tourner en boucle dans sa tête depuis deux semaines, mais il est tout à fait possible qu'elle devienne rationnelle.

Mais non, elle lève le menton, croise les bras sur sa poitrine, comme pour se protéger un peu plus, et me sort sur le ton le plus assuré que j'ai jamais entendu :

– Tu m'as menti.

Je jette un coup d'œil circulaire tellement discret qu'elle le remarque à peine. On attire déjà l'attention.

Quelques personnes se sont carrément arrêtées pour nous dévisager, disant des choses sur nous que je n'entends pas. Je reste tout près d'elle pour que nos voix ne portent pas. On ne devrait pas avoir cette conversation ici, ni maintenant. Et là, mon attention est détournée par le client de Kathy. Le père de famille s'impatiente alors qu'elle rédige la facture sur son carnet de reçus. Elle change de stylo, continue à remplir le bon et tape quelque chose sur sa calculatrice.

Je réponds calmement à Karina :

– Je n'ai pas menti. Ce n'est pas un mensonge si j'ai agi dans ton intérêt.

– Mais si. Ça ne fonctionne pas comme ça.

– Mettons-nous d'accord sur le fait que nous ne sommes pas d'accord, et terminons cette conversation quand on ne nous regardera plus avec insistance.

Elle jette un coup d'œil autour de nous et remarque les vendeurs comme les clients qui nous espionnent. Elle lève les bras et me dit :

– Très bien. De toute façon, il faut que j'achète une lampe.

Sa tong se prend dans un branchage qui se casse et lui griffe la jambe.

Elle continue, sans même grimacer.

Tellement déterminée à me prouver qu'elle a raison qu'elle en reste stoïque.

QUINZE

KARINA

Je dois vraiment me retenir de toutes mes forces pour ne pas pousser un cri quand je me prends les pieds dans cette foutue branche.

Kael a raison, ma tenue n'est pas du tout appropriée. Je continue de flâner sur ce marché – qu'il aille se faire voir, je ne partirai pas d'ici à cause de lui –, mais je fais tout ce que je peux pour ne pas le recroiser. Je garde un œil sur son T-shirt bleu aux manches coupées et je vais de stand en stand, prenant le temps d'apprécier l'endroit car je sais que je ne pourrai jamais y revenir. Nous sommes sur son territoire, pas le mien.

Mais merde à la fin ! Il m'énerve vraiment, et en plus, il est irrespectueux.

Heureusement qu'il a eu une attitude de connard certifié avec moi ; j'étais à deux doigts de faire l'erreur de lui demander s'il voulait en parler et aller au fond du problème. Dans ma tête, je nous voyais déambuler tranquillement en discutant. Je suis tellement obsédée par lui que j'étais sur le point de merder. Et puis, quel enfoiré ! Je n'avais jamais vu son côté mesquin et, franchement, plus jamais ça. Le silencieux et stable Kael, impliqué et quand bien même distant, au moins était correct. Celui qui ne me suit même pas quand je me casse, celui-là est intolérable.

Je devrais tout simplement partir. Ce marché est vraiment cool et je suis certaine d'avoir trouvé mon nouvel endroit préféré, mais savoir que c'est son domaine à lui et qu'il y vient « tout le temps » a vraiment tout foutu en l'air. En fait, j'aurais dû aller à cette fête dans le jardin de la copine d'Élodie et faire comme si j'étais contente que ces femmes m'apprécient. Oui, quelque part, ça compte pour moi, mais je suis si fatiguée, ces derniers temps, d'avoir besoin continuellement de me rassurer que tout le monde ne me déteste pas en secret ou me trouve super-chiante. Ok, j'aurais pu me pointer là-bas, même si elles me détestent toutes et pensent le pire de moi, au moins Élodie aurait été là. Et puis, il y aurait probablement eu des hot dogs et des burgers et ça aussi, c'est un plus. Ici, il y a Kael et je préfère encore passer quelques heures avec des épouses de soldat à faire semblant d'être intéressée par leurs conversations. En fin de compte, la purge, c'est de rester ici.

Avoir laissé cet homme s'insinuer dans les moindres recoins sombres de mon esprit, il y a quelques semaines, me laisse totalement perplexe. J'explore rarement ces endroits moi-même, mais là, j'ai le bide en vrac de penser à quel point je lui ai permis d'entrer dans ma vie. Mais quoi ! Je n'ai donc rien retenu de l'exemple de mes parents ? Je dois me séparer de toutes les personnes toxiques de mon entourage. Ce n'est pas vraiment Kael qui est nocif, mais plutôt quelque chose dans les circonstances de notre relation. Bien trop de négatif s'y est accumulé en très peu de temps et, en plus, il continue à s'occuper de mon frère. Il a choisi d'être plus loyal envers lui qu'envers moi.

Quelle surprise, vraiment, vu qu'absolument tout le monde fait la même chose depuis notre naissance !

Le temps s'écoule très bizarrement sur ce marché. Je finis par oublier Austin, Kael et même mon portable jusqu'à ce que je caresse du bout des doigts le dossier d'un fauteuil en satin violet foncé. Il est hyper-voyant et démesuré, j'ai vraiment l'impression d'être Alice au pays des merveilles. Je ne le vois vraiment pas chez moi, même si ce fauteuil est super-beau et funky aussi. Quand même, je passe mes doigts sur les clous de tapissier qui soulignent la douceur du tissu. La couleur pastel de mes ongles sur sa teinte plus sombre, c'est trop beau.

Pendant que personne ne regarde, je sors mon portable et prends une photo de ma main sur l'assise. Je me sers du mode portrait pour que l'arrière-plan soit légèrement flou et la lumière concentrée sur les couleurs, ce qui ne fait qu'en accentuer le contraste. La photo est vraiment cool. Je vérifie immédiatement que personne ne m'observe. Je ne comprends pas pourquoi je me sens si bête de prendre des photos, parce que maintenant tout le monde le fait. Les portables ne sont plus seulement des accessoires, et pratiquement tout est publié un million de fois au cours d'une journée.

Un coup d'œil à mon écran d'accueil m'avertit qu'il est presque dix-sept heures.

Je n'y crois pas ! Mais quand je regarde autour de moi, je m'aperçois que certains vendeurs sont en train de ranger et de mettre leurs marchandises dans des cantines et des caisses. Vers le fond, près des arbres, un des gars parle encore à ses clients, découpant des planches les unes après les autres alors que plusieurs personnes attendent encore leur tour. Même si ce commerçant est très sociable, à voir tous les autres plier boutique, je me dis que le marché est sur le point de fermer.

Alors que je pense à Kael, je vois le nom d'Élodie s'afficher sur mon écran, mais aussi plus d'une centaine de notifications Instagram. J'ouvre l'appli et les déroule toutes. D'habitude, j'ai une ou deux réactions par semaine max. Là, j'ai plein de commentaires d'inconnus qui me demandent où je suis et me disent de poster d'autres photos. Estelle, la femme de mon père, a même laissé un commentaire pour me dire que j'avais l'œil. Trop bizarre.

Je quitte cet écran et tape le nom de Kael dans la barre de recherche. C'est une habitude relativement nouvelle chez moi, mais apparemment, je ne peux plus faire sans. Rien de neuf. Sa dernière photo est celle que j'ai vue une tonne de fois ici ou sur Facebook, celle où il est en mission sur le terrain avec Mendoza et Phillip. L'idée qu'il puisse se faufiler derrière moi à n'importe quel moment me frappe subitement, alors je glisse mon portable dans ma poche. Il m'est déjà tombé dessus une fois aujourd'hui. Je déteste qu'il ait assimilé en un clin d'œil le fond de ma pensée. La réalité est bien différente de ce que j'avais en tête.

En gros, Kael est un connard. J'ai envie de prétendre le contraire, mais dans le fond, c'est ce qu'il est. Son comportement d'aujourd'hui l'a prouvé, une véritable enflure. Il croit pouvoir s'autoriser à se pointer quand il veut dans ma vie, comme tout le monde, et que je le laisse faire. Je ne veux plus avoir affaire à lui.

Maintenant, je suis parano, je regarde partout autour de moi. Il y a beaucoup moins de monde qu'à mon arrivée. Il est probablement déjà parti, il faut que j'arrête de me prendre la tête comme ça.

Du coin de l'œil, j'aperçois un fauteuil blanc avec un immense dossier à oreilles. On dirait qu'il y a de grosses taches de graisse noire sur le tissu, mais quand je regarde de plus près, je me rends compte qu'il s'agit de roses brodées.

Pas d'étiquette de prix, je suis dégoûtée, ce n'est jamais bon signe.

La vendeuse est assise sur un tabouret et tourne son visage vers un petit ventilateur en plastique rose. Elle porte un T-shirt de Bob Seger et je pense à ma mère qui en mettait aussi très souvent. Mon père l'avait emmenée à l'un de ses concerts quand ils ont commencé à sortir ensemble. Ma mère chantait « Against the Wind » dans la voiture, son bras à la fenêtre se balançant dans le vent au rythme de la chanson. C'est marrant, le fauteuil comme sa vendeuse me font penser à elle. Leurs cheveux sont coiffés de la même manière, du moins comme à l'époque où j'étais au collège, et le fauteuil ressemble au type de meuble dont elle aurait eu envie.

La femme me surprend à la dévisager, et bien sûr je rends la situation encore plus gênante en détournant le regard puis en revenant sur elle dès que je m'aperçois de ce que j'ai fait. Elle me sourit et me dit de la prévenir si j'ai des questions, puis elle met de l'ordre dans un récipient plein de poignées de portes extraordinairement ouvragées. Je la remercie d'un hochement de tête et effleure les pétales de l'une des roses du bout des doigts. La laine utilisée pour la broderie est douce et épaisse. J'ai toujours eu envie de meubles cool et un peu bizarres, mais ce fauteuil m'appelle d'une façon toute nouvelle. Il est tellement génial, non seulement par sa forme mais aussi parce que les roses sont placées un peu au hasard sur le tissu crème. Il semble à la fois vieux et neuf, classique et branché.

Je pousse un soupir en pensant à l'argent dans ma poche. Je n'ai aucun moyen de savoir combien coûte le fauteuil, impossible de deviner ce genre de truc sur un marché aux puces. Un peu plus tôt, j'ai bien vu une vieille armoire fendue qui coûtait mille deux cents dollars et un magnifique bureau ancien bradé pour quarante au stand suivant, alors la seule solution c'est de demander directement. Mais je ne sais pas pourquoi, cette femme, coiffée comme ma mère, m'intimide trop pour que j'ose lui parler.

Je remarque une série d'assiettes présentées sur la table à côté, elles non plus n'ont pas d'étiquette. La plupart des objets ne semblent pas avoir de prix ici. Une fois encore, ce n'est pas bon signe. J'admire encore un peu le siège. Il irait à la perfection dans mon salon, ça c'est bon signe en revanche. Je pourrais un peu déplacer le canapé et tourner l'autre fauteuil pour qu'il soit face à celui-ci...

Je me lance :

– Combien coûte le fauteuil avec les roses ?

Elle se lève de son tabouret et avance vers moi. Sa jupe en toile sombre flotte autour de ses jambes. Le bas est recouvert de poussière. J'imagine que tout le monde, moi la première, va quitter cet endroit, recouvert d'une fine pellicule de terre sur l'intégralité du corps. Au-delà de sa ressemblance avec ma mère, il y a quelque chose dans le visage de cette femme qui me semble familier, comme si je l'avais vu dans un vieux film dont je n'arrive pas à me souvenir. Quand on sait à quel point le Tout-Hollywood s'est retrouvé dispersé un peu partout en Géorgie, je ne serais pas surprise de découvrir que c'est son cas.

– La tapisserie de ce fauteuil est cousue à la main. Elle vient directement du Missouri. Il appartenait à mon grand-père, c'est son ancienne maîtresse qui a tout brodé et assemblé.

Elle insiste bien sur le côté illicite de la relation de son grand-père. Ses doigts sont chargés de bagues et elle porte une série de longs colliers et de pendentifs qui dansent sur le visage de ce pauvre Bob Seger lorsqu'elle se déplace.

– Vous pouvez l'avoir pour deux cent cinquante. Et c'est une bonne affaire. Ce n'est même pas le prix de la tapisserie, c'est pratiquement du vol. C'est juste que je prends mon pied à penser qu'elle a travaillé dur dessus, juste pour que je l'abandonne.

Sa remarque sarcastique est chargée d'humour, ce qui me fait un peu rire, mais je lui dis :

– Désolée, deux cent cinquante, c'est trop pour moi.

Grrr. Bien entendu, il n'est pas dans mes moyens. Je ne nie pas sa valeur, mais côté finances, ce n'est juste pas possible.

Je regarde une dernière fois le fauteuil et recule en la remerciant.

Snif, il était tellement beau !

Ce manque d'argent est une des raisons pour lesquelles je ne me vois pas travailler pour Mali jusqu'à la fin de mes jours. Pour le moment, je m'en sors, mais quand j'aurai vingt-cinq ans, je veux être capable de dépenser deux cent cinquante dollars pour un fauteuil un dimanche, comme ça en passant, plutôt que de me consumer de désir pour un objet que je ne peux pas acheter.

À l'instant où je m'échappe, une voix nous surprend, la vendeuse et moi :

– Tu ne peux pas descendre à deux cents ?

Kael est là, les mains devant lui comme dans un geste de prière.

– C'est un fauteuil qui coûte cher, Martin. Ma belle-mère a fait toute la tapisserie à la main.

C'est marrant, quand elle m'en a parlé, c'était la maîtresse de son grand-père. J'aime bien quand les femmes sont honnêtes entre elles. Cette femme est une dure à cuire, je le vois bien. Hilarant aussi, qu'elle soit sous le charme de Kael, et depuis un petit bout de temps d'après ce que je vois. Elle sourit, touche ses longs cheveux, pas comme si elle flirtait tout de même, mais je suis quand même jalouse de leur relation. Elle semble bien le connaître. Comme la dame des plantes, elles font partie de cette vie dont j'ignore tout.

On dirait qu'ici tout le monde sauterait d'un pont si Kael Martin lançait le mouvement.

Tout le monde sauf moi. J'ai déjà vu comment ça se passait. J'aurais bien envie de le suivre, mais je sais que l'affaire tournerait au vinaigre si je le faisais.

– Je sais, Rosa. Mais Karina, ici présente, vit toute seule et elle essaie de retaper sa maison.

J'ai envie de lui donner un bon coup de coude ou de présenter à la dame des excuses pour Kael parce qu'il est vraiment énervant et qu'il adore se mêler de ce qui ne le regarde pas, mais elle semble changer d'humeur.

On dirait qu'il va gagner.

– Je suis ami avec son frère. Il vient juste de s'engager...

Petite pointe de culpabilité quand je me rends compte que, oui, mon frère va vraiment rejoindre cette satanée armée de terre. Si obtenir ce fauteuil à moindre prix peut m'aider à me sentir mieux, eh bien, qu'il en soit ainsi. Il faudra aussi que je me farcisse un appel à mon père pour lui demander de venir jusqu'ici pour m'aider à l'emporter, ce qui va me valoir au moins une heure de regards en coin pour me juger, de commentaires narquois sur ma sécurité, ma tenue et mon irresponsabilité d'être allée aussi loin toute seule...

Je commence à me demander si ce fauteuil vaut la migraine et les palpitations d'une journée entière. Mais bon, peut-être qu'Estelle va apprécier cette brocante et qu'il sera de bonne humeur ?

– Son jumeau en plus, ils n'ont que vingt ans.

Mon Dieu, qu'il est doué !

Kael et Rosa négocient vingt, puis cinq dollars et finissent par s'entendre sur deux cents. Il a un don incroyable pour la négociation, tout en douceur. J'ai du mal à regarder ailleurs. J'ai tellement envie de ce fauteuil.

– Mon père est dans...

J'allais mettre mon grain de sel dans la négo quand Kael m'interrompt. C'est tellement gros que je me dis que ça va se voir, mais on dirait que Rosa n'a rien remarqué. Trop bizarre.

Il continue :

– Cent quatre-vingts.

Le problème, c'est que je n'ai plus cette somme. Alors, je lui murmure doucement :

– Kael, je n'ai que cent vingt dollars sur moi.

Il ignore mon avertissement et poursuit :

– Il sera dans de bonnes mains.

Avec cette voix, il pourrait vendre une shampouineuse à moquette à une femme qui a du parquet chez elle.

Avec quelques « s'il vous plaît » et un énorme sourire, elle est à deux doigts de céder. Elle me détaille des pieds à la tête et demande d'un air interrogateur :

– C'est ta petite copine ou quoi ?

Je ne sais pas trop si je suis adoubée, ou pas. J'imagine que je le découvrirai bientôt.

– Plus ou moins. J'essaie de la convaincre de l'être, alors si tu pouvais m'aider... ce serait super.

Son sourire est tellement contagieux.

Je suis contaminée et l'imite comme une idiote lorsqu'elle finit par céder à cent quatre-vingts. Quelques secondes plus tard, elle change d'attitude et s'y met, elle aussi, quand il sort son portefeuille. Elle me regarde et j'ai l'impression qu'ils partagent un secret dont je ne sais rien. D'habitude, ce genre de comportement me rend paranoïaque, là, je me sens toute chose et je lui souris timidement en retour. Rosa tend la main et j'y dépose mes billets. Je la regarde les compter. Dès qu'on aura fini de payer, je fonce au distributeur pour rembourser à Kael tout ce que je lui dois. Je ne veux pas dépenser plus que j'avais prévu, mais merde, j'ai tellement envie de ce fauteuil et, en fin de compte, c'est une bonne affaire.

Je la remercie, Kael la remercie et elle le serre dans ses bras. Il connaît vraiment tout le monde ici et, moi, je ne savais même pas que cet endroit existait.

– Viens plus souvent de ce côté du marché. Je sais que Mendoza ne peut plus vendre et je suis désolée pour ce qui s'est passé... mais il nous manque dans le coin. Comment tu vas ? J'ai entendu dire que tu n'allais pas bien.

Elle l'observe des pieds à la tête et revient à sa jambe. Ce qui me pousse à le regarder vraiment et je me rends compte qu'il a l'air fatigué et un peu crado, comme s'il venait de faire une sorte de travail manuel. Il y a même une tache de sueur dans le dos de son T-shirt bleu ciel. C'est dégueulasse d'être aussi sexy. Il se dégage de lui quelque chose comme une confiance tranquille qui m'empêche de détourner les yeux. Rosa semble partager mon point de vue. Et elle les connaît mieux que moi, lui et ses amis.

Et puis, Mendoza ? Alors, Mendoza venait ici avec Kael ? Ou il vendait quelque chose sur ce marché et, maintenant, il ne peut plus ? J'essaie de trouver une logique à tout ça et à ce qu'elle dit à propos de sa jambe tout en me demandant comment j'ai fait pour me sentir aussi proche de lui sans le connaître. Autant que je sache, la jambe de Kael le tiraille et lui fait mal de temps en temps, mais il se remet normalement. Du moins, c'est ce qu'il m'a dit. Je ne sais pas qui détient la vérité, mais j'imagine que ce n'est pas moi.

Kael se penche un peu pour regarder sa jambe et lui répond :

– Ce n'est rien. Ça tire un peu par-ci, par-là. C'est tout. Qui t'en a parlé d'ailleurs ?

Je remarque à quel point sa voix est suave quand il s'adresse à elle. Et ça me surprend un peu, sans mentir. J'essaie de comprendre pourquoi il la connaît si bien. Est-ce parce qu'il vient tous les week-ends et passe souvent avec Mendoza ? Tant de questions et aucune ne m'apporte le moindre réconfort.

Que ce fauteuil et mon manque de self-control soient maudits, je n'aurais pas dû acheter quelque chose que je n'ai pas les moyens de me payer.

– Ta maman. Elle me parle, tu sais. Enfin, elle m'a juste téléphoné l'autre jour. C'était par accident et on a fini par papoter un peu.

Elle accompagne sa déclaration d'un sourire qui en dit long. On dirait bien qu'elle aime les ragots, mais aussi qu'elle a un bon fond et de bonnes intentions.

En entendant parler de la mère de Kael, je reprends du poil de la bête. Il parle rarement d'elle, mais elle pourrait peut-être me donner des indices qui m'aideraient à découvrir les raisons de son silence.

Je sais qu'il n'aime pas étaler sa vie privée, mais je veux tout savoir sur lui, alors que je prétends, à moi comme aux autres, le contraire. Et comme ce n'est pas lui qui va tout me raconter, ça, je le sais, c'est l'une de mes dernières chances de lever un coin du voile.

Mon côté irrationnel et curieux espère qu'il ne va pas mettre un terme à cette conversation ou qu'il ne la fera pas changer de direction d'un gentil sourire, comme il l'a fait avec moi tant de fois.

– Et vous avez échangé des potins sur moi ? Vous n'avez rien de mieux à faire toutes les deux ?

Il la taquine, et je ne l'ai jamais vu sourire comme ça. On dirait un adolescent insouciant, c'est comme ça que j'imagine qu'il était avant d'avoir rejoint l'armée, ce qui me rend triste pour lui. Je me demande comment sa mère le voit. Et comment elle est, elle. Une minuscule, microscopique partie de moi, si infime que je vois bien qu'elle est stupide, regrette de ne pas avoir pu la rencontrer.

– C'est ce que font les mamans. Ça me manque de ne plus voir son doux visage, comme quand elle venait ici avec toi. Ça fait trop longtemps qu'on ne l'a pas vue.

Elle dit ça en me regardant comme si je connaissais sa mère et que je savais ce qui peut l'empêcher de venir. Rosa est bien gentille, mais elle est complètement à côté de la plaque.

J'ai un petit pincement au cœur, cette femme que je ne connais même pas me manque. Je dois vraiment, mais alors vraiment partir d'ici. Il doit y avoir quelque chose dans l'eau qui altère mes facultés de jugement.

Il regarde son téléphone un instant, puis redresse la tête avant de lui répondre :

– Eh bien, je lui passerai le bonjour de ta part la prochaine fois que je lui parlerai. C'était un plaisir de te revoir, Rosa. Je ne m'absenterai plus aussi longtemps, mais là, je dois y aller.

Immédiatement, je me demande où il doit aller. Chez lui ? Au barbecue ? Un endroit mystérieux où les gens comme lui passent, se rencontrent et conspirent pour savoir comment nous désorienter, nous le commun des mortels.

Rosa nous serre dans ses bras et me dévisage une dernière fois avant de me laisser avec une interrogation : comment elle me trouve ? Non pas que ça ait la moindre importance, mais je n'ai toujours pas trouvé la réponse quand elle s'éloigne et que nous restons tous les deux à côté de mon si joli nouveau fauteuil.

– Je vais tout de suite aller au distributeur pour te rendre l'argent que je te dois. Je dois aussi appeler mon père pour qu'il m'aide à rapporter ça à la maison.

– Ne t'inquiète pas pour ça.

L'encolure de son T-shirt bâille, montrant ses clavicules et l'intégralité de ses bras. Sa peau luit sous le baiser brûlant du soleil.

– Hein ? Bien sûr que je vais te rembourser.

– Il y a quoi, soixante balles ?

– Je n'aime pas devoir quoi que ce soit aux gens.

J'enfonce ma tong dans la poussière pour appuyer ma déclaration, ce qui le fait rire. De son côté, il tape sa botte contre la terre battue.

– Ah, ça, je suis au courant.

– Tu vas arrêter de faire comme si tu me connaissais ?

Il lève les yeux vers moi, et moi les miens au ciel. Il incline un peu la tête sur le côté. Un petit sourire joue sur ses lèvres, comme si ce qu'il allait dire allait toucher les étoiles.

– Mais c'est le cas, je te connais.

– À peine.

– Ce n'est pas comme si je m'étais trompé jusqu'à présent.

– Ça va, Monsieur Je-Me-La-Pète ? Enfin, peu importe.

Je me redresse pour essayer d'être aussi grande que lui. Kael baisse encore les yeux sur son portable. C'est à peine si je l'ai entendu sonner.

– Je dois y aller. Tu pourras me donner le fric pour le fauteuil plus tard.

– Tu vas où?

J'ai posé la question avant même de réfléchir. Il fronce les sourcils, refait ce sourire qui me fait des trucs dans le bide et répond franchement :

– À la *baby shower*.

Hein ? Je reste interdite un instant tandis que ses doigts tapotent l'écran de son téléphone. Je nc m'attendais pas à ça.

– Quelle *baby shower*?

Il me regarde comme si j'étais débile.

– Celle d'Élodie ! Je me demandais pourquoi tu n'y étais pas aujourd'hui, mais je me disais que tu avais déjà dû partir ou un truc dans le genre.

Il regarde autour de lui les commerçants remballer leurs marchandises. Un type avec un maillot de foot lui fait un signe de la main et continue son chemin avec une table pliante sous le bras.

– Comment ça, la *baby shower* d'Élodie ? Je n'ai même pas commencé à l'organiser.

– C'est la femme de Tharpe. Toni ou Tonya ? Elle a dit que c'était un barbecue, mais en fait, c'est une fête pour le bébé. Tu n'as pas été invitée ?

– Euh... bah non.

Je ravale la grosse boule dans ma gorge qui est devenue toute sèche d'un seul coup. Je me sens hyper-mal, j'ai envie de disparaître sous terre, le temps de tout assimiler.

– Enfin, Élodie m'a invitée à un barbecue pour les membres du peloton de son mari, mais je n'avais pas vraiment envie d'y aller...

Et là, je me prends tout en pleine poire. J'ai l'impression de cramer, mais je continue sur ma lancée :

– Personne ne m'a rien dit ! Il n'y en a même pas une qui m'a contactée pour me dire qu'elles la préparaient. J'aurais donné un coup de main... Je pensais que c'était à moi de l'organiser, en plus. Si j'avais su que c'était sa satanée *baby shower*, j'y serais allée bien sûr. Merde !

J'ai envie de pleurer.

Kael a l'air de ne plus savoir quoi me dire. Il se contente d'un « oh ».

J'ai envie de me défouler sur lui, mais cette fois ma douleur n'a rien à voir avec lui, il n'en est pas responsable. Je sors mon téléphone pour envoyer un texto d'excuse à Élodie. Je n'arrive pas à croire qu'aucune de ces femmes n'ait pensé à m'inviter. Pire encore : elles lui ont organisé une fête alors que j'étais partie du principe que c'était à moi et moi seule de le faire. Le message est on ne peut plus clair, ou ces filles me détestent ou elles ne se soucient même pas de mon existence.

– Tu veux y aller avec moi ? J'y vais maintenant.

– Putain, mais jamais de la vie !

– Pourquoi ?

Je pousse un gros soupir avant de me lancer :

– Visiblement, elles me haïssent et elles ne veulent pas que je vienne.

– Carrément de la haine ? Elles ne te connaissent même pas, si ?

Et il est sérieux quand il dit ça.

– Je ne peux pas me pointer alors que je ne suis pas invitée. Bah, je déteste les gens qui ont l'esprit de clan. Enfin bref, de toute façon je n'avais pas envie d'aller à ce barbecue. J'organiserai ma propre *baby shower* pour Élodie.

J'essaie de me motiver malgré le sentiment de rejet.

– Qu'est-ce que tu en as à foutre de ce qu'elles pensent ! Élo est ta meilleure amie, elle vit avec toi. S'il y en a une qui dit quoi que ce soit, c'est juste une sacrée conne.

– Les gens sont cons, en général.

Ma remarque le fait rire.

– Tu as réponse à tout, c'est ça ?

Je me mords les lèvres, puis hausse les épaules avant de déclarer :

– J'aurais pu être une super-avocate si je n'étais pas aussi empathique.

– Ok, Miss Empathie, rétorque-t-il en se mettant à murmurer. À d'autres. Allons à la fête d'Élodie, pas les voir elles. En plus, comme ça, je peux t'aider à rapporter ton fauteuil chez toi, ta maison est presque sur le chemin.

Elle ne l'est pas.

– J'allais appeler mon père.

D'une main, je me protège du soleil couchant qui me tape dans l'œil. Il est encore fort, juste derrière la tête de Kael, mais ses larges épaules en absorbent la plus grande partie, sauf quand il sort des limites de sa silhouette. Il se met à rire avant de réagir.

– Ah ouais ! Tu me détestes à ce point-là ? Tu préfères faire venir ton père jusqu'ici plutôt que je te donne un coup de main ? Je ne m'étais pas rendu compte qu'on était tombés si bas, ajoute-t-il d'une voix moqueuse.

– Je n'aurais pas eu l'occasion de te le dire, si c'était le cas. Ce n'est pas comme si tu ne me l'avais pas demandé.

Je lève les yeux au ciel pour mettre un peu de légèreté dans la conversation et ajoute :

– Évidemment que je préférerais que ce soit toi qui rapportes ce fauteuil, plutôt que de voir mon père, mais je ne pensais pas que tu me le proposerais.

– C'est officiel, à tes yeux, je suis devenu un vrai méchant.

Je soupire, prends dans mes bras le dossier du fauteuil et ajoute d'un air dramatique :

– Mais je voulais vraiment ce fauteuil. Il est tellement beau et maintenant qu'il est à moi, je me moque de qui le portera à la maison.

Il marque un temps d'arrêt avant de me répondre et je surprends son regard qui s'attarde sur ma bouche. Je sens mon cœur battre à tout rompre quand il s'humecte les lèvres et dit :

– Oui. C'est vrai. Allez, Kare. Viens avec moi. Tu ne veux pas rater cette fête.

Je lève ostensiblement les yeux au ciel avant de lui répondre :

– Oh non, tu ne vas pas jouer les marchands de tapis avec moi. Je suis immunisée contre ton charme.

Il me regarde d'un air narquois, s'humecte les lèvres, et ses yeux me disent qu'il ne me croit pas une seule seconde.

– Mais oui, c'est ça !

– En plus, maintenant que c'est presque terminé, je ne sais pas si je dois y aller. J'allais organiser une fête plus proche de la date de son terme. Je pensais que les gens attendaient de connaître le sexe du bébé pour ça, non ? Elles auraient dû attendre pour qu'on sache quoi acheter au moins.

Je lève les yeux vers Kael. Il s'appuie contre la table d'un ensemble de salle à manger qui n'est qu'à quatre-vingts dollars. On dirait que ces meubles trop cool ont au moins cent ans. Bah, il faut vraiment que je trouve un autre moyen de me faire du fric. Je pourrais peut-être bosser pour l'une de ces applis que j'ai toujours détestées, mais j'ai vraiment envie de nouveaux meubles. Machinalement, Kael dessine de petits motifs dans la poussière sur la table.

– Je n'en sais strictement rien. J'ai presque terminé son cadeau. Il va me falloir encore une semaine pour le finir, mais je vais tout de même y passer pour m'y montrer.

Je le fusille du regard avant qu'il ajoute :

– Même si je sais que ta *baby shower* aurait été vraiment mieux.

Je lui réponds d'un sourire qu'il me rend. Mes yeux se posent sur les stands encore ouverts autour de moi et j'ajoute :

– Même si j'y allais maintenant, je n'ai pas de cadeau. Et d'ailleurs, qu'est-ce que tu vas lui offrir ?

– Un berceau.

Il m'a répondu sur un ton plus grave et son sourire s'est évaporé dans l'air étouffant du marché. Je ne peux pas m'empêcher de sourire.

– Un berceau. Ah ouais, quand même.

– Mais je le fabrique et ça me prend un peu plus de temps que prévu.

J'en reste bouche bée.

– Tu le fabriques, genre tu l'as créé de A à Z tout seul ?

Il me le confirme d'un hochement de tête.

– Maintenant, c'est sûr et certain, je ne peux pas m'y pointer avec toi, tu m'humilierais trop, d'autant plus que je n'ai pas de cadeau.

C'est tellement adorable. J'avais besoin d'un rappel qu'il n'est pas toujours ce bon soldat dépourvu d'émotion et que je ne suis pas complètement dingue d'avoir vu autre chose en lui à l'époque, il y a un million d'années j'ai l'impression. Un berceau fait à la main pour le bébé de mon amie, c'est exactement le geste qui réfute cette caricature de soldat dans laquelle je l'avais enfermé. L'idée qu'il soit venu ici pour acheter les matériaux nécessaires à la construction d'un berceau m'émeut et m'attire vers lui. Ça change la donne, ce signe m'envoie un petit rayon de lumière et j'espère que Kael ne me le reprendra pas avec un autre mensonge avant que je sois complètement perdue.

Il essuie la sueur sur son front et me dit :

– Ouais. Je suis sympa. Je sais. Alors, tu vas arrêter de jouer les gamines et m'accompagner, ou pas ?

SEIZE

KARINA

Quand j'accepte de l'accompagner, c'est surtout parce que je suis encore dans le feu de notre chamaillerie. C'est aussi parce que je suis énervée par les copines d'Élodie qui ont oublié de m'inviter ou, pire encore, qui l'ont fait exprès. Je le saurai bien assez tôt comme ça.

Je stresse tellement que j'en ai le bide en vrac et je regrette déjà d'être montée dans son camion. Il m'a demandé de l'y attendre pendant qu'il allait chercher mes achats. J'ai vaguement protesté, mais le souvenir cuisant de mes éraflures sur les bras m'a rappelé qu'il valait mieux que je la ferme, et je me suis installée sur le siège passager. J'en profite pour l'observer dans le rétroviseur, son corps grandit à mesure qu'il s'approche. Il porte mes deux nouvelles plantes dans les bras. Il est tellement solide, c'est le corps d'un homme qui porte le monde sur ses épaules où qu'il aille.

Quand il arrive, je mets de la musique et le vois déposer mes plantes à l'arrière. Je le regarde jouer à Tetris quelques secondes pour trouver une place à chaque objet, lui propose mon aide, puis renonce. Je songe à me casser une dernière fois avant de boucler ma ceinture de sécurité et, pour tromper mon ennui, je finis par sortir mon téléphone. Les notifications Instagram continuent à affluer pour la photo du fauteuil violet. Je sais qu'elle est bonne, mais je ne m'attendais pas à tant de succès.

Ce petit pic d'excitation qui nous vient chaque fois qu'on déroule la liste des noms qui nous semblent vaguement familiers, c'est bizarre tout de même. D'habitude, rien à foutre de ces gens. Je les suis juste sur les réseaux sociaux quand je n'ai rien d'autre de mieux à faire. Mais maintenant, avec ma photo, je viens de me rappeler à leur bon souvenir et je me demande ce qu'ils pensent de ma vie post-bac. Avec un peu de chance, ils pensent qu'il s'y passe plus de choses que c'est le cas en réalité. J'ai quitté le lycée il y a trois ans, mais je n'ai pas l'impression que c'était il y a si longtemps. Peut-être parce que je n'ai pas fait grand-chose, à part mettre un toit au-dessus de ma tête et obtenir mon diplôme. Ce qui est super, mais c'était il y a déjà deux ans. Dans le même temps, Kael a été envoyé deux fois sur le terrain. J'en ai un frisson, alors qu'il fait une chaleur d'enfer.

– On dépose le fauteuil chez moi d'abord ? Tu pourrais me suivre, je passe devant avec ma voiture, ok ?

Il monte, baisse le son de la radio et me répond d'un signe négatif de la tête. Puis il essuie la sueur de son front en s'épongeant avec le bas de son T-shirt. Bon Dieu, ce camion semble minuscule tout d'un coup !

Mon corps entier me dit de regarder sa peau nue, mais je me retiens.

– Jamais de la vie, putain.

– Pourquoi ?

– Parce que si on fait ça, tu n'iras pas chez Tharpe avec moi. Je vais déposer tes achats chez toi et tu vas me planter. Je te c...

Il s'arrête avant de finir sa phrase. Il allait dire qu'il me connaît.

– Mais non!

Il a le culot de m'avoir quasiment percée à jour, ce qui me fait rire.

– Enfin bon, peut-être que je pourrais essayer de faire ça, mais qui sait? Je pourrais très bien y aller et on pourrait s'éclater.

Je me rends compte de ce que j'ai dit en même temps que lui. Je bafouille pour corriger ma sortie.

– Enfin moi. Pas nous. Peut-être que je pourrais m'éclater.

Il me regarde d'un air plus que sceptique, mais ses yeux s'éclairent, me persuadant presque de le suivre.

– Karina. Est-ce que tu es sérieusement en train de me dire que tu vas venir? Parce que je peux déposer tes affaires sur le chemin et y aller tout seul. Ce n'est pas une obligation. Je pense juste qu'Élo serait contente de te voir. Tu comptes beaucoup pour elle.

Je pousse un soupir, mes jambes s'agitent et me rapprochent de lui. Puis je baisse les yeux sur mes vêtements pourris:

– Je sais. Mais j'ai toujours l'impression de m'incruster quand je ne suis pas invitée. En plus, je ne peux pas y aller comme ça. Il y a vraiment un trou dans mon T-shirt. J'ai l'air débile.

Je passe mon doigt verni de violet dedans.

– Mais non, carrément pas.

Pas du tout bizarre, ce compliment!

– Merci.

Mon regard croise le sien. Il a le souffle court et j'ai l'impression qu'il panique, comme s'il ne voulait pas me dévisager comme ça mais qu'il en a vraiment envie. Les secondes passent et nous continuons ce petit jeu. Aucune pensée cohérente ne traverse mon esprit. J'arrive à sentir sa présence, il est si près de moi. L'image la plus proche de mes sensations, en ce moment, serait un bain aromatisé à la lavande, apaisant et rafraîchissant à la fois.

Il se penche un peu plus près et mon cœur prend tellement de vitesse et de puissance que j'ai peur qu'il puisse l'entendre.

– Tu vois, on peut être potes, après tout.

Ses mots tombent entre nous comme des pavés.

Je cille, un peu paumée et franchement honteuse d'avoir pensé que...

Je ne sais pas ce que j'ai pensé, en fait. Je me secoue un peu et m'approche de la fenêtre pour m'écarter de lui.

– On verra ça. Garde tes espoirs pour toi et ne mets pas la charrue avant les bœufs.

J'essaie de garder un ton jovial en contradiction avec mon désespoir. Il passe la marche arrière.

– Oh ! Je n'ai pas le moindre espoir, Karina.

Alors qu'il appuie sur l'accélérateur, je reviens à moi et m'exclame :

– Mais qu'est-ce que tu fous ? Je ne peux pas laisser ma caisse ici !

– Je t'y conduis, à ta voiture, c'est tout.

En tournant le volant, il me sourit. Mes mains agrippent la poignée de la porte et je chasse la panique d'un petit rire, le cœur battant à cent à l'heure pendant qu'il conduit en silence dans le parking. Pas un bruit. Même la radio est éteinte.

Il remonte effectivement quelques rangées et se gare à côté de ma voiture. J'ouvre la portière et sors du camion d'un bond en le remerciant :

– Merci de m'avoir déposée !

J'entends qu'il ouvre aussi sa porte et contourne son camion pour me rejoindre. De sa main, je le vois frotter sa cuisse en attendant que j'aille m'installer au volant.

– Ta jambe te fait mal ?

J'espère que ce n'est pas parce qu'il vient de porter un gros fauteuil et d'énormes plantes vertes pour moi.

En guise de réponse, je n'ai droit qu'à un silence. Même quand il dormait à la maison, il gardait sa jambe cachée et je me suis tellement habituée à ne pas lui poser de question là-dessus que, parfois, j'oublie qu'il est blessé.

– Ça va. Pars devant, je te suis.

Son trousseau de clés se balance à son index lorsqu'il m'indique la route à quelques centaines de mètres. Il ouvre la portière conducteur de ma voiture, que je n'avais pas verrouillée, pour me laisser passer.

– Tu ne devrais pas laisser ta voiture ouverte ici. Nulle part, d'ailleurs.

Il fronce les sourcils et se frotte la tempe d'un doigt. Ma réponse s'approche plus ou moins de la vérité :

– Il y a des moments où je n'oublie pas.

– C'est ça. Je vois.

D'un mouvement de tête, il désigne ma porte ouverte, je lui fais une grimace en passant devant lui pour m'installer derrière le volant. Je ferme la porte en vitesse et, dans ma précipitation, je cogne sa main au passage.

– Tu sais, je préfère quand tu parles moins.

– Tu m'étonnes !

Son rire se perd sur le trajet du retour à son camion. Je ne m'attendais vraiment pas à passer une telle journée. Je me demande si je serais quand même entrée dans le marché si j'avais vu son énorme camion en arrivant. J'ai la tête qui tourne d'avoir été si proche de lui.

Bref, ce mec me rend dingue.

J'allume la radio. Une chanson touche à sa fin et la voix de Ryan Seacrest prend le relais pour faire la pub d'une appli de rencontres. Encore une fois, l'Univers me joue des tours. Merci pour ton aide, Ryan.

Je change de station, entre les coordonnées de ma maison sur le GPS et dépose mon portable sur le porte-gobelet pour conduire tranquillement. Kael n'a probablement pas besoin d'un itinéraire, lui, j'aurais mieux fait de le suivre.

Je m'engage sur la route, Kael derrière moi. Je n'arrive pas à croire que ces bonnes femmes ont organisé une *baby shower* pour Élodie sans m'inviter. J'essaie de ne pas le prendre personnellement, mais c'est super-dur. J'ai passé une heure à stresser sur un putain de barbecue, je n'avais franchement pas besoin de ça. Être impliquée dans l'organisation de la fête aurait été probablement encore pire, car elles m'auraient mis la pression pour trouver le cadeau parfait, pour aider à la déco et coordonner des gens que je connais à peine. Alors, honnêtement, je m'en fous qu'elles m'aient mise de côté. Ce qui me déçoit le plus, c'est que ces filles ont fait tout ça avant que je puisse m'en occuper. Je suis son amie la plus proche, quand même, elle habite chez moi. Même si ce n'est pas officiel, elle dort sur mon canapé toutes les nuits.

Élodie va certainement penser qu'elles se soucient plus d'elle que je ne le fais. Toni, la fille qui est venue la chercher aux urgences, a probablement décoré sa maison pour l'occasion et Élodie doit être folle de joie. Il y a des chances pour que sa maison soit plus grande et plus jolie que la mienne. Me rendre compte que je perds aussi rapidement confiance en moi me perturbe vraiment. Je déteste savoir que ces gens ont ce type de pouvoir sur moi. Je ne veux pas être ce genre de fille, mais il y a quelque chose dans mon cerveau qui me force à l'être.

Je regarde le camion blanc de Kael qui me suit. Ce qui me calme un instant, je me sens plus paisible. Malheureusement pour moi, je ne peux pas l'observer et conduire en même temps.

À chaque kilomètre avalé, j'angoisse un peu plus à l'idée de passer à cette fête. Je n'ai pas été invitée et, d'ici à ce qu'on arrive chez moi, je n'aurai pas le temps de me préparer pour l'occasion. Je me redresse pour m'observer dans le rétroviseur. Je n'ai plus une tête de déterrée, j'ai franchement meilleure mine qu'hier. Je ne vais avoir le temps que d'enfiler quelque chose de correct et peut-être mettre un peu de mascara et de gloss.

Quand on se gare devant chez moi, je me suis convaincue de ne pas y aller. Il le savait déjà, moi aussi, mais c'est quand même sympa de rêvasser que je pourrais y aller avec lui. Je ne pense pas qu'il va m'en faire tout un fromage, enfin pas plus que le minimum attendu, mais peu importe, je préfère ça à une séance de torture sociale. Il attend à côté de son camion que je déverrouille la porte et ouvre la porte moustiquaire. Il m'interpelle de loin :

– Tiens, une porte fermée, c'est surprenant.

J'aime bien savoir que je n'ai pas besoin d'excuse pour ne pas y aller. Il se moque gentiment de moi, mais il ne va pas me forcer, au contraire d'Austin qui me suppliait de l'accompagner à des soirées quand on était ados.

– Tu es sûr que tu ne veux pas que je t'aide ?

– Nan, garde juste la porte ouverte.

Bradley, mon voisin, sort sur son palier, nous regarde, nous salue d'un mouvement de tête et ramasse son journal qui traînait par terre avant de rentrer chez lui. Je me demande s'il est au courant qu'il peut le lire sur Internet. Il est du genre à ne pas s'en être rendu compte. Ou alors il s'en fout.

Je fais un signe à Kael pour lui dire qu'il peut y aller et il sort le fauteuil de son camion. Je me précipite à l'intérieur pour déplacer l'ancien et lorsqu'il entre chez moi, j'essaie de trouver un truc à dire. Dès que nous sommes proches, j'ai toujours du mal à ne pas combler le silence.

Je désigne l'endroit où l'ancien fauteuil était placé il y a encore quelques secondes et il y pose le nouveau. Kael jette un coup d'œil à mon antiquité dans son coin.

– Tu ne vas pas le jeter, hein ?

– Si, il est vieux.

– Mais il est tellement confortable.

Je me marre au souvenir de ses longues jambes qui en dépassaient quand il y a dormi. Il était en position allongée. J'ai l'impression que c'était il y a une éternité. Je me demande si nous pensons à la même chose, il me semble que oui.

– Si tu le veux, prends-le.

Son visage s'illumine. Je ne m'attendais pas à une telle réaction pour un vieux fauteuil récupéré chez mon père quand Estelle a un peu touché à la déco.

– Laisse-moi te le payer. Ou alors, disons que c'est pour le fric que tu me dois pour le nouveau. Un fauteuil pour un autre.

– Un fauteuil pour un autre ? Tu te fais avoir sur ce coup-là. Mais j'accepte, du moment que tu es conscient de ce que tu fais.

– C'est bon, j'assume. Je l'aime bien, dit-il en souriant. J'ai dormi comme un bébé dans ce truc.

J'imagine Kael dans un sac de couchage au milieu du désert. Son corps a dû s'adapter aux changements de températures extrêmes qui peuvent y sévir. Il regarde son téléphone quand je lui annonce :

– Prends-le. Ça me fait plaisir.

J'attends quelques secondes pendant qu'il compose un SMS, et il finit par lever le nez de son écran.

– Dernière chance pour aller à cette *baby shower* !

– Même si je suis jalouse parce que tu vas t'éclater là-bas, je dois décliner... J'ai des trucs à faire. En plus, c'est presque terminé et je n'ai pas de cadeau. Et pour finir, je n'ai même pas de chaussures aux pieds.

Appuyé contre son nouveau fauteuil, il me dévisage.

– Ok.

– Ok ?

– Je peux toujours leur passer le bonjour de ta part.

– Alors, ils sauront que tu m'as vue. Ce n'est pas une bonne idée, parce qu'Élodie pourrait culpabiliser et en plus je suis crevée, je suis sortie toute la journée et...

Il lève la main pour m'interrompre.

– C'est bon, j'ai compris. Je ne parlerai pas de toi. Je pense pourtant que tu devrais toutes les envoyer chier en venant. En revanche, il faut que j'y aille, ça va être bientôt fini.

– Vas-y, alors.

J'ai répondu un peu trop rapidement. J'ai comme des picotements dans la nuque et j'ai vraiment envie que cette journée perturbante se termine.

– D'accord ? demande-t-il en esquissant un sourire.

J'aime bien qu'il n'en fasse pas toute une histoire, mais d'un certain côté, j'aurais aimé qu'il essaie au moins de me convaincre. Mon Dieu, je m'éparpille dans tous les sens.

– Par contre, je vais déposer tes plantes à l'intérieur avant d'y aller.

Il a encore le nez dans son portable. Peut-être qu'il ne voulait pas que j'y aille, en fait ? Je me demande depuis combien de temps il est au courant de cette fête et si la personne qui retient son attention au téléphone – quelle qu'elle soit – y sera. C'est peut-être pour ça qu'il ne veut pas que je vienne. Je ne fais pas partie de ce groupe, je n'ai pas d'attache avec ce peloton de soldats. Qu'il passe beaucoup de temps avec eux ou pas, c'est son unité et il est ami avec beaucoup de mecs qui en font partie. Je commence à me lancer dans une théorie du complot comme quoi Élodie aurait parlé à son groupe d'amies de Kael, et j'ai soudain très chaud. Ça me brûle, même.

– Karina ? Tu vas bien ?

Sa voix me ramène à la réalité. Dans mes pensées, je vais toujours loin, dans les extrêmes. J'aimerais que ce ne soit pas le cas, malheureusement, c'est une vieille habitude.

Je lui réponds d'une voix pincée :

– Oui.

Évidemment, Kael le remarque. Je savais qu'il le verrait et qu'il me dirait quelque chose. Ses lèvres effleureraient mon oreille, comme quand on était au lit, et il me susurrerait...

– T'es sûre, ça va ? Je ne parle pas de nous. Mais de toi, en général.

En fait, il reste là, sur le pas de la porte, aussi immobile qu'une statue, les dents serrées.

– Ouais, ça va. Je suis juste fatiguée. La journée a été longue et je dois travailler demain matin. En plus, je dois prendre une douche. Mais ça va. Vraiment.

Kael pousse un soupir et frotte son menton du bout des doigts.

– Ok. À plus, alors ? On se reverra ?

– Oui, à plus. On se reverra.

Il hésite un peu, puis finalement se lance en m'interpellant :

– Karina ?

– Oui ?

– J'aime bien ta nouvelle coiffure, ça te va très bien.

Un peu gênée, je me passe une main dans les cheveux pendant qu'il attrape mon vieux fauteuil d'un bras sous l'accoudoir, l'autre passant derrière le dossier. Je reste plantée là, à ne pas trop savoir quoi dire à part un « merci » marmonné vite fait.

Il sort du salon, le fauteuil dans les bras, sans un regard en arrière. Je laisse la porte déverrouillée pour qu'il puisse rapporter mes plantes et j'attends dans la cuisine jusqu'au moment où la porte se referme. Je suis complètement paumée, il me déstabilise encore plus que d'habitude. Je verrouille la porte minutieusement derrière lui, puis allume la télé et monte le volume pour ne pas entendre son camion rugir dans la rue. Maintenant que je suis de retour dans ma petite maison, toute seule, mes plantes ne sont plus aussi excitantes qu'elles l'étaient tout à l'heure. La magie les a désertées.

Au moins, le fauteuil est toujours aussi beau. Je m'assieds dessus, caressant le tissu en essayant de me détendre, sans penser à cette *baby shower*, à Kael et à toute cette journée complètement délirante.

DIX-SEPT

KAEL

C'est surtout de la bière qu'on biberonne à cette *baby shower* ! En gros, c'est un barbecue agrémenté de quelques décorations ici et là. Franchement, il y a pire. Ça change du thème habituel de ces fêtes, ambiance « Bonne chance ! »

Quand je me gare devant la maison, l'espace d'un instant, je regrette que Karina n'ait pas accepté de m'accompagner. J'aurais aimé rester chez elle un peu plus longtemps, lui parler un peu plus, lui poser des questions sur ce qu'elle a fait ces derniers temps. D'un certain côté, j'aime bien qu'elle soit mon petit secret, mais je suis sûr que les filles apprécieraient son attitude et pourraient même être un peu inspirées par son indépendance. Je sais qu'elle n'est pas très amie avec elles, mais elles ne sont pas si terribles que ça et, au moins, Mendoza et Gloria, sa femme, seront dans le coin. Si Karina essayait de s'ouvrir un peu aux autres, elle l'apprécierait, elle au moins. Leur van est garé devant la maison, juste à côté de la Mustang verte de Lawson. Ouais, Lawson est ce genre de connard, le genre à avoir des tonnes d'autocollants de l'armée sur son pare-chocs pour prouver qu'il est un bon patriote, comme s'il les avait achetés par lots, et deux dés en moumoute accrochés au rétroviseur central.

Je sonne et la femme de Tharp, Toni, ouvre immédiatement.

– Martin ! Je n'arrive pas à croire que tu sois venu !

Quand elle me serre dans ses bras, je me rends compte qu'elle sent la bière et le spray à paillettes que ma petite sœur utilisait quand elle avait quatorze ans.

Je m'écarte rapidement, mais réponds en souriant :

– Merci de m'avoir invité.

Ses yeux sont injectés de sang, comme ceux des autres femmes installées sous la véranda à l'arrière avec Élodie. Je passe devant des gens, les saluant d'un geste de la main, et je m'arrête devant la future maman pour lui faire la bise. Elle est en train d'expliquer à Austin son amour pour la télévision américaine. Ils sont au beau milieu du très classique débat : *Friends* ou *Seinfeld*. Je serre la main d'Austin en me demandant si sa sœur va lui dire que j'ai passé la journée avec elle, puis je jette un coup d'œil dans le jardin. Tout le monde est rassemblé en petits groupes sur le gazon légèrement en pente. Il y a quelques îlots : la table avec la nourriture, le barbecue, la table avec les chaises. Je compte environ une quinzaine de personnes, pourtant, à cette heure-ci, j'aurais cru qu'il y aurait moins de monde. Le jardin sent le tabac et la graisse brûlée du gril.

Désignant une glacière en plastique bleu par terre, Toni m'indique :

– Les bières sont là et il reste encore plein de choses à grignoter.

– Merci. Je viens juste de manger.

C'est un mensonge, mais je n'ai pas faim. Je suis juste complètement défoncé de fatigue, crevé. Tout ce que je veux, c'est poser mon cul sur mon lit le plus rapidement possible. Ma jambe me lance.

– Martin.

Mendoza me tapote le dos de sa main encore entière, mais l'autre tient une putain de bière.

Il s'appuie contre la clôture en bois du jardin. Gloria est assise sur une chaise à quelques pas, un Coca à la main, les yeux sur ses enfants. Ils s'amusent un peu plus loin en courant après des bulles, sous le tourniquet d'arrosage, avec des gamins que je ne connais pas. Quand les mômes de Mendoza m'aperçoivent, deux des trois viennent me saluer. Viviana, la cadette, enroule ses bras autour de mes jambes. Celle de droite me fait un mal de chien quand son petit bras vient s'écraser dessus, mais je ne peux pas me résoudre à lui dire quoi que ce soit, alors je souris en essayant de ne pas grimacer.

Il y a quelques minutes encore, elle ne me faisait pas souffrir. Quand la décharge d'adrénaline d'avoir vu Karina s'est estompée, les douleurs sont revenues et la sensation de brûlure a repris dans toutes mes fibres musculaires.

Je lève la tête pour chercher à me concentrer sur autre chose, n'importe quoi. Éviter la souffrance est une expérience que je connais bien. C'est ça la guerre, en fait : trouver des subterfuges pour ne pas reconnaître la douleur qu'on est en train de subir.

Impossible de dévier de ces pensées, pourtant c'est ce qu'on nous enseigne à l'armée : des méthodes se basant sur notre instinct et l'abominable art de la guerre. Si je pense à la souffrance, même quelques secondes, je vais revoir cette petite fille voilée portant dans ses bras un tout petit garçon mort. Son visage était maculé de boue et de sang. C'était peut-être son frère, ou elle a pu simplement le trouver dans la rue parmi tous les autres corps, il y avait tellement de blessés. Je cligne des yeux pour dégager cette saloperie de mon esprit. La douleur, j'associe la douleur à des souvenirs de guerre et parfois, quand je ne fais pas gaffe, ils me reviennent en pleine gueule. J'ai de plus en plus de flashs de ce genre ces derniers jours. Peut-être à cause des menaces du père de Karina ou peut-être à cause des hurlements de Mendoza qui se révoltait contre l'injustice de la terre entière quand il a passé son poing à travers la porte vitrée.

Ce n'est pas comme si j'étais immunisé contre cette atroce et écrasante culpabilité que la guerre nous inflige, pourtant, sans savoir comment ni pourquoi, j'ai la chance de ne pas complètement péter les plombs et de pouvoir rationaliser une grande partie de mes choix, et c'est peut-être ça qui m'aide. Enfin, c'est ce que je me dis. De retour dans cette tente, je peux pratiquement sentir le sel sur mes lèvres en sueur et l'odeur étouffante de l'air chargé de la dernière explosion d'une bombe artisanale. Ma peau commence à me picoter et ma conscience navigue entre la réalité et mon trauma.

Non, je suis là, à Benning, chez nous. Juste à quelques kilomètres de ma mère et de ma sœur. Je ne suis pas sur le terrain.

Je repense à ce qu'on nous a appris en thérapie de groupe, à respirer. À compter et à respirer, puis à regarder ses pieds, ancrés au sol, ici à Fort Benning et pas en Afghanistan.

– Martin ! Ça fait longtemps qu'on t'attend ! Il y en a qui disaient même que tu ne viendrais pas.

Viviana me crie pratiquement dessus en agitant son petit index dans un geste de mécontentement. Elle se plante ensuite devant moi et lève ses bras en l'air. Son visage se confond avec celui de la petite fille voilée juste sous mes yeux.

Il faut que je me sorte de là.

Putain.

– Hé ! Tu m'écoutes ?

Elle m'engueule. J'entends sa voix, mais j'ai l'impression qu'elle me parle du fond d'un tunnel.

Je fais remonter à ma mémoire des moments de la journée pour revenir à la réalité. Karina, les heures passées à polir du bois, Karina qui déambule de stand en stand sans avoir la moindre idée que je la suis. Elle dégageait une sorte de calme qui me fait regretter l'énergie qu'elle m'apporte.

Ce n'est pas instantané, mais c'est rapide, je reviens enfin dans ce jardin, à l'instant présent, et j'essaie de me sortir de mon passé.

– Hellooooooo !

Toute à son impatience, Vivi saute sur place, juste devant moi. J'essaie de faire comme si je faisais exprès de l'ignorer, comme si c'était une blague. Les sensations commencent à revenir dans mes jambes ; je sens mes bottes bien plantées dans l'herbe.

J'éclate de rire et regarde droit devant moi, puis me tourne et lui tire la langue. Je la soulève en la prenant dans mes bras, repoussant la douleur là où elle doit être, dans le passé. Je suis plus fort qu'elle. Que je puisse tenir cette petite fille dans mes bras en cet instant en est la preuve.

Elle encercle ma taille de ses jambes. Putain, ce que ça fait mal, mais j'ignore les cris de mes muscles. Je sais que je n'aurais pas dû soulever les plantes ni les fauteuils, mais sur l'instant, qu'est-ce que ça m'a fait du bien de retrouver ma force. Je ne suis pas encore habitué à ce corps faiblard ; je refuse de m'y faire complètement.

– Qui t'a dit que je ne viendrais pas ? J'avais prévenu ton père que je serais en retard.

Je la fais pencher en arrière et elle se met à couiner en riant. J'ignore presque la douleur.

Je n'avais pas remarqué, près de la clôture, son plus jeune frère, Julian, qui me fait signe depuis une minute ou deux. Je lui rends son petit signe de la main alors que sa sœur continue son assaut à la limite de mon seuil de tolérance à la douleur. Julian ne semble pas prêt à vouloir quitter la machine à faire des bulles avec laquelle il joue. Je ne peux pas lui en vouloir. Quelques-unes lui passent devant le visage et quelques-unes se perdent dans les boucles brunes qui lui retombent sur le front. Il éclate de rire et je prends une grande inspiration pour me détendre, regardant la joie et le bonheur se peindre sur leur visage d'enfants. Puis j'observe Mendoza, leur père, qui traîne encore plus de démons que moi. Je sais que la vie de ces enfants n'est pas toujours aussi rose, pleine de rires et de rayons de soleil. La plupart du temps, ils subissent des tempêtes noires et des tornades, accompagnées du stress des factures en souffrance, en plus de l'absence par intermittence de leur père quand il part au combat.

Quand les parents entrent et sortent de la vie de leurs enfants, ça les impacte. Je sais que certains, même les plus forts et les plus résilients de ces parents, font tout ce qu'ils peuvent et, pourtant, quand ils rentrent de déploiement, la différence se voit. On s'ajuste à un mode de vie, on prend des habitudes et quand le parent éloigné revient, tout est différent, une nouvelle routine doit s'installer. Même si la famille du soldat est folle de joie de le voir revenir, c'est toujours un combat et personne n'en parle, alors que c'est super-compliqué. En plus, maintenant, ils ont un nouveau monstre chez eux : les crises de panique liées à l'ESPT. Sa main bandée en est un rappel cuisant pour nous tous.

Viviana désigne un groupe de cinq soldats, tous une bière à la main, déjà d'humeur bagarreuse alors que le soleil n'est pas encore couché, et me répond :

– Un là-bas.

Je déteste fréquenter ces gros cons. Lawson est presque aussi naze que Jones et le reste des ploucs de notre peloton. On n'est que deux Noirs, Mendoza est le seul Latino et tous les autres sont des Blancs de Boston, d'Alabama ou du Kentucky. Certains sont super-cool, d'autres vraiment moins.

C'est marrant, aucun d'entre eux ne remarque que je les observe attentivement. Ils ne sentent pas le poids de mon regard dans leur dos comme n'importe quel bon soldat le devrait. Cet instinct ne nous quitte jamais vraiment. Enfin pas moi, du moins.

Je murmure à l'oreille de Viviana :

– Je travaillais sur mon cadeau pour le bébé.

– C'est quoi ton cadeau ?

Elle murmure aussi, mais sans grande subtilité.

– Tu peux n'en parler à personne, d'accord ?

Pendant que j'attends qu'elle accepte mon marché, nous regardons tous les deux son grand frère, Manuel. Nous l'appelons tous Manny. Debout, dans son coin, l'expression de son visage est l'opposé de celui de sa petite sœur qui a ce grand sourire à qui il manque quelques dents. Il a l'air si dur. Je sais qu'il m'aime bien lui aussi, mais il n'est pas aussi affectueux qu'elle. Mendoza m'a très, très souvent dit que Manny a du mal à gérer ses absences quand il est sur le terrain. C'est même encore plus dur pour lui que pour Gloria.

Toute à son excitation de petite fille, Viviana me crie à l'oreille :

– Dis-moi ! Dis-moi !

Putain, heureusement qu'elle gueule, j'entends à peine de l'oreille droite la plupart du temps. La faute aux roquettes qui explosaient toutes les nuits.

Manny a du mal à cacher son sourire en voyant sa sœur dans cet état. Gloria nous rejoint. Elle a l'air fatiguée – elle est *magnifique*, mais on dirait qu'elle a bien besoin de se poser quelques heures sans bouger. D'habitude, elle n'est pas aussi bien habillée. D'ordinaire, c'est la Gloria de minuit que je croise, en pyjama ou en jogging, paniquée de voir ses enfants réveillés par les cris de leur père. Dans ce jardin ensoleillé, elle porte un jean déchiré, un T-shirt noir noué à la taille pour montrer son ventre plat et un pull attaché autour de ses hanches. Elle est maquillée, très maquillée. Comme si elle essayait de cacher son épuisement.

Mais elle est canon, comme toujours en public. La moitié des mecs cherchent la merde avec Mendoza parce que sa femme est super-belle et lui pas du tout. Ils veulent savoir comment il a réussi à la séduire. Leur amour qui date du lycée n'a cessé de grandir, et quand les gars apprennent ça, ils hochent la tête en faisant des blagues.

Pourtant, elle l'aime, et comment ! Je ne crois pas avoir jamais vu un couple aussi attaché l'un à l'autre. Ils sont la définition de l'engagement total.

Je regarde la mini-Gloria dans mes bras et lui dis enfin :

– Je fais un lit pour le bébé. Un berceau.

Gloria me regarde d'un air approbateur et sourit à ses enfants. Elle jette un coup d'œil à Julian et lui parle en espagnol. Viviana rétorque alors :

– Tu peux faire quelque chose pour moi ?

Sa mère et moi explosons de rire et elle la taquine :

– Tu as toujours envie de quelque chose, ma chérie.

– Qu'est-ce que tu voudrais que je fasse pour toi ?

Elle réfléchit à ma question en se tortillant pour descendre de mes bras, puis se décide :

– Je ne sais pas. Un lit ? Ou un fauteuil de princesse ?

– Un fauteuil de princesse ? Je vois.

Au loin, Mendoza m'interpelle en gueulant :

– Martin ! Ramène ton cul par là. Arrête de jouer avec les mômes et viens prendre une bière !

La fille de Mendoza court vers lui et je la suis. Il continue, pour me faire chier :

– Alors mec, ça gaze ? Il était temps que tu te pointes.

– J'étais au marché aux puces.

L'expression du visage de Mendoza change du tout au tout et il me demande :

– Tu y vas encore ?

Je marque un temps d'arrêt et regarde autour de nous. À part Élodie, personne ne peut nous entendre, même en faisant un effort. Mais pour être honnête, elle doit s'habituer à ce genre de merde. Ça lui sera utile quand son homme rentrera à la maison, parce qu'il reviendra avec beaucoup de saloperies à gérer dans sa tête. Je ne lui dirai jamais en face, mais bordel, faire un gosse à sa femme maintenant était une très mauvaise idée. Pour elle, surtout, mais aussi pour lui. Putain, c'est à peine s'il peut se gérer lui-même, alors une femme et un bébé en plus...

Quand Phillip m'a appris qu'ils s'étaient mariés en vitesse, j'ai pété un câble. Je pensais qu'il se foutait de ma gueule, que c'était une blague. Genre il avait rencontré cette Française super-canon sur Internet et il allait juste se servir d'elle pour le cul, un peu comme la plupart des relations amoureuses qui commencent en ligne quand on est sur le terrain. Je ne m'attendais vraiment pas à ce qu'il la mette enceinte et l'installe à Benning.

Je n'essaie pas de jouer au grand frère, mais il n'est vraiment pas prêt pour un bébé, c'est bien trop tôt, il n'est pas assez mûr pour assumer.

Mais bon, ce ne sont pas mes oignons, alors la surprise passée, j'ai fermé ma gueule.

Austin relance Élodie :

– Euh, Jerry Seinfeld est l'un des meilleurs comédiens de l'histoire américaine, un de ceux qui ont eu le plus de succès.

Élodie semble heureuse, contente de son sort, pas du tout comme lors de son passage aux urgences. Je lui ai envoyé un texto quand j'ai vu Karina et son frère partir et je suis allé la voir dans sa chambre. J'ai vraiment envie qu'elle aille bien ; son avenir n'est pas tout rose.

– Je ne dis pas qu'il n'est pas génial. Simplement que *Friends* est plus drôle. C'est indémodable, il y a une histoire dans chaque épisode !

C'est son accent français qui me pousse à être immédiatement d'accord avec elle, même si je sais par ailleurs que, côté comique, *Seinfeld* est vraiment un cran au-dessus.

– Et Jerry Seinfeld par rapport à Adam Sandler, c'est juste pas possible. Pour les Américains, il...

Élodie continue son débat avec Austin quand je me tourne vers Mendoza.

Il a l'air impatient, alors je lui réponds :

– Ouais. J'y vais toujours. D'habitude, je reste du côté des matériaux bruts, mais aujourd'hui, j'ai croisé Kathy. Elle a demandé de tes nouvelles.

Le regard de Mendoza est voilé à cause de la Coors dans sa main. Il serre les dents. Je dois certainement appuyer là où ça fait mal. Mais il pourrait au moins faire semblant d'être cool avec moi, même si lui ne peut plus y aller. Je sais qu'il aime bien Kathy.

– Comment va-t-elle ? Je n'arrive pas à croire que Larry refuse encore de me laisser revenir. Il aurait pu passer à autre chose, maintenant.

– Ouais, c'est pas difficile d'oublier que tu as foncé sur la clôture et les stands, puis que tu as roulé dessus avec ta caisse.

Je blague maintenant, mais quand c'est arrivé, c'était terrifiant. Mendoza était tellement parti dans son délire que j'ai cru qu'il allait continuer et repartir directement après avoir démoli la barrière. Mendoza coupait du bois pour Larry. Il a failli se couper les doigts avec la scie, ce qui lui a fait péter les plombs. Il s'est barré direct, mais il s'est planté en passant les vitesses pour sortir et quand il a essayé de faire marche arrière, il s'est retrouvé à rouler sur plusieurs étals de vente de matériel de bricolage. Et il ne s'est pas arrêté là, quand il s'est mis à paniquer, il a foncé droit sur les arbres, manquant de peu la voiture de Larry. Il s'est offert la clôture en prime. C'est un miracle que son assurance ait couvert l'accident. Quelques mensonges pour un miracle.

Et ça, c'était avant notre deuxième mission en Afghanistan et toutes les merdes dont nous avons été témoins.

Et toutes les saloperies qu'on a commises aussi.

Mendoza boit une longue gorgée de bière et précise :

– Ouais, mais je lui ai dit que je travaillerais gratuitement pour lui, pour réparer mes conneries. Alors, je ne comprends pas.

– Laisse-lui le temps. On n'est rentrés que depuis quelques semaines.

DIX-HUIT

KAEL

Dans l'heure suivante, plusieurs personnes quittent ce barbecue déguisé en *baby shower*, nous ne sommes plus très nombreux dans le jardin de Tharp. Tous les enfants sont partis depuis longtemps, sauf ceux de Mendoza.

Le groupe de jeunes soldats boit à tour de rôle du whisky à même une bouteille de Maker's Mark. Jack Daniels et Maker's Mark : les deux boissons qu'on retrouve toujours lors d'un rassemblement de soldats. La cire rouge qui scelle le bouchon a été jetée dans l'herbe. Julian, le fils de Mendoza, l'a attrapée de ses petites mains. Gloria, tout en tenant Viviana endormie sur ses genoux, a réussi à la lui prendre avant qu'il ne puisse la mettre dans sa bouche. Elle me rappelle ma maman, jamais posée, jamais déconnectée de ses obligations de mère. Elle fait toujours trente-six mille trucs à la fois.

Un jour, je l'ai vue déjeuner en allaitant et elle a envoyé chier un mec qui se plaignait de la voir nourrir son bébé dans un restaurant. Elle lui a dit ce qu'elle pensait tout en sirotant son thé glacé sans cesser de donner le sein à Julian. Alors, le mec est devenu tout rouge, puis a déguerpi avant même qu'elle hausse le ton. Perso, c'était plus lui qui me dégoûtait, avec sa grosse bouche qui se bâfrait de son steak saignant, pas la femme qui allaitait discrètement – mais oui, bien sûr mec, dis-nous ce que tu penses.

Elle jette le bouchon de la bouteille de whisky et la cire dans un bol plein de bretzels cassés en recommandant affectueusement à son tout-petit de faire attention.

Je la vois chercher son mari du regard et pousser un soupir quand elle l'aperçoit prendre un autre verre. Il est passé au whisky-Coca et déconne avec les soldats. Je sais que certains d'entre eux sont pilotes de char dans un autre peloton de notre compagnie, mais je ne connais pas leur nom. Il n'est pas prêt à partir, même si sa femme a l'air d'être totalement épuisée.

J'attire son attention d'un mouvement de main et lui dis :

– Gloria, tu peux y aller. J'assurerai son retour à la maison. Il est tard et je sais que les enfants ont école demain matin.

Elle le regarde encore, puis observe Julian à ses côtés et Vivi dans ses bras.

– Tu es sûr ?

– Oui. Tu sais que je suis tout à fait capable de le mettre au pieu.

Je souris, même si nous savons tous les deux que c'est loin d'être drôle quand je dois le traîner après une nuit agitée.

La femme de Tharpe est assise à table. Elle essaie d'empêcher son mari de prendre une autre bière dans la glacière. Quand il se penche en avant, sa chaise en plastique bouge un peu sous l'effet de son poids, alors elle le tire par son T-shirt pour lui faire mettre les pieds par terre. Elle lutte tout ce qu'elle peut, mais ne dit pas un mot. Je suis à peu près certain que le comportement de son mari la met mal à l'aise. En tout cas, moi je le serais, putain.

Il lui donne une tape sur la main qui retient son T-shirt en s'exclamant :

– Arrête, merde. Les gamins dorment et on est au pays. Détends-toi un peu.

Rien qu'à voir sa tête, j'ai cru qu'elle allait le baffer, mais elle se contente de reculer son bras et d'entrer en trombe dans de la maison. La porte claque juste au moment où il soulève le couvercle de la glacière pour plonger sa main dans la glace fondue.

Le regard de Gloria passe de la porte à son mari :

– Tu sais quoi, Martin ? Je vais accepter ta proposition.

Elle se lève et passe sa fille sur sa hanche. Vivi se réveille juste assez pour encercler le corps de sa mère de tous ses membres.

– Manny, tu peux m'aider à mettre ton frère dans la voiture ? Prends le sac, s'il te plaît, dit-elle en le voyant accepter.

Elle interpelle ensuite son mari :

– Chéri ! Je ramène les enfants à la maison.

– Hein ? Non, reste. *Chériiiie...*

Il tend les bras vers elle. Elle hésite une seconde, mais finit par céder et sourit à son idiot de mari. C'est son idiot. Et le mien. Et un type bien.

Elle pose Vivi sur le sol et avance vers lui en lui disant :

– Je suis fatiguée. Martin te ramènera à la maison. Reste, chéri. Mais pas trop tard.

Elle passe ses bras autour de son cou, et lui, il lui met une main au cul puis dépose un baiser sur ses lèvres. Ils sont toujours comme ça, à se faire des mamours en public. Je détourne mon regard, ça me rappelle trop Karina.

Il se mord la lèvre inférieure et répond :

– Ok, je vais me dépêcher de rentrer.

Manny lève les yeux au ciel. Il ressemble tellement à son père, c'est dingue. Son nez épaté, la couleur de sa peau, sa mâchoire carrée... Je lui glisse alors :

– Ils sont dégueus !

Il est d'accord avec moi. Même sans sourire, je vois bien à son rictus qu'il a envie de rire. Parfois, ce petit merdeux est vraiment têtu. Tout comme son vieux.

Mendoza embrasse le crâne de sa fille et regarde sa femme partir. Il fait un check à ses fils lorsqu'ils s'en vont. Il est tellement doux avec Vivi, mais si dur avec les garçons. C'est comme ça qu'il a été élevé, tout comme moi, même si j'avais une mère célibataire. Les garçons doivent être coriaces et les filles délicates. On les traite comme tels. Mais je sais très bien à quel point cette idée de la masculinité, d'être *un homme*, peut être toxique et bouffer un mec de l'intérieur et détruire des familles depuis la nuit des temps. J'en ai vu les innombrables ravages dans la vie, aux infos ou sur Twitter. Tous les jours.

Je salue Gloria et les enfants et reste calmement assis dans un coin, à boire une cannette de Sprite. J'écoute la conversation des gars. Pour la plupart, ils sont célibataires et ceux qui sont mariés éprouvent la patience de leurs femmes, qui d'ailleurs sont déjà presque toutes parties.

L'un d'entre eux déclare :

– Nan, mais je veux dire, on va déclarer la guerre à l'Iran. Ça va nous tomber dessus dans les prochaines années, surtout avec ce gouvernement.

Je les observe tous : comment ils sont habillés, à quel point ils semblent saouls. Je me fie à leur langage corporel et à leur diction. Au fond, Austin est encore en train de débattre avec Élodie, il n'est que légèrement éméché. Je les écoute distraitement, car je suis surtout concentré sur le groupe de soldats. J'ai été formé à enregistrer tous les détails autour de moi, quelles que soient mes intentions. Que je le veuille ou non.

L'un d'eux lui répond. Il semble être le plus jeune et ressemble de façon flippante au personnage de Ferb, dans le dessin animé. Mêmes cheveux roux, même nez en triangle. On le croirait tout droit sorti d'un cartoon.

– Parle pas de ton boss comme ça.

– C'était pas lui le boss quand je me suis engagé. Je ne veux pas avoir affaire avec sa propagande de merde et sa psychose alarmiste.

Celui qui lui a répondu est du genre dégingandé et son nez est plus carré. Son Phinéas, comme dans *Phinéas et Ferb* sur Disney Channel.

– Psychose alarmiste ? Il nous ouvre les yeux sur toutes les merdes du gouvernement fédéral ! Et grâce à lui, il y a du boulot maintenant, au moins il défend ce pays comme il devrait l'être.

Aaah, la bonne vieille discussion sur le Président ! C'est toujours un moment douloureux pour les militaires et leurs familles. D'un point de vue légal, nous ne sommes même pas autorisés à parler du Président en public, c'est dans les contrats de l'armée qu'on signe en s'engageant, mais généralement, ça n'arrête personne.

– Psychose alarmiste ? Allez, c'est une connerie de gauchiste, ton truc ! Même pour toi, rétorque Ferb.

– D'abord, je ne suis pas gauchiste. D'habitude, je suis plutôt conservateur même, mais ça, c'était avant ces élections. Parce que ce mec est juste un môme, totalement déconcertant. Il pique des crises sur Twitter tous les jours comme s'il n'avait rien de mieux à foutre. C'est vraiment un tocard et il faut être un tocard pour le défendre. Ton grand-père n'a pas servi pendant la Deuxième Guerre mondiale ?

Le petit hoche la tête pour répondre oui.

– Imagine ce qu'il penserait s'il était encore vivant. Voir tous ces néonazis faire des manifs en pleine rue, encouragés par le Président ? Pas juste n'importe quel président, hein, mais un mec qui est *fier* d'avoir échappé au service militaire ? Et qui, en plus, a manqué de respect à John McCain, un prisonnier de guerre. Qu'est-ce qu'il dirait ? Hein ?

Les yeux du soldat brillent d'un éclat que seuls la passion ou le whisky peuvent donner. Les deux coulent dans ses veines.

Avant que j'aie eu le temps de décider si j'ai envie de les interrompre ou pas, Mendoza prend la parole :

– Oh ! Et puis merde à la politique !

Il se rapproche alors des autres. L'un d'eux a le regard rivé sur son téléphone, c'est à peine s'il est conscient de ce qui se passe autour de lui. Cette *baby shower* pourrait dégénérer en bagarre générale, il s'en apercevrait à peine. Et on y est presque. Les deux autres regardent le gamin qui ressemble à Ferb.

– Bah, il ne serait pas content, continue le grand tout maigre. Il se demanderait pourquoi il a risqué sa putain de vie si c'est pour que ces saloperies reviennent.

Mendoza intervient rapidement avant que les autres répondent :

– À quoi ça sert de s'engueuler pour ces conneries à longueur de journée ? Râler ne change rien à ce qui se passe en ce moment. Vous voulez que ça change ? Bah, bougez-vous le cul et faites quelque chose plutôt que de rester comme des cons à vous plaindre de trucs qu'on ne peut pas contrôler.

Je me lève pour rejoindre le groupe et le grand type reprend :

– On peut faire changer le monde en votant et en refusant ces conneries.

Austin et Élodie sont silencieux, ils assistent muets à la conversation.

– *Refuser ces conneries ?* Comment tu vas faire, hein ? Tu es la *propriété* de l'État. On n'a pas le choix d'accepter ou de refuser quoi que ce soit. Tu fais ce qu'on te dit. Comme nous tous.

– Pourquoi tu ne lui parles pas du mur ? Tu veux qu'on construise ce mur à la con qui sert à rien, c'est ça ? Vas-y, parles-en à Mendoza. Regarde-le en face et dis-lui.

J'interviens physiquement en entrant dans leur cercle et prends aussitôt la parole pour calmer le jeu :

– Ok, ok, les mecs.

Le visage de Mendoza se durcit quand il rétorque :

– Putain, mais je viens de Californie, les gars. C'est ma famille qui est du Mexique. Vous êtes une bande de gros ignorants de merde. Comme ce mur. Taisez-vous.

Il s'approche pour attraper le whisky et l'arrache des mains de l'un des soldats.

La situation va vraiment dégénérer, je le sens, l'adrénaline est en train de monter. Moi aussi, je suis affecté. Mon corps est en train de passer en mode combat et le langage corporel de tout le monde a changé. J'essaie de calmer l'ambiance. Un passage aux urgences m'a suffi pour la semaine :

– Vous allez quand même être envoyés sur le terrain, bande de petits merdeux ! Et vous finirez par avoir la même conversation dans cette saloperie de bac à sable géant là-bas. Et sur qui vous pourrez compter pour assurer vos arrières ?

Ils se regardent tous. Alors, je reprends :

– Une chose est sûre, ce ne sera ni le Président ni un quelconque politicien. C'est ça qui est important. Ce ne sera pas un mec dans un foutu bureau ovale qui ne nous connaît que sous un matricule. Si vous crevez, peu importe qui est le Président et, lui, sa seule raison de vous vouloir en vie, c'est pour que le décompte des morts ne fasse pas tâche sur le bilan de son mandat. Il n'en a rien à foutre de votre vie, il n'en a que pour sa gueule. Lui comme les autres, d'ailleurs. On ne peut compter que sur nous, alors arrêtez de vous foutre sur la gueule, sinon vous signez notre arrêt de mort à la prochaine mission sur le terrain.

Le conducteur de char, le plus calme, me répond :

– On ne va pas nous envoyer là-bas.

Je regarde sa chemise, il porte l'insigne de sa compagnie. Certains soldats ne sortent jamais de leur rôle et leur vie militaire prend le pas sur toute leur existence. Je me marre avant de lui répondre :

– Oh si, tu vas y aller ! Peut-être pas dans les six prochains mois. Mais tôt ou tard, tu recevras ton ordre de mission. Maintenant, vote pour qui tu veux et défends les causes qui te semblent importantes, mais arrête de pourrir cette *baby shower*.

Je regarde bien en face le plus grand d'entre eux et reprends :

– Mais que ça ne t'empêche pas de faire ton boulot ! On a tous les rangers dans la même boue. Pas eux. Alors, fais en sorte que ça ne nous divise pas, pour que personne ne soit tué. Et devine quoi ?

Je marque une pause, j'observe ces garçons qui veulent tellement devenir des hommes et achève mon discours :

– À la fin, certaines personnes se retrouveront du mauvais côté de l'histoire.

Ma dernière phrase était adressée au gros plouc. Disons-le cash, ce péquenaud est un sac à merde, mais ce n'est pas un débat politique qui le fera changer d'avis. Les gens ont besoin de voir le pire de leurs propres yeux pour s'ouvrir un peu, et encore, certains ne changent même pas après ça. Mais une chose est sûre : dans l'armée, les embrouilles sur la politique n'apportent rien d'autre qu'une bonne dose d'emmerdements et peuvent niquer une carrière.

Le conducteur de char me toise en insistant bien sur ma jambe, avant de me répondre d'un air narquois :

– Ouais, bah, d'après ce que j'ai entendu dire, toi non plus tu ne retourneras pas sur le terrain.

Il se tourne vers les autres mecs qui sourient tous, il y a même le grand qui se marre. Je serre les poings.

Maintenant, tout le monde sait que je suis handicapé. Ils l'ont appris par des racontars et, du coup, ils pensent qu'ils sont meilleurs que moi parce que je suis blessé. Je ne suis plus Martin, le sergent de vingt et un ans qui a sauvé des vies, remporté des médailles et eu des promotions plus vite que n'importe qui d'autre dans notre régiment. Maintenant, je suis un vétéran qui ne sert plus à rien. Un vétéran noir, handicapé, inutile.

Mendoza se lève et appuie sa bouteille de bière contre le torse du pilote. J'ai enclenché le mode combat dans ma tête, mais mon corps est au repos. Mendoza tremble de rage quand il s'exclame :

– Vous feriez mieux de fermer vos gueules. Tous.

Il jette ensuite la bouteille sur le côté. Elle éclate contre le sol en ciment de la terrasse.

Toni vient de ressortir et elle pousse un cri quand le verre vole jusqu'à ses pieds.

– Putain, mais vous déconnez ou quoi ?

Tharpe se précipite vers Mendoza. Je m'interpose avant qu'il puisse poser un doigt sur lui. Plus tard, il pourra me remercier. Sa femme aussi.

– Hé, les mecs, s'interpose Fischer en attrapant le T-shirt de Tharpe. Allez, déconnez pas, regardez-la, ajoute-t-il en désignant Élodie d'un signe de tête. C'est sa *baby shower*. Ne niquez pas sa journée.

Élodie sourit d'un air inquiet et Fischer continue :

– Vous ne savez pas qu'on va tous mourir de toute façon ?

Il me rappelle sa sœur avec ses idées de destin tragique imminent. J'imagine que tous les deux ont entendu les mêmes histoires de leur mère avec leurs promesses de punitions divines.

– Vous vous calmez ou vous vous cassez, menace Tharpe en regardant Mendoza.

La bière lui donne un surplus de courage.

– Alors, surveille tes gars, merde. J'imagine que tu ne leur as pas dit qui je suis, sinon ils ne me chercheraient pas, rétorque Mendoza.

Il lève son poing, toujours bandé, et le cogne contre la paume de son autre main. Il répète son geste en se mettant à hurler :

– Aucun d'entre vous ne veut chercher la merde avec moi !

Je lui prends le bras et le tire en arrière, mais il ne lutte pas. Toujours concentré sur eux, il lève son autre main en les regardant droit dans les yeux à tour de rôle, et de deux doigts il mime un revolver. Le pilote tique un peu lorsqu'il fait mine de tirer en claquant la langue à chaque fois.

– Stop ! Oh mon Dieu ! Arrêtez ça tout de suite ! crie Toni en attrapant son mari qui tente d'arrêter Mendoza.

Élodie écarquille les yeux, elle est sous le choc et dévisage Mendoza. Elle n'a probablement vu que son côté gentil jusqu'à présent, pas l'homme qui a le doigt sur la pseudo-gâchette. Si elle trouve la situation merdique, elle n'est probablement pas prête pour le retour de Phillips à la maison, en fin de compte.

Austin annonce au groupe :

– Vous faites chier. Je me casse. Viens, Élo. Vous êtes tous des cons. Allez, Élo, je vais nous trouver un Uber et je te déposerai en route.

Élodie lève les yeux vers lui quand il se lève de table et il lui demande :

– Tu dors où?

Je me pose la même question.

Austin semble se rendre compte que je suis juste à côté de lui. Il précise alors :

– Chez Martin.

Il semble bouleversé, mais pas prêt à se retrouver au beau milieu du conflit. Il n'aura plus ce problème quand il aura fait l'entraînement de base. J'espère qu'il lui restera un semblant de diplomatie. C'est le genre de qualité qui lui sera d'une grande utilité comme leader s'il reste dans l'armée.

Je lui réponds :

– On y va. Je vais vous ramener tous les deux. De toute façon, la fête est terminée.

Je jette un coup d'œil au jardin en plein bordel avec ses éclats de verre, ses sacs de chips vides et ses assiettes en carton qui traînent un peu partout, et j'ajoute :

– On ramènera d'abord Mendoza, puis vous.

Toni s'avance vers la table et indique à Élodie :

– Tu peux laisser les cadeaux ici, je te les rapporterai plus tard.

Il n'y en a pas beaucoup et aucun d'entre eux n'est très gros. Juste quelques sacs et une boîte enveloppée dans du papier à pois.

– On peut prendre les cadeaux, annonce Austin en les rassemblant.

Calmement, Élodie serre Toni dans ses bras pour lui exprimer sa gratitude et attrape deux des petits sacs pour les rapporter en voiture. La femme de Tharp lui présente des excuses en lui disant qu'elle l'aurait bien ramenée mais que c'est impossible car les enfants sont couchés ; pas du tout parce qu'elle s'est envoyé au moins une bouteille à elle toute seule, du moins depuis que je suis arrivé.

Le groupe de garçons se disperse en marmonnant des saloperies. Je ne leur accorde pas la moindre attention, mais vais directement voir leur supérieur pour lui dire que c'est un ramassis de petits merdeux. C'est la meilleure manière de les faire chier. Mon cœur cogne violemment et une sensation inhabituelle bat dans ma poitrine. Aurais-je peur de ces petits cons ? J'ai l'impression que c'est le cas, sans aucune raison. Ou alors, c'est de la gêne ? Et puis merde, on s'en fout.

Je mets ces sentiments de côté et les regarde de haut, comme pour apaiser ma fierté. Ils passent devant moi en se mettant d'accord sur leur programme de fin de soirée :

– Allez, on va chercher à boire au PX avant que ça ferme.

– Qu'ils aillent se faire foutre ! Je suis désolé, Toni, mais quelle bande de petits cons, dit Mendoza en la serrant contre lui.

Je les suis à l'intérieur, Élodie et Fischer aussi. Je regarde Toni, son maquillage semble avoir bavé maintenant, ses cheveux sont pleins de frisottis et décoiffés. Je me sens un peu mal pour elle. Elle a un rôle à assumer et elle fait ce qu'elle peut. La plupart du temps, son mari n'en a strictement rien à foutre d'elle et je sais qu'il s'est tapé une fille des services de santé quand on était en Afghanistan. Et pas qu'une fois. Je suis certain qu'elle sait que son mari est un connard. Sa souffrance est tellement évidente. Je me demande s'il en bave, lui aussi, comme nous tous. Comme elle, comme Mendoza, comme moi. Putain, comme Fischer, même si son traumatisme ne vient pas de l'armée, enfin pas encore. Tharpe est loin d'être un ange, mais nous avons quand même traversé l'enfer deux fois ensemble.

Sa femme est là, debout, à le dévisager de son regard triste et fatigué. La vie de Toni, c'est d'être une femme de militaire. De réunions de l'Association des familles en barbecues, en passant par des après-midi consacrés aux jeux pour les enfants avec les autres femmes. Je fais partie des célibataires du groupe, et même moi je sais qu'elle est du genre super-occupée, toujours un truc sur le feu, et qu'elle aime faire circuler des potins. Mais elle a beaucoup donné pour nous et nous a envoyé très souvent des colis. Et elle fait en sorte que les barbecues de notre compagnie soient les meilleurs, et toutes les autres conneries du genre. Son mari est à la limite de l'état de connard absolu. Je ne l'apprécie pas particulièrement, mais il y a pire. On a habité ensemble, avec six autres mecs, pendant ma première mission en Afghanistan. Je n'ai pas eu beaucoup de temps en tête à tête avec lui, on n'a pas vraiment de temps libre quand on est en guerre, et il passait le plus clair du sien avec des filles des services de santé. Aucune d'entre elles n'était vraiment canon, mais dans le désert, quand on lutte pour sa survie, pour des mecs en rut ces filles sont les plus sexy du monde. Phillips, Mendoza et moi, on est restés loin d'elles et de tous les problèmes qu'elles peuvent causer. De mon équipe, il n'y a que Phillips qui y est encore. Merde. C'est chaud de penser à lui là-bas, il bosse avec des nouveaux, comme si rien ne s'était passé.

On est tous revenus de cette dernière mission. Celle qui non seulement a pris la vie de la moitié de la bande mais aussi une bonne partie de nos esprits.

Et de mon corps.

Cette mission à laquelle nous ne sommes pas censés penser, encore moins en discuter. Celle dans laquelle Karina est maintenant empêtrée, même si j'essaie de toutes mes forces de l'en écarter. Dorénavant, les fautes de leur père vont poursuivre ses deux enfants.

Austin ramasse le reste des sacs et suit Élodie hors de la maison. Il n'a aucune idée de ce que son père a pu faire et, pour moi, c'est fini de m'immiscer dans les affaires de la famille Fischer. Il faut que je m'en éloigne le plus possible. Je prends la boîte emballée dans du papier à pois et la coince sous mon bras. J'ai juste envie de me tirer le plus vite possible et de me foutre au lit. Cette putain de journée est vraiment trop longue.

Passant devant Toni, je la salue :

– À plus. Merci de m'avoir invité.

Elle soupire et me remercie d'être venu. Elle lève la main à moitié en l'air avant de renoncer et de la laisser retomber le long de son corps.

Élodie la serre pour la troisième fois dans ses bras et j'interviens pour qu'on s'en aille :

– Allez, go. Le taxi va partir !

Il est pratiquement dix heures et j'ai un rendez-vous demain matin. Austin est censé démolir la salle de bains de l'autre côté de mon duplex pendant que j'assisterai à un atelier sur la démobilisation où ils vont expliquer à un groupe de soldats comme moi comment faire un CV et une lettre de motivation. Pour des boulots dans des magasins de bricolage. Ou comme vigile. Voilà les options qu'ils vont me présenter. Voilà mon avenir à leurs yeux. À tout juste vingt et un ans, avec un diagnostic bien lourd de stress post-traumatique, il y a de fortes chances que la plupart des boîtes fassent leur possible pour ne pas m'engager. Sans oublier ma jambe foutue et tout le reste.

L'arrière de mon camion est quasiment plein de paquets cadeaux. Mendoza se tient à côté du coffre ouvert et m'interpelle quand j'arrive :

– Désolé, j'ai les mains pleines.

Sans que je m'en aperçoive, il a chopé une bouteille de Maker's Mark sur la table. Il en boit une rasade.

Il est hors de question que je me fasse arrêter par la police militaire, alors je lui lance un avertissement :

– Tu planques cette merde pendant que je conduis ou tu ne montes pas dans ma caisse.

Élodie nous prévient qu'elle veut s'asseoir à l'arrière au cas où elle aurait mal au cœur et Mendoza veut se mettre devant pour ne pas avoir à être assis à côté d'une femme enceinte qui risque de vomir. Austin se glisse à côté d'elle et nous nous retrouvons rapidement de l'autre côté de la base, presque dans le quartier de Mendoza.

Lui a toujours sa bouteille à la main, alors je lui ordonne :

– Tu la fous par terre.

– Ok, c'est bon. Tu es pire que mon vieux, ronchonne-t-il en obéissant tout de même.

Depuis la banquette arrière, Austin commente :

– Quelle bande de gros nazes !

– Ils n'étaient pas si horribles que ça. Enfin, juste un peu à la fin, remarque Élodie.

– Ils l'ont échappé belle, je n'avais pas envie de lâcher cette bouteille, jette Mendoza en faisant mine de lancer un coup de poing.

Élodie éclate de rire.

– Tu ferais mieux de ranger ces poings avant que ta femme ne te botte le cul, lui dis-je en désignant sa maison d'un mouvement de tête quand nous nous garons devant, quelques minutes plus tard.

À l'instant où mes pneus touchent le trottoir, Gloria, en pyjama, sort de chez elle et avance vers nous. Elle a probablement entendu mon moteur à bout de souffle. C'est le seul truc que je déteste dans mon camion. Putain, qu'est-ce qu'il est bruyant !

Elle serre son mari dans ses bras pendant que nous nous souhaitons tous bonne nuit. Mendoza s'est remis à boire à la bouteille dès qu'il est sorti de ma voiture et il bafouille maintenant.

Quand la porte d'entrée de leur maison se referme, Austin croise mon regard dans le rétroviseur et demande d'une voix douce :

– On doit s'inquiéter pour lui ?

Je passe la marche arrière et le regarde avant de lui répondre.

– Oui.

Je me demande si je vais devoir revenir ici dans la nuit.

DIX-NEUF

KARINA

Élodie lit à voix haute quelques vers d'un petit livre de poésie que j'avais acheté quand j'habitais au Texas :

– « *Son baiser était si doux que lorsqu'il m'a embrassé, le sel de la mer qui nous entourait, en sucre s'est changé.* »

Elle l'a trouvé dans le canapé ce matin pendant qu'on passait l'aspirateur sous les coussins. On était en plein ménage du salon, ce qu'on n'avait pas fait depuis quelques jours. On a même bougé les meubles consciencieusement, et comme Élodie est enceinte, elle n'a bien évidemment rien soulevé de lourd, mais elle a passé l'aspi partout et fait la poussière. Elle a aussi redressé les livres sur les étagères sous la télévision, puis les a tous époussetés un à un. Ça fait du bien de nettoyer, mais il est déjà tard et je dois me préparer pour aller chez mon père, j'espère que mon enthousiasme ne me quittera pas avant. J'ai dit à Austin que j'irais, même si je n'ai pas franchement envie de voir notre géniteur ou Estelle. Voire pas du tout envie. C'est une bonne dose de culpabilité accumulée qui me pousse à y aller, et je me dis aussi que mon frère ne sera pas là pour un certain nombre de dîners à venir.

La ponctualité exigée pour ce dîner me prend la tête. Avant, j'étais toujours ennuyée de ne pas pouvoir en changer l'horaire ou annuler, mais je n'avais jamais rien fait contre l'ordre établi. C'était juste une corvée et je l'avais acceptée comme une obligation. Mais manquer ces dernières semaines m'a semblé être une bonne évolution, comme une sorte de prise de pouvoir contre mon père et les ordres très spécifiques qu'il m'a imposés dans la vie de tous les jours.

Ces derniers temps, j'ai cette envie dévorante de changement. J'en ai besoin. Ça me perturbe, je le sens bien, et je sais que je ne serai pas à l'aise tant que mon espace vital n'aura pas changé. Comme si je pouvais supprimer Kael de ma mémoire, ou mon ex, Brien ; effacer tous mes souvenirs.

Les couleurs sombres de mon salon ont besoin d'un petit coup de frais, un peu comme mes cheveux et mon nouveau fauteuil.

Élodie et moi n'avons pas travaillé aujourd'hui, Mali a fermé le spa parce que sa fille vient d'avoir un bébé. Je suis allée chez *Starbucks* pour nous acheter de quoi nous booster, puis j'ai épinglé une tonne d'images sur un tableau Pinterest sans savoir que tous mes contacts Facebook pouvaient voir chacune d'entre elles. Ils semblent apprécier ce que je poste et mon téléphone n'arrête pas de buzzer chaque fois que l'un d'entre eux reprend ma trouvaille ou la sauvegarde. Bien entendu, avec mon mini-budget, ma maison ne ressemblera jamais au tableau Pinterest de mes rêves, mais c'est une amélioration par rapport au bazar que j'ai amassé au fil des années en guise de déco. Il faudrait que je trie.

Je viens d'entrer dans une nouvelle phase, celle d'une Karina insouciante, légère et un peu farfelue, une Karina qui ne ressasse pas du matin au soir, qui suit le mouvement et se concentre sur sa propre vie. Je m'inspire en passant des heures sur Instagram à regarder des messages d'encouragement, de développement personnel et d'information sur la santé mentale. Alors, je mise tout sur des coussins couleur camel et gris clair de chez *Target*, une table décorative en béton (même si je ne sais pas trop ce que c'est) et tout ce qui a un style un peu « cool » (quel qu'il soit, ça change tout le temps).

J'ai repeint l'un de mes murs d'une couleur « crème brûlée » en utilisant un vieux pot de peinture qui traînait sous l'évier de la cuisine quand j'ai acheté la maison. Hier, j'ai voulu refaire l'intégralité du salon, mais j'ai bossé toute la journée et, après avoir enchaîné pratiquement douze heures non-stop, j'ai décidé qu'un mur, c'était déjà assez de boulot comme ça.

Maintenant que la peinture sèche, je traîne le divan jusqu'au mur qui sépare la cuisine du séjour. Ces derniers jours, depuis que j'ai découvert le marché aux puces, je n'arrête pas de changer mes affaires de place. C'est aujourd'hui que je récolte le fruit de mes efforts ; nous retirons le scotch de masquage et nous nous laissons tomber sur le canapé tout propre. Je suis parvenue à m'arrêter de psychoter sur Kael depuis plusieurs jours. Il entre et sort de mon esprit, mais je suis presque à la fin, du moins je l'espère.

Après une mini-pause et un nouveau passage d'aspirateur, Élodie a déniché ce petit livre de poésie et, depuis, elle ne peut plus le lâcher. Elle est fascinée. J'ai eu une phase poésie vers mes dix-huit ans. J'ai passé tout un été à me dire que j'allais devenir poète ou que j'allais en épouser un.

– « *Elle est l'énergie qui me fait continuer. Mais ce que j'ignorais, c'est que je la partageais avec lui. Son fantôme avait une emprise sur elle plus forte que la mienne et, un jour, ils ont disparu tous les deux.* »

– Bonjour le mélo !

Je me moque, mais je me rappelle qu'à l'époque ce petit recueil m'avait vraiment marquée. Je le lisais en boucle. Durant cet été-là, chacun de ces poèmes m'avait parlé, même si maintenant, c'est différent. À l'époque, je les avais fait résonner avec les difficultés que je traversais. Ils me semblent insignifiants par rapport à mes problèmes actuels.

Élodie presse le livre contre sa poitrine et rétorque :

– Allez, Karina. Ne sois pas aussi cynique. Ces vers sont si beaux.

– Mais ouais. Je les ai beaucoup aimés quand je les ai lus, mais dans la vraie vie, personne n'est comme ça.

Élodie lève ses magnifiques yeux au ciel. Son combishort en coton bleu fait ressortir leur couleur, ils brillent encore plus que d'habitude.

– Sans déconner. Mais au moins, on peut faire semblant d'y croire et lire des poèmes et tout ce qui nous fait espérer que ça puisse arriver. La romance doit bien exister quelque part, même si ce n'est pas dans nos vies.

En disant ça, elle repose le livre sur l'étagère entre un vieux manuel d'anatomie et un autre ouvrage de poésie couvert de poussière.

Elle me tourne le dos et continue à épousseter le meuble télé avec un chiffon quand elle me demande :

– Et comment ça va avec Martin ?

– Comme avant : c'est le néant.

Je jette les coussins sur le canapé. Le séjour est presque terminé et je dois bientôt aller prendre une douche. J'essaie de ne pas avoir à penser à ce dîner en famille jusqu'à ce que ce soit absolument nécessaire.

– Même depuis l'autre jour ? Il ne t'a pas appelée ? Rien ?

Elle fronce les sourcils en me questionnant et je regrette vraiment de lui avoir raconté que nous avons passé l'après-midi ensemble. C'était la troisième fois qu'elle m'interrogeait, donc j'ai cédé et lui ai répondu. Mais elle poursuit :

– C'est un mec bien. Tu es déformée...

Je suis immédiatement sur la défensive :

– Il n'éprouve rien pour moi, ok ? Alors non, il ne m'a pas appelée, il n'a pas envoyé de texto et il ne le fera pas.

Son visage se chiffonne.

– Je suis sûre que ce n'est pas pour ça qu'il...

– Écoute Élo, on est copines, tu es peut-être ma meilleure amie, mais je ne veux pas parler de Kael. Ni avec toi ni avec personne d'ailleurs. Combien de fois dois-je te le répéter ?

Bien sûr, je peux parler de plein de choses avec Élodie. De trucs super-personnels sur mon père, parfois même d'autres sur ma mère – et n'importe quoi à propos de mon frère –, mais l'idée qu'elle puisse tout savoir de ma vie me donne envie de vomir. Je n'aime pas que les gens connaissent mes faiblesses et ça me fait chier qu'Élodie me parle de Kael pour me donner de faux espoirs avec ses grands sourires. Alors, je lui dis :

– Je suis désolée, mais je n'arriverai pas à l'oublier si je continue à parler de lui.

Son visage est empreint de sollicitude. C'est une expérience très perturbante de voir la situation inversée ; d'habitude, c'est moi qui m'inquiète pour elle, pas le contraire.

– À qui parles-tu, alors ? Parce que tu restes cloîtrée dans cette maison ou au boulot, et tu ne parles à personne. Tu dois te créer un profil sur un site de rencontres, ou au moins utiliser Instagram.

– Je parle à des gens...

C'est vrai, je n'ai personne à *embêter* avec mes problèmes, personne à qui j'ai envie d'en parler.

En souriant, elle insiste gentiment pour me tester :

– Qui ça ?

Je retourne m'asseoir sur le canapé, laissant le coussin du milieu nous séparer.

– Mais on s'en tape, non ? Et non, je n'irai sur aucune appli de rencontres ni sur Insta pour trouver un mec.

– Instagram est une app', commente-t-elle en levant les yeux au ciel.

– Chut.

Même si je sais que je dois faire un effort pour trouver un compromis entre son hypersensibilité et mon introversion, il faut que je trouve une sorte d'équilibre. Je faisais la même chose avec ma mère, très souvent. Comme avec la plupart des gens, sauf Kael, dont le nom prend bien trop d'importance dans cette maison en ce moment.

– Je ne suis pas vraiment *inquiète*...

Elle s'arrête pour regarder la pièce, son mur repeint, le nouveau fauteuil... Puis elle me détaille des pieds à la tête et reprend :

– Mais tu relookes la maison, tes cheveux et même ton style...

– Ouais ? *Et ?* Toi, tu vas bien avoir un bébé. Il y a des trucs qui changent partout.

– Mmmm, je veux juste que tu sois heureuse, d'accord ?

– Je suis heureuse. J'ai deux nouveaux clients depuis cette semaine et de super-ongles violets. C'est bon.

– Des ongles violets ? Là, tu gères !

Elle jette un coup d'œil à son téléphone avant d'éclater de rire et reprend :

– J'insiste, tu devrais essayer les sites de rencontres. Toni m'a demandé si tu étais sur Tinder.

– Pourquoi Toni parle-t-elle de ma vie amoureuse ? Putain, c'est quoi ce bordel ?

Je me redresse d'un coup. Élodie semble blessée.

– C'est venu comme ça. Quelqu'un a demandé si tu étais célibataire. Elle était même en train de dire du bien de toi. Relax.

– *Toi,* relax.

C'est tout ce que j'ai trouvé à dire. Assez con. Mais j'essaie de me défendre. C'est elle qui parle de moi à ses connasses de copines.

– Je suis relax. Je cherche juste à savoir comment tu vas.

Elle hausse ses fines épaules et ne semble pas du tout en colère. En fait, elle m'a répondu calmement, mais merde, elle va loin.

– Eh bah, je vais bien, ok ? Toni et toi, vous n'avez pas à vous inquiéter pour moi. Ça va. Elle peut retourner à ses journées d'épouse de militaire et organiser des *baby showers* et des barbecues et toutes ces merdes !

Le sourire d'Élodie disparaît.

– Tu es vraiment trop critique envers les filles. Et Toni m'a dit qu'elle t'avait invitée sur Facebook, mais que tu n'avais même pas ouvert son message.

– Facebook ? Mais je ne regarde pas le moindre message là-dessus, Élodie. Qu'est-ce qui s'est passé sur cette planète pour que Facebook soit devenu le seul moyen d'inviter quelqu'un à une *baby shower* et qu'on doive utiliser Instagram pour rencontrer des mecs ?

Ce n'est pas sa faute si elle ne voit que le bon côté des gens, tout comme moi. Elle sourit toujours. On se dispute rarement toutes les deux. En fait, je n'arrive même pas à me souvenir d'une seule fois où elle m'ait énervée. Elle est l'une des rares personnes à m'inspirer de tels sentiments.

– Je dis ça, je dis rien. Moi aussi, je t'ai invitée. Et Toni veut juste que tu l'apprécies, c'est tout.

– Qu'est-ce que ça peut lui faire que je l'aime bien ou pas ? Elle ne me connaît même pas.

Et franchement, je n'ai aucune envie que ça change.

– Qu'est-ce qu'elles ont, toutes ces nanas ?

– Parce que tu es genre la fille cool à qui elles veulent faire bonne impression.

– Moi ? *La fille cool ?*

J'éclate de rire, mais elle continue :

– Oui. Comme tu ne te soucies pas d'elles, elles veulent que tu les remarques et les apprécies. Pas comme moi.

Moi, je voulais qu'elles m'aiment bien, alors forcément au début, elles m'ont rejetée. Toi, tu es...

Elle agite lentement ses cheveux mi-longs de droite à gauche comme dans une pub pour un shampoing, change de voix et en m'imitant achève sa phrase :

– Toi tu es genre « rien à foutre » !

Ridicule.

– Et tu t'habilles super-bien et tu as rompu avec Martin, alors que tout le monde croyait qu'il allait rester célibataire. Il n'a jamais regardé une autre fille.

– Elles sont au courant de quoi sur Kael et moi ? Et comment l'ont-elles appris ?

Beurk, les ragots circulent toujours tellement vite dans les bases. Benning n'est pas une exception. J'espère que ce n'est pas Élodie qui leur raconte ma vie privée. Je lui fais confiance et je n'ai jamais même pensé qu'elle puisse parler de moi avec ses nouvelles copines.

– Juste qu'il t'aimait bien et que tu as rompu. Pas grand-chose, mais tu sais, quand les gens manquent de détails, ils inventent d'eux-mêmes une super-histoire.

C'est tellement vrai ! Ma mère avait un dicton du genre « quand on commence à cancaner, ça ne s'arrête jamais ». Je me lève pour clore cette conversation.

– Ouais, bah, elles n'auront aucun détail. De toute façon, il n'y en a pas.

– Ok. C'est bon.

Élodie a levé les mains en signe de défaite et s'est remise à sourire. Moi aussi, mais le mien est sarcastique.

– Merci.

Je m'occupe en bougeant mon fauteuil de quelques centimètres, puis le remets à sa place. Ensuite, alors que je me demande où il devrait être installé et que j'ignore presque les bonnes intentions de ma colocataire, celle-ci en profite pour me relancer :

– Alors, je peux te faire un profil sur Tinder ?

– Non, mon Dieu, non. Jamais de la vie. Je n'ai envie de sortir avec personne en ce moment.

Elle arque un sourcil interrogateur et demande :

– En ce moment ? Ou pour toujours ?

– Les deux.

Je souris. Qui aurait cru que ma vie amoureuse passionne autant les foules, et Élodie surtout ?

Après m'avoir jeté un coussin à la figure en soupirant, elle reprend la parole :

– Tu me tues. Les gens sont censés être liés les uns aux autres, tu ne crois pas ?

Elle a clairement une opinion sur ma vie amoureuse, alors que je la croyais trop occupée pour y prêter la moindre attention. Je dois savoir où elle veut en venir :

– Qu'est-ce que tu veux dire ?

– Eh bien, les gens sont faits pour aimer. C'est pour ça que nous existons. *Intrinsèquement.* Enfin plus ou moins, ajoute-t-elle avec un sourire. Avoir quelqu'un avec qui partager notre existence, ça fait du bien. Je ne parle pas seulement des hommes. Mais aussi des amis... de la famille. Juste, des gens, grosso modo. Quand je vois que tu n'as personne à qui parler, je m'inquiète pour toi. Tu as dit toi-même que je suis ta meilleure amie et tu ne me dis presque rien de ta vie. Ton frère va s'en aller et il dit que...

Je l'interromps :

– Mon frère ? Alors tes copines, mon frère et toi, vous vous retrouvez pour parler de moi ?

– Non, répond-elle avec un signe de tête.

– On dirait bien que si. Tout le monde n'est pas à l'aise avec l'idée d'être un livre ouvert pour les autres. On est tous différents. Il y a assez de conneries dans ma vie et la dernière chose dont j'ai besoin, c'est de me *lier* à quelqu'un. Je suis connectée à assez de personnes comme ça. C'est même pour cette raison que j'ai autant de merdes à gérer au quotidien, alors toi, mon frère, ces femmes et Kael, arrêtez de vous inquiéter pour moi, sinon je vais péter un plomb.

En vérité, je n'ai jamais été du genre à avoir besoin d'être entourée d'amis ou d'amants. Kael a été une exception, mais je n'ai jamais éprouvé l'envie de faire des plans avec les quelques amis que j'ai eus au cours de ma vie.

Quand je regarde Élodie, je m'aperçois qu'elle fronce les sourcils et que ses lèvres font une moue boudeuse. Elle ajoute alors :

– Sois juste heureuse alors. D'accord ?

– Promis.

Elle pousse un soupir. Je jette un coup d'œil à mon portable pour regarder l'heure. Si je ne prends pas de douche tout de suite, je n'aurai pas le temps de me sécher les cheveux et je le regretterai à l'instant où j'entrerai chez mon père. Ça fait quatre jours que je tourne au shampoing sec et je ne peux pas espérer meilleure excuse pour échapper à cette conversation avec Élodie.

– Je dois prendre une douche. C'est le retour des dîners familiaux du mardi soir.

Elle me regarde, encore contrariée apparemment. Elle se tourne pour se placer face à moi, lève son épaule dans un geste adorable pour cacher son sourire et me demande :

– S'il y a du dessert, tu pourras m'en rapporter ?

Je réponds d'un hochement de tête et sors de la pièce, mon téléphone à la main. Quand j'arrive à la porte de la salle de bains, je me retourne et vois qu'elle m'observe encore, alors je lui lance :

– Les gens ne sont pas aussi bien que tu le crois. Peut-être que je ne rate pas grand-chose !

Elle en reste bouche bée de surprise. Je ferme la porte derrière moi avant qu'elle puisse répondre.

VINGT

KARINA

La maison de mon père n'a jamais changé. Toujours le même jardin trop soigné avec des arbustes bizarres et des fleurs mal assorties qu'Estelle plante quand elle s'ennuie, mais qu'elle n'entretient jamais ensuite. Les mêmes drapeaux flottent au même mât. La même allée qui me laisse le temps de réfléchir à toute vitesse, histoire de trouver une ultime excuse pour ne pas entrer.

Je ne sais pas pourquoi j'ai cru que ça pourrait évoluer comme tout le reste ces derniers temps. J'espérais au moins être moins angoissée par mon père, mais ça non plus ça n'a pas changé.

Même si je n'arrête pas de prêcher le changement en ce moment, me voilà de retour aux dîners du mardi. À l'intérieur, tout sera exactement comme la dernière fois. Malgré les quelques petits changements qu'Estelle a faits dans la maison pour marquer son territoire et prendre possession de son nouveau nom de famille, la plupart des meubles sont encore ceux que mes parents ont achetés ensemble. Et dans les vieux cadres que ma mère avait achetés, c'est le portrait de la nouvelle épouse qu'on retrouve. Je n'avais jamais vraiment pensé à tout ce que maman a laissé derrière elle, mais en sortant de la voiture, je me demande ce qu'Estelle ressent de vivre avec ce fantôme à ses côtés. Est-ce que ça la gêne ?

Les rideaux du salon bougent comme s'ils étaient remués par un fantôme, mais c'est mon père qui apparaît. Austin est à ses côtés, son ombre est bien plus imposante que celle de papa. Il lui dit quelque chose qui le fait sourire et mon frère me fait un signe de la main. C'est limite flippant de les voir ensemble, en train de sourire derrière la fenêtre. Austin lui ressemble tellement que je dois détourner le regard pour m'empêcher de repartir en courant vers ma voiture et me casser en vitesse. Et ne plus jamais revenir.

Je parie qu'ils se forgent un nouveau lien autour de l'engagement d'Austin.

Ça me donne envie de vomir.

Quand j'arrive à la porte, je tombe sur mon jumeau vêtu d'un sweat à capuche Nike blanc et d'un pantalon de jogging. Je me sens immédiatement trop habillée. J'ai pris une douche, me suis séché les cheveux et maquillé les yeux. J'ai même mis un satané collier. D'un geste nerveux, je l'ajuste à mon cou, je me sens stupide d'avoir fait autant d'efforts. Je ne porte qu'une robe en coton et des bottines, mais là, je regrette mon jean déchiré confortable et le simple T-shirt qui l'accompagne habituellement. Mon père lui-même porte une tenue confortable : un jean un peu large et un polo orange. Je suis où, là ? À Bizarro World[6] ?

– Salut, sœurette.

Dès que je m'approche, Austin passe ses bras autour de mes épaules pour me serrer contre lui. Il sent la bière et l'eau de Cologne. Histoire d'économiser mes mots

6. Byzarro World est une planète de fiction issue de l'univers DC Comics, re-popularisée dans la série *Seinfeld* pour désigner un monde où étrangement tout est inversé.

et toujours à l'abri dans les bras d'Austin, je regarde mon père en lui lançant un très laconique :

– Ça va ?

– Karina, content que tu aies pu venir.

Le ton de sa voix n'a pas changé, il me fait toujours penser à du vieux ciment, tout gris. Je marmonne alors dans le cou de mon frère :

– Sérieux ? Comme si j'avais le choix.

– Sois gentille, réplique-t-il de la même manière.

De bruyants applaudissements sortent de la télévision, et mon père se tourne vers l'écran et le montre en posant sa main sur l'épaule de mon frère.

– Ah, regarde, ils viennent de marquer.

Surprise, je lui murmure à l'oreille :

– Depuis quand tu regardes du sport à la télé ?

– Depuis maintenant. Content que tu sois là.

Austin me relâche et je regarde l'heure sur mon téléphone. Je ne suis arrivée que depuis deux minutes. La soirée va être longue. Debout près du canapé, je regarde vaguement l'écran sans prêter attention à ce qui s'y passe.

– Kare, viens, installe-toi, dit mon père. On dirait que tu n'as pas grandi dans cette maison.

– Je n'ai pas grandi dans cette maison.

Malgré ma remarque, je fais tout de même quelques pas dans le salon. Il ne me répond pas, mais quand je croise son regard, je devine qu'une envie de m'envoyer chier, à la limite de la douleur, le démange.

Je reste plantée là tandis que mon père et Austin bavardent comme deux vieux copains. Je ne les ai jamais vus comme ça. D'habitude, ils sont prêts à se sauter à la gorge, ou pire, ils se forcent à une conversation pleine de malaise dont Austin se plaint ensuite. Aucun des deux ne mentionne le fait que mon frère marche dans les pas de mon père depuis qu'il s'est engagé, ce qui les rapproche.

Estelle passe devant moi pour apporter une bière à mon père et s'arrête pour me saluer.

– Tu es magnifique. J'adore ta robe.

– Merci, surtout elle a des poches.

Franchement, c'est ce qu'il y a de mieux dans cette robe.

– J'aime beaucoup tes cheveux comme ça. Cette couleur fait ressortir tes yeux.

Elle me caresse la tête. Instinctivement, je m'écarte d'un bond en sursautant.

Choquée par mon geste et aussi blessée par cette réaction, elle me dévisage, et ne sachant pas quelle autre excuse lui servir, je marmonne :

– Désolée. Merci.

Je n'ai pas envie qu'elle reste plantée là à me complimenter, alors je la regarde pour essayer de trouver quelque chose de positif à lui dire, histoire de poursuivre la conversation, mais elle a le même look que d'habitude. Apprêtée, mignonne et, à une injection près, incapable de bouger la peau de son front. Pourtant, elle était tellement mignonne, mais bon, qui suis-je pour la juger ? Ces petites interventions esthétiques font rage chez ses copines. Pour certaines personnes, ce type d'intervention est efficace, et puis ça ne me regarde pas. Je pourrais lui dire ça, qu'elle est très jolie comme toujours ou que ses cheveux bruns sont très brillants ce soir, mais je préférerais lui dire un truc un peu plus profond. Je sens qu'elle a été heurtée par mon geste. Je viens à peine d'arriver et me voilà déjà en pleine angoisse. Ce n'est pas bon signe. Alors, je bredouille un truc du genre :

– Euh, tu as de superbes cheveux aussi.

Elle sourit légèrement, mais je ne m'en sens que plus mal à l'aise. Son sourire n'atteint pas ses yeux et elle reste figée dans cette expression un peu trop longtemps pour que ce ne soit pas faux. C'est son regard qui la trahit.

C'est d'ailleurs l'un de ses points forts. Il a la couleur du miel ambré, il est chaleureux et encadré par de longs cils qui caressent ses joues. Les copains dégueus de mon frère disaient qu'elle ressemble à Salma Hayek. Austin déteste toutes les blagues sur les belles-mères sexy, mais mon père aime que sa femme soit très belle. Notre mère était une femme éblouissante, pleine d'énergie et dotée d'un esprit vif, mais je ne l'ai jamais vu parader avec elle à son bras comme il le fait avec Estelle lorsqu'elle est vêtue de jupes crayons ou de robes moulantes.

Comme nous sommes toujours ignorées par les hommes et que je souhaite rompre le silence tendu qui s'est installé entre nous, je la suis dans la salle à manger. Il y a beaucoup de petites pièces dans cette maison, mais elles sont toutes en enfilade, serrées les unes derrière les autres. De plus, les murs sont surchargés de trophées, de peintures représentant des bouquets, de photos de famille sélectionnées au hasard. Tout ce fatras me donne l'impression d'étouffer dans cette maison. Toute la déco est dans des teintes marron, et des tonnes de bibelots sont posés un peu partout, mais les étagères sont assez rangées pour que tout ait l'air décoré, mais encombré. Je ne suis pas Joanna Gaines[7], mais si je me faisais autant de fric que mon père, je déménagerais de la base pour pouvoir choisir ma maison et je me débarrasserais de toutes ces vieilleries. Même les trucs de ma mère, comme ce tableau représentant une comète qui traverse un ciel étoilé. Elle l'avait dégotté dans un vide-greniers quand j'étais petite et accroché au mur des cuisines de toutes les maisons dans lesquelles nous avons habité.

En m'installant à table, je prends une grande inspiration et essaie de ne pas penser à ma mère malgré ce gros souvenir encadré. Dans la pièce d'à côté, Austin et mon père commentent le match à la télé en parlant

7. Célèbre designer et animatrice TV d'émissions consacrées à la décoration.

super-fort. Les relations entre les hommes de cette famille ont évolué pendant que je séchais les dîners du mardi soir. Impossible d'imaginer la conversation qui a mené à un tel changement. Peut-être que mon père est fier de l'engagement de son fils. Mais bon, mon père était fier de lui quand il rapportait un 9/20 du moment qu'il continuait à jouer au football. Alors, Austin avec ses notes plus que médiocres se récoltait des compliments et de petites tapes encourageantes dans le dos, voyait ses plats préférés cuisinés à son attention alors que mes excellentes notes tombaient dans l'oubli. Avant, je cherchais des moyens d'attirer l'attention de ma famille, comme faire une fugue ou fumer à la maison des cigarettes volées, juste pour que mon père le remarque. Mieux valait me faire crier dessus que d'être ignorée. La situation n'a fait qu'empirer après le départ de maman. Même depuis l'autre pièce, je sens une familiarité entre eux qui n'existait plus depuis la préadolescence d'Austin quand on le destinait à intégrer une équipe sportive en fac. Un jour, l'haleine chargée de whisky, ma mère m'a avoué que mon père regrettait que je sois une fille. Elle a couvert sa bouche de sa main et a essayé de reprendre ce qu'elle avait dit, mais je me souviendrai toujours de l'honnêteté de son propos.

Rien que pour déblatérer sur Estelle et son incapacité à communiquer avec moi et sur l'injustice de voir mon frère tellement apprécié alors qu'il ne fout absolument rien, j'ai envie d'envoyer un texto à Kael. Je me souviens du jour où, allongée dans mon lit tout chaud, son corps bouillant contre le mien, je me plaignais des dîners du mardi chez mon père. Je lui suis encore reconnaissante de m'avoir encouragée à en sécher quelques-uns, même si je recommence à y aller maintenant. Cette petite pause m'a permis de prendre du recul par rapport à mon père et ses petites manies, et de me fixer des limites. Je sors mon portable de la poche de ma robe. Élodie et Kael sont les deux seules personnes à qui je peux me confier, mais Kael avec ses décisions de merde est sorti de ma vie maintenant. Je ne peux pas lui écrire, ce serait une mauvaise idée. Je ne lui ai pas parlé depuis ce dimanche où il a quitté ma maison pour aller à la *baby shower* d'Élodie. Ce serait vraiment une très, très, très mauvaise idée. Non seulement il n'a pas envie de me parler mais en plus je suis une femme nouvelle, une de celles qui aiment les citations sur Instagram et ne se languissent pas pour de stupides soldats qui n'apportent rien d'autre que du chaos et une perte de confiance en soi. Je sors de la messagerie pour taper sur l'icône d'Insta. J'ai encore quelques notifications pour la photo des cactus au marché. Celle du fauteuil violet et elle sont les plus populaires de ma petite grille.

Austin se laisse tomber sur la chaise en face à moi et mon père prend sa place rituelle, en bout de table. Je fais semblant d'écouter leur conversation en tapant sur l'icône de ma galerie d'images. Je les passe en revue, regrettant de ne pas prendre plus de photos de mes expériences, et pas seulement pour Insta. Autour de moi, le dîner se passe sans que personne ne remarque ni semble se soucier du fait que je suis complètement ailleurs, presque tout le temps. Le poulet est bon, comme d'habitude, et la purée dégueulasse, comme d'habitude. Estelle déteste le beurre, elle n'en met jamais, du coup je la déteste un peu. En revanche, la déco de la table, ça va, il y a même des ronds de serviette et tout. Elle a soigné sa mise en scène, dressant le couvert avec de l'argenterie et des verres à vin sur cette table bien trop grande pour nous quatre.

– Alors, Austin, parle-nous de ton nouveau boulot.

Mon père décapsule une bouteille de bière. Nous avons presque fini de manger le plat d'Estelle et, pour une fois, il ne m'a pas bombardée de questions et d'insultes passives-agressives. Certainement parce qu'il est tellement fier du retour de son merveilleux fils prodigue. En *soldat*, en plus ! Il doit exploser de fierté.

La dernière chose dont j'ai envie de parler, c'est bien l'engagement de mon frère. Mon père le sait parfaitement, c'est probablement pour ça qu'il met le sujet sur la table.

– Je bosse juste avec un pote, en fait. On rénove un duplex. En gros, on change tout dedans.

Déconcertée, je regarde mon frère, pourquoi ne parle-t-il pas de l'armée ? Je joue avec une mini-carotte à moitié mangée dans mon assiette tandis qu'Estelle continue à interroger mon frère.

– Ouais, mon pote Martin a vraiment un truc pour l'immobilier et il est sur le point d'être démobilisé.

Je manque m'étouffer dans mon poulet en l'entendant parler de lui avec tant de désinvolture. Comme si mon père et Kael ne s'étaient pas hurlé dessus dans mon salon, il y a de ça quelques semaines.

J'observe le visage de mon père avec attention. Pas un signe, il fait comme s'il ne savait pas que Kael et Martin, l'ami dont parle mon frère, sont la même personne. C'est vraiment perturbant, mais au fond de moi, je sais qu'il vaut mieux ne pas intervenir et les laisser continuer.

Pourquoi Austin évite-t-il le sujet de son engagement ? Est-ce qu'il garde ça pour un tête-à-tête avec mon père et Estelle ? La façon dont mon père prétend que tout sujet de conversation peut être traité avec légèreté est flippante. Il continue de boire sa bière en discutant d'un ton dégagé, en bon acteur qu'il est. Comme s'il n'avait pas détruit la vie d'un groupe d'hommes et comme s'ils ne lui vouaient pas tous une haine tenace et mortelle, comme si même des médecins à l'hôpital ne s'étaient pas lancés dans une mystérieuse vendetta contre lui. Enfin, bien sûr, je ne m'attendais pas à ce qu'il évoque des crimes de guerre entre la poire et le fromage. Mais bon... Son visage impassible me fout franchement la trouille. Quand il s'agit de faire comme si de rien n'était, c'est lui le maître.

À la loterie parentale, j'ai vraiment décroché le gros lot, non ? Une mère absente et un père manipulateur.

J'attrape la bouteille de vin blanc sur la table et me sers un verre. Estelle a mis des verres à vin sur la table, autant les utiliser, non ? Mon père me regarde de travers, mais ne dit rien. Qu'il ose seulement ! Je le défie d'un regard assassin. Austin en est déjà à sa troisième bière, dont deux servies par mon père. En plus, j'aurai vingt et un ans dans quelques jours à peine.

Je regarde Estelle déposer un autre morceau de poulet dans l'assiette de mon père. Il ne lui accorde pas même un regard, il parle à Austin d'une usine qui a explosé dans le Midwest ce week-end. Estelle lui glisse son assiette devant lui sans qu'il ne bouge, comme dans une chorégraphie bien huilée. Puis elle prend sa bouteille de bière, la secoue légèrement et la soulève pour voir si elle est vide. Après avoir constaté que son gros bébé de mari a tout ce qu'il faut, elle s'assied, pose son menton dans sa main et regarde autour d'elle sans remarquer que je la dévisage. Je me demande à quoi elle pense. À s'enfuir comme ma mère ou au bonheur de servir mon père comme elle le fait ?

Je n'ai rien contre le fait qu'elle s'épanouisse dans ce rôle domestique, c'est plutôt que mon père lui accorde si peu d'attention en retour qui me chiffonne. C'est vrai, il assume toute la charge financière de leur foyer et, pour ça, je lui pardonne pas mal de trucs, mais je ne l'ai jamais entendu lui dire quoi que ce soit ou vu faire le moindre geste pour lui montrer qu'il lui est reconnaissant qu'elle se tape toute la bouffe – et que du fait maison – ou la vaisselle. Parfois, je me sens mal pour elle et je me demande si elle a déjà eu envie de se barrer, comme ma mère. Mes yeux suivent la ligne de son décolleté pour tomber sur le petit diamant en forme de cœur qui est niché entre ses seins, puis sur les bracelets qui tintent autour de ses poignets, et je me dis qu'elle doit être contente de son sort de captive.

C'est comme si mon frère, papa et Estelle avaient été remplacés par une version *Sims* d'eux-mêmes et qu'ils incarnaient les membres d'une famille heureuse. Moi aussi, je joue un rôle dans cette mascarade en restant assise tout le repas, le sourire aux lèvres, à suivre plus ou moins la conversation, même si je n'y contribue pas franchement. De temps en temps, Austin tente de m'y inclure, mais sans plus. La discussion reprend sur le nouveau boulot de mon frère. Si j'étais un peu plus innocente, je penserais que mon père tente de pousser Austin à parler de son incorporation.

Mon père me demande ensuite comment ça va au travail, je lui réponds « ça va », puis il retourne à Austin, et moi à mon téléphone. J'envoie un SMS à mon jumeau pour lui demander pourquoi il n'aborde pas le sujet de l'armée, mais la notification sur son téléphone sonne dans le salon, raté !

– C'est un bon job, en fait. Ça me permet d'avoir un toit au-dessus de la tête.

Là-dessus, il regarde notre père qui le relance en le regardant droit dans les yeux :

– Un toit ?

– Ouais, Martin me permet de rester chez lui, puisque je n'ai rien de stable en ce moment.

En temps normal, mon frère aurait trouvé un commentaire insidieux pour faire comprendre que tous les malheurs de sa vie sont de la faute de notre père, mais il s'abstient. Papa répond tout de même, la gorge un peu serrée :

– Ah oui ? C'est sympa de sa part.

Austin confirme d'un hochement de tête et reprend une gorgée de bière.

– Ouais. C'est un mec bien.

Son assiette est quasiment vide, il ne reste qu'un os de poulet. Il reprend :

– Enfin bon. On installe des cloisons de placo et plein de merdes… euh… plein de trucs. C'est plutôt cool de voir comment ça évolue. En plus, ça m'occupe.

– Où as-tu appris à monter des cloisons ?

– Je ne suis pas un cas aussi désespéré que ça. Et j'apprends vite.

En entendant sa taquinerie, mon père manque s'étrangler. Il doit faire preuve de self-control et je le vois se mordre les lèvres pour y parvenir. Soit il apprend à traiter son fils comme un adulte et à ne pas lui rappeler toutes ses erreurs passées, soit il mijote quelque chose. Bien évidemment, je penche pour la deuxième option.

– Si tu as besoin de faire des travaux, appelle-le. Je me débrouille pas mal, mais lui c'est un expert, honnêtement.

– Certes. J'y penserai.

Mon père nous regarde, Estelle et moi. C'est si bref que je le remarque à peine. Puis, s'adressant à mon frère, il change de sujet de conversation :

– Ton oncle t'a donné de ses nouvelles ?

Austin et mon père poursuivent sans le moindre accroc alors qu'Estelle a le regard plongé dans un vide abyssal. Je me sens égoïste et je suis même un peu jalouse en les regardant, mais, au fond, je suis contente de les voir aussi bien ensemble. Ils se faisaient ouvertement la guerre depuis des années et, pendant longtemps, ils n'ont pas supporté d'être dans la même pièce tous les deux, alors d'un certain côté je suis soulagée.

Quand mon frère finira par annoncer son incorporation à mon père, leur relation pourrait partir dans un sens comme dans un autre. Et personne ne pourrait prévoir lequel.

VINGT ET UN

KARINA

Interrompant mon petit jeu de compter les fois où Estelle a le regard perdu dans le vide, un sourire aux lèvres, ou quand elle rit à une des plaisanteries des mecs, mon père finit tout de même par prononcer mon nom.

– Karina, comment va Éloïse ? Ta copine française ?

Alors maintenant, il veut faire comme si j'existais ? Au moins, il choisit un sujet de conversation qui m'intéresse. Avant que je ne puisse le faire, Austin le corrige, me sourit et lui fait une grimace quand il ne le regarde pas.

– Élodie.

– Elle va bien. Toujours enceinte.

Que dire d'autre à propos d'elle ? J'ai l'impression de devoir la protéger de lui, même si elle n'est pas parmi nous.

– Elle est tellement jolie. Incroyable. Époustouflante, commente Estelle.

Austin hoche la tête. Mon père aussi.

– Ouais, elle est vraiment belle.

Sur ces mots, mon frère lève sa bière et en boit une gorgée. Je ne peux qu'être d'accord avec eux.

– Oui, vraiment.

– Son mari va bientôt rentrer, non ? demande Estelle.

Brusquement, mon père la fusille du regard. Elle lui lance un gentil regard et hausse les épaules. Puis Austin pose la question que je n'ose pas lancer :

– Quoi ?

– J'espère qu'il rentrera bientôt, commente Estelle à la cantonade.

– Je crois qu'il doit revenir dans quelques mois, dis-je en posant mes coudes sur la table. Il a été envoyé sur le terrain en même temps que Kael, ou Martin comme vous l'appelez.

Mon père plante ses yeux dans les miens, mais je continue tout de même :

– Mais Mendoza et Martin sont rentrés plus tôt. Phillips y est encore.

Tellement bizarre de l'appeler par son nom de famille. De petites taches rouges apparaissent sur le visage de mon père et des théories fumeuses fusent dans mon esprit, si vite que j'en ai du mal à suivre. Je mets un point final à ma tirade en prenant mon verre de vin et en le vidant d'un trait. Estelle rétorque alors, tout sucre :

– Eh bien, nous espérons tous qu'il revienne chez sa femme sans le moindre problème.

– Comme nous tous, commente Austin, le nez dans sa bière.

– Quoi qu'il en soit, je suis content que tu travailles avec ton ami. Ta prochaine étape sera une voiture, peut-être ?

Mon père vient une fois encore de changer de sujet alors qu'Estelle débarrasse la table.

Je ne sais pas si Austin est au courant de l'implication de mon père dans ce qui est arrivé à Kael pendant sa mission et sa démobilisation, mais il suit le mouvement de la conversation jusqu'à la fin du dîner. Finalement, Estelle et mon père s'excusent de sortir de table. Estelle retourne dans la cuisine en tirant sur sa jupe crayon.

Mon père se lève sans donner d'explication, mais je suis plutôt contente qu'ils nous accordent un peu de temps tout seuls. Il monte à l'étage et quand j'entends le plancher grincer, j'ouvre la bouche en murmurant, pour éviter que papa ou ma belle-mère ne m'entendent :

– Pourquoi tu ne lui as pas dit que tu t'étais engagé ?

– J'attends.

– T'attends quoi ?

– Ch'sais pas. J'ai pas la force de gérer ça pour le moment.

Qu'il n'ait pas envie de le dire à notre père atténue ma colère contre lui. D'un geste joueur, je lui pousse l'épaule et lui demande :

– Depuis quand t'es aussi pote avec papa ? C'est trop flippant.

Il y a une tache beige sur le col de son hoodie blanc, on dirait du fond de teint. J'espère qu'il ne sort plus avec cette fille mariée, Katie. Elle et les cinq mecs qu'elle s'envoie en même temps sont des emmerdeurs – comment fait-elle pour trouver le temps, d'ailleurs ?

– Je ne sais pas.

Mon frère regarde derrière moi comme pour s'assurer que mon père ou Estelle ne nous espionnent pas et continue :

– Il est sympa en ce moment. Genre vraiment sympa. Comme s'il était malade.

Je le dévisage pour voir s'il déconne ou pas. Il se lève pour aller chercher son téléphone et revient en ajoutant :

– Non, mais bon. Je ne sais vraiment pas pourquoi il est aussi cool.

– Au moins, il est supportable !

J'essaie d'être aussi positive en apparence que j'aimerais l'être vraiment.

– Encore désolé de ne pas te l'avoir dit. Je voulais vraiment le faire.

Tout le monde revient dans la salle à manger. Estelle a les mains prises et mon père sourit gentiment derrière elle.

– On a un petit quelque chose pour votre anniversaire à tous les deux. Rien d'énorme. Juste un gâteau et de la glace.

La lueur des bougies éclaire le visage de ma belle-mère qui commence à chanter « Joyeux anniversaire ». Le gâteau est rond et recouvert d'un glaçage au chocolat bordé de boules de crème au beurre blanche. Austin est tout content, il sourit et chante, je me contente de faire du play-back pour être polie. Ce gâteau semble faire plaisir à tout le monde dans la pièce, sauf à moi. Je souris quand la chanson se termine, et mon père nous tapote le dos à tous les deux.

Estelle sourit, heureuse d'avoir contenté tout le monde. Même mon père semble satisfait. Elle essaie vraiment de faire plaisir, parfois elle y parvient, et je ne veux pas faire ma connasse avec elle juste parce que ça ne va pas en ce moment, alors je la remercie en souriant. Austin lui fait honneur en soufflant les deux bougies marquant notre âge plantées dans la génoise et la crème de cette jolie création, que j'admire tandis qu'elle se rassied.

– Joyeux anniversaire ! Je n'arrive pas à croire que vous ayez vingt et un ans. Mon Dieu, je me rappelle encore le jour où je vous ai ramenés à la maison. Au début, on n'arrêtait pas de vous confondre.

C'est mignon, mais le fait que mon père se soit laissé aller à dire un « on » – quelque chose qu'il prend bien soin d'éviter normalement, préférant ignorer simplement l'existence de ma mère – bref, ce « on » me déstabilise. Estelle regarde mon père et ajoute :

– Le temps passe effectivement si vite.

Austin trempe ses doigts dans le glaçage, comme pratiquement tous les ans, et lance une blague pour détendre l'atmosphère :

– Je souhaite avoir une petite copine... et la paix dans le monde aussi.

Je lève les yeux au ciel alors qu'Estelle coupe le gâteau. Du coin de l'œil, je vois que mon père m'observe, mais je l'ignore. J'allais être sympa, mais je ne vais pas rester beaucoup plus longtemps et nous avons encore beaucoup de pain sur la planche si nous voulons avoir une relation saine. J'ai joué les gentilles filles pendant des années et j'ai un million de raisons d'en vouloir à mon père. J'essaie de travailler sur moi pour résoudre ce problème de colère que j'éprouve envers lui, mais plus je grandis, plus il me donne de raisons de le détester.

Il m'est arrivé de me disputer avec lui, comme pour l'histoire avec Kael, ou quand mon frère était évidemment moins puni que moi pour la même bêtise. Mais ces dernières années, j'ai incarné le rôle de la fille obéissante, me présentant tous les mardis chez lui comme une horloge bien huilée. Jusqu'à récemment, quand Kael m'a encouragée à déterminer les limites de ma relation avec lui.

Austin mord à pleines dents dans le gâteau et des miettes tombent de sa bouche quand il demande :

– C'est toi qui as fait ce gâteau ?

– Si seulement ! regrette-t-elle en me tendant une assiette. Il vient de la boulangerie juste à la sortie de la base, qui appartient à une épouse de militaire. Tout ce qu'elle fait est délicieux.

– Ouais, c'est super-bon.

Le téléphone de mon frère se met à sonner à ce moment-là.

– Hé, salut. J'ai presque terminé. Ouais, bien sûr. J'arrive. Tu peux entrer une minute si tu veux. Je mange mon gâteau d'anniversaire...

Il me regarde en reposant son portable. Quelque part, j'ai su qui c'était avant même qu'il le dise.

– C'est Martin.

Je me tourne vers mon père dont le visage reste impassible. Je repense à sa dispute avec Kael chez moi, leurs mots me reviennent en mémoire et je me tourne à nouveau vers mon frère qui attend que je dise quelque chose. Encore une fois, je me demande ce que sait mon jumeau, mais j'imagine que je suis sur le point de le découvrir.

Mon père semble toujours aussi imperturbable, mais je me demande ce qu'il ferait si Kael franchissait vraiment le seuil de la porte. Ça n'a pas l'air de le gêner, il trône en bout de table tel un général à l'aise devant ses troupes. Mais plutôt que de discuter du devenir de centaines de petits soldats, il s'empiffre de gâteau. Il plante sa fourchette en argent dans une part de gâteau comme si de rien n'était, comme si Kael était un ami de la famille. Un vrai sociopathe.

Je remarque avec ironie qu'il se bâfre de la part sur laquelle est écrit mon nom en crème au beurre. Il déchire la génoise comme un porc et avale un gros morceau qu'il mâche, la bouche à moitié ouverte. Des miettes tombent de sa bouche sur son polo orange. Trop dégueu. L'arrivée imminente de mon ex a un effet sur la façon dont je perçois mon père. J'ai comme l'impression qu'il rapetisse.

En revanche, Kael prend de plus en plus de place dans mon esprit. À cet instant précis, un bruit assourdissant interrompt la scène et tout le monde se lève pour regarder par la fenêtre du salon le camion de Kael en train de se garer.

Mon frère me regarde dans les yeux et demande :

– Il va rentrer dans la maison. C'est bon ?

De mon côté, je regarde mon père qui est toujours aussi imperturbable.

– Euh, ouais. Je ne vois pas pourquoi il y aurait un problème. Hein, papa ?

L'expression « avoir les yeux revolver » est la seule à pouvoir décrire la façon dont mon père me regarde.

Il s'essuie la bouche avec sa serviette, mais laisse un peu de glaçage, juste sous sa lèvre. Il continue à me fixer en répondant :

– Je ne vois pas pourquoi.

VINGT-DEUX

KAEL

– Eh merde !

Je balance mon portable sur le cuir du siège passager vide. On était d'accord, le rendez-vous était à neuf heures. Pourquoi Fischer ne m'attend-il pas dehors ? Je ne devais pas me joindre à cette famille déglinguée pour la fête d'anniversaire. C'est lui qui me l'a demandé. Il voulait se casser le plus rapidement possible. C'est lui aussi qui m'a envoyé un SMS pour me demander si j'étais encore loin. S'il y a une chose que j'espère voir entrer dans la tête de ce mec grâce à l'armée, c'est un peu de considération pour ceux qui l'entourent. Je suis tout à fait d'accord pour lui donner priorité, mais il faut un équilibre et lui ne le respecte pas.

Je me gare dans la rue juste derrière la voiture de Karina et me tape le front contre le volant. Putain, je n'arrive pas à croire que je m'apprête à entrer chez ce type. Genre, je suis pote avec son fils et je sortais avec sa fille – mais, à quoi je pensais ? J'aurais dû dire à Fischer de ramener son cul direct et me barrer.

Je jette un coup d'œil à mon téléphone en traversant le jardin. Un texto d'Élodie. Je m'arrête pour le lire, en prenant tout mon temps parce que Karina est à l'intérieur. Je referme le texto et tape un K dans la barre de recherche. Je me dis que c'est la bonne solution : écrire à Karina et évacuer toute tension entre nous avant d'entrer. Mes doigts caressent son nom, je ne suis plus qu'à deux doigts de le faire, mais je ne peux pas m'y résoudre. Je range mon téléphone dans ma poche et m'avance vers la porte.

Les maisons réservées aux officiers sont vraiment *too much*. Genre on se croirait devant le bâtiment principal d'une mini-plantation de l'ère coloniale, sans les terres agricoles. Elles sont toutes bien alignées, rangées au bout d'une impasse, pour récompenser les soldats qui ont beaucoup progressé dans leur carrière et sont allés à la fac pour le bien de la nation.

Ok, ils le méritent, mais parfois j'ai du mal à l'avaler, sachant qu'une bonne partie de l'argent qui les a financées vient de bains de sang et de guerres inutiles. C'est sur la guerre que se sont fondés les États-Unis, et les hommes comme le père de Karina ont profité de ce système qui, dans l'esprit, était quelque chose dont on pouvait s'enorgueillir. Une institution honorable qui maintenant ne sert qu'à détruire la vie de trop nombreuses personnes, qui est devenue une excuse pour beaucoup de connards pour se faire du pognon. J'ai toujours voulu être soldat, depuis que je suis môme, mais je n'avais jamais pensé à ça. Je savais que je voulais faire quelque chose dont je serais fier, dont ma mère et ma sœur seraient fières aussi. Je voulais aider les gens pour qu'ils se sentent en sécurité, protéger notre pays en gagnant un salaire stable et en bénéficiant d'une assurance santé. Ça, c'est mon discours officiel, mais tout au fond de moi, la vraie raison, c'est que je voulais me tirer en vitesse de Riverdale avant de me retrouver au mauvais endroit au mauvais moment, comme bon nombre des gars de mon âge là-bas.

Le père de Karina n'a plus de souci à se faire, lui, pas comme moi avec ma tête aussi bousillée que mon corps. À ce jour, il se peut que je sois démobilisé au début de l'année prochaine, mais lui, la retraite l'attend et il aura droit à la totale. Il va pouvoir profiter pour le restant de ses jours sans s'inquiéter de quoi que ce soit, tandis que des milliers d'hommes et de femmes vont continuer à être envoyés au front et à en chier pour boucler leurs fins de mois. Attention, je ne dis pas que les soldats ne méritent pas d'avoir une bonne retraite, loin de là, mais les crevures comme lui, non. Et je n'ai aucun doute sur la catégorie dans laquelle entre cet homme.

Je relève la tête et ferme les yeux pour essayer de me rappeler que je ne suis pas comme lui. Je fais de mon mieux, moi, putain. La plupart des gens que je connais ne sont pas non plus comme lui. L'équilibre est toujours relativement stable entre le bien et le mal dans l'armée. Son père peut garder son nouveau pick-up bien garé devant chez lui, sa carrière brillante et ses honneurs à la con, du moment qu'il reste là où il est et ne blesse plus personne… Je peux vivre avec ça, même si c'est injuste. Car j'ai l'impression que justice ne sera jamais faite.

Bordel, je suis à deux doigts de rentrer chez lui, et toute la famille est à l'intérieur.

Et Karina ? Bien sûr, elle est là aussi. Ça me fait chier qu'il ait réussi à la faire revenir dans ce petit jeu et qu'il la contrôle comme ça. Il devrait la laisser tranquille et simplement la laisser vivre.

Ça me débecte qu'ils soient de la même famille. Comment est-ce possible ? Injuste aussi que son père soit une raclure. Elle est tellement pure. Dure aussi, plus que toutes les personnes que j'ai jamais rencontrées, mais son cœur est innocent et, au fond, elle ne cherche qu'à obtenir son approbation, qu'il lui dise qu'il est fier d'elle, même si elle est trop têtue pour l'admettre. Je crois que je me suis fait avoir quand j'ai fait le parallèle avec mon propre père, mais je préfère mille fois affronter quotidiennement un fantôme plutôt qu'un démon.

Je regarde encore une fois la maison et lâche un « putain de merde ».

La lueur jaunâtre qui émane des fenêtres donne un aspect hanté à cette baraque. Comme un avertissement que je devrais probablement écouter. Pourquoi suis-je incapable de rester loin de cette famille ? Ou mieux encore, pourquoi ne pourrait-elle pas être d'un autre sang ? Je préfère être condamné à devoir affronter le père Fischer plutôt qu'elle. Après tout ce qui s'est passé, ça m'a un peu choqué d'apprendre que Karina était retournée chez lui. Et avec son frère, tous les deux font perdurer cette tradition qu'ils détestent autant l'un que l'autre.

Partir ou ne pas partir...

Bordel de merde. Maintenant que je suis devant la porte, il faut bien que je rentre. Je sonne. Rapidement, on déverrouille la serrure et la belle-mère de Karina apparaît devant moi, elle ressemble plus à un guide touristique de musée qu'à une personne qui ouvre sa porte à un invité qu'elle connaît. Elle a l'œil brillant et ses cheveux bruns sont plus longs que dans mon souvenir. Même en faisant un effort, je n'arrive jamais à me souvenir de son visage. La majeure partie des femmes d'officiers se ressemblent, elle n'échappe pas à la règle. Un peu comme en Corée du Nord où les femmes d'officiers ont presque toutes la même coupe de cheveux et portent les mêmes vêtements venant du même magasin. Elles ont un petit guide qui leur montre quelles options de coiffure leur sont permises. Vu comme elle semble suivre les ordres de son mari sans poser de question, la belle-mère de Karina serait vraiment dans son élément là-bas.

Elle sourit en m'accueillant :

– Bonsoir, Martin. Bienvenue, entrez.

– Merci.

Je hoche la tête, ne sachant pas trop quoi faire.

– Ils sont dans la salle à manger pour partager le gâteau. Nous sommes heureux de vous voir.

– Je suis certain que tout le monde le pense.

Je lui souris alors que je n'ai qu'une envie : partir en courant. Mon petit trait d'ironie me rappelle que je ne pourrais probablement pas courir si j'essayais.

– Mais oui. Au moins la moitié d'entre eux.

Son honnêteté me fait rire. Impossible de savoir si elle est naïve ou si elle délire. C'est souvent lié et la ligne de démarcation est très fine.

– Entrez donc.

Elle s'efface sur le côté pour me laisser entrer. Je ferme la porte derrière moi et la verrouille par réflexe avant de la suivre jusqu'à la salle à manger en passant par le salon.

Et là, je vois Karina, assise sur la dernière chaise au bout de la table, les bras posés devant elle. Elle fronce les sourcils en regardant le gâteau à moitié mangé. Elle paraît vraiment concentrée dessus... puis elle lève lentement les yeux vers moi.

Mais le contact ne dure pas longtemps, dans un geste nerveux, elle replace ses cheveux derrière ses oreilles. Elle est si belle – putain, mais pourquoi faut-il qu'elle soit si belle ? Elle est la seule femme au monde à être entourée d'une aura qui brille comme un incroyable soleil, m'empêchant de détourner le regard. Même s'il m'aveugle.

J'ai pensé à elle toute la semaine et j'ai essayé de me souvenir exactement de son apparence la dernière fois que je l'ai vue. Les cheveux teints, en vieux vêtements déchirés et pieds nus. Elle était tellement sexy. Putain, elle l'est encore plus maintenant, à faire semblant de m'ignorer. Ça me donne encore plus envie d'attirer son attention. Karina trouve toujours un moyen de s'exprimer à travers son apparence ou son attitude, pas comme moi qui porte le même uniforme jour après jour et arbore le comportement qui va avec.

Elle porte un collier et plus j'approche, plus la lumière s'y reflète. C'est un petit bijou délicat, en forme de croissant de lune, qui repose juste à la base de son cou. Elle est maquillée et parce que je la connais, je remarque qu'elle a fait un effort de présentation. Sa robe rose est ornée de petites fleurs blanches et son décolleté est profond. J'essaie de ne pas la dévisager quand elle lève la tête pour regarder son frère, assis à sa gauche. Sans un regard pour moi. Je sais qu'elle est énervée, j'arrive à sentir sa colère à travers ce geste. Elle va m'ignorer pour prouver un truc. Elle est comme ça. Et moi, je suis l'abruti qui crève d'envie d'entrer dans ses petits jeux.

Soudain, Austin lève les bras et m'interpelle en gueulant :

– Alors, quoi de neuf ?

Les yeux au ciel, elle mime du bout des lèvres un « je te déteste » vers son frère, toujours en m'ignorant.

Du bout des doigts, elle joue avec son pendentif. Peut-être qu'elle a mis cette robe à bretelles juste pour jouer avec mes nerfs. Si Fischer lui a dit que je venais, alors que je lui ai demandé deux fois de ne pas le faire, je vais le défoncer. D'ailleurs il pousse l'épaule de sa sœur :

– Alors, tu ne veux pas dire bonjour ?

J'ai très envie de lui dire de foutre la paix à sa sœur, mais mieux vaut attendre quelques minutes avant de niquer leur fête d'anniversaire.

En entendant son frère, elle tourne un peu plus la tête. Dans la pièce, tout le monde me regarde comme si je m'étais trompé d'adresse.

Je savais qu'elle allait tenter l'impossible pour faire comme si je n'étais pas là. Je ne compte pas rester longtemps, pas plus de cinq minutes, sinon j'attendrai Austin dans la caisse, c'est ce que je lui avais dit. Mais il se marre.

– Viens t'asseoir. Il y a du gâteau et il est super-bon.

Le lieutenant général[8] Fischer entre alors dans la pièce, une bière à la main. Et me voilà pris au piège avec trois Fischer, enfin quatre si on compte l'épouse qui n'a pas été assez rapide pour disparaître dans la cuisine.

Monsieur l'officier s'installe en bout de table comme un putain de Lannister, ça m'inquiète et, d'une certaine manière, je déteste l'admettre. C'est à peine si je jette un coup d'œil au vieux, mais je m'assure d'avoir le dos bien droit et de ne pas me montrer intimidé, sinon il pourrait sentir l'odeur de la peur sur moi. Les raclures comme lui prennent leur pied avec ce genre de truc.

– Prends du gâteau, Martin. Il est délicieux. La crème au beurre est divine, me dit Fischer.

Karina ne semble pas vraiment excitée à l'idée de me voir manger de son gâteau d'anniversaire. D'ailleurs, son nom n'est même plus dessus.

On peut encore lire « Joyeux Anniversaire Austin & ».

J'imagine que son nom a été avalé. Sur son assiette aucune trace du glaçage au chocolat, mais l'assiette de son père en est maculée.

Je réponds d'un mensonge :

– Euh... merci, mais je sors juste de table.

– Allez, prends une part de gâteau, insiste Austin.

Il mange un autre morceau et le fait passer avec une gorgée de bière.

Je n'arrive pas à croire que c'est déjà son anniversaire ou plutôt *leur* anniversaire. Je suis même presque sûr que ce sera vendredi prochain. Elle ne m'a jamais donné la vraie date, mais en l'écoutant me raconter ses souvenirs, j'ai eu assez d'éléments pour reconstituer le puzzle. Je suis presque sûr du jour, mais je sais que ça la foutrait en rogne si j'en demandais la confirmation. J'attendrai que nous soyons partis pour interroger Fischer.

8. Grade de l'armée américaine inférieur à celui de général et supérieur à celui de major général.

Il semble apprécier l'attention de cet anniversaire fêté en avance, Karina, elle, balade sa part de gâteau dans son assiette. Je sais qu'elle n'est pas du genre à fêter quoi que ce soit. Même quand ça la concerne. Avec moi, elle effleurait le présent et parlait plus volontiers de son passé, de la manière dont sa mère faisait de cette date une semaine entière de célébrations.

Estelle revient et, d'un geste fluide, coupe une part du gâteau, la dépose sur une grande assiette qu'elle me tend :

– Tenez, prenez-en une part.

Énervée, Karina explose :

– Mais, bon Dieu, il n'en veut pas !

Tout le monde la regarde, même moi. Dans un parfait timing, son frère se met à rire comme si la situation était comique, j'accepte donc de manger de ce foutu gâteau. On dirait bien que toute la famille s'est liguée pour ne pas me laisser partir sans que j'en sois venu à bout et on dirait bien que leur hospitalité tape sur les nerfs de Karina.

Fischer tapote le dossier de la chaise libre à côté de la sienne et m'invite à m'y asseoir. Alors oui, je vais bouffer ma part alors que je n'ai rien d'autre dans l'estomac, c'est toujours mieux que de m'incruster ici plus longtemps. Plus je reste, plus il y a de chances que la situation dégénère sacrément. Si ce gamin était au courant du merdier entre son père et moi, il ne m'inciterait pas à rompre le pain ou le gâteau avec cette ordure. Je n'arrive pas à me décider à le lui raconter, j'hésite et je suis plutôt surpris que Karina ne lui ait pas déjà tout déballé, juste pour faire chier son père. Il mérite que son fils soit aussi dégoûté par lui que je le suis, moi et tous les gens que je connais. La seule raison qui me retient, c'est que je ne veux pas qu'elle me déteste encore plus, et puis je ne veux plus me mêler des problèmes de cette famille. J'ai assez de conneries comme ça à gérer, c'est à peine si je peux suivre le rythme des rendez-vous pour ma mère et les miens.

Au premier regard, la famille Fischer semble l'incarnation de la perfection. Comme quoi, les apparences sont trompeuses.

– Tu veux une bière ? me propose Fischer.

– Je conduis.

J'agite mon trousseau de clés devant son nez et il accepte ma réponse d'un hochement de tête. Dès que je prends une bouchée de gâteau, il me dit :

– Je racontais à mon père à quel point tu avais été cool avec moi.

– Ah oui ?

J'ai répondu la bouche pleine. Je n'ai personne à impressionner ici et Karina appréciera sans doute de voir une démonstration de mauvaises manières à la table de son père.

– Ouais. Et j'ai aussi dit que s'il avait besoin de faire faire des travaux, c'était toi qu'il fallait appeler.

Austin est fier de crâner. Putain, l'ironie de la situation est presque douloureuse.

Karina me dévisage, attendant ma réaction. Elle n'en aura pas, les autres non plus.

– Merci. Ouais. C'est vraiment cool d'avoir un coup de main. Je vais le faire bosser jusqu'à son départ.

– Son départ ? demande le lieutenant général Fischer. Où pars-tu ? demande-t-il à son fils unique.

Le silence envahit la pièce instantanément et je comprends que je viens de lâcher une grosse bombe sur la table.

VINGT-TROIS

KARINA

– Comment ça, son départ ?

Estelle répète la question de mon père.

J'en suis bouche bée.

Austin est en train de devenir tout rouge. Les yeux de mon père clignotent à toute vitesse.

– Il veut dire que...

J'essaie de sauver la mise, même si je sais que c'est un désastre complet, mais je ne sais pas quoi faire d'autre. Impossible de nous en sortir sans un mensonge d'Austin et, après tout, il pourra peut-être y arriver, vu son comportement toute la soirée...

– Je... je me suis engagé dans l'armée de terre.

Austin a déballé l'info comme ça, et les yeux de mon père sortent de leurs orbites tandis que, de l'autre côté de la table, Estelle pousse un gémissement.

Papa se racle la gorge et demande :

– *Tu as fait quoi ?*

Austin pousse un soupir et repousse son assiette. Je lève les yeux vers Kael qui me dévisage. À voir sa tête, j'en déduis qu'il ne savait pas du tout que mon frère avait caché ça à notre père.

– Je me suis engagé. Je suis en contact avec un sergent recruteur. J'allais te le dire...

Mon père se lève.

– Quand ? Quand allais-tu me le dire ? Parce que tu viens de dîner chez moi, donc tu avais tout le temps d'en parler et tu n'as pas dit le moindre mot là-dessus !

Il écrase son poing sur la table, faisant tressauter les assiettes et vaciller sa bière.

Estelle se lève d'un bond pour tenter de l'apaiser, puis jette un regard à Kael et ensuite à mon frère :

– Chéri...

Mon jumeau garde le silence. Ses oreilles sont toutes rouges.

– *Dis-moi quand !*

Mon père explose et fonce vers Austin, mais avant qu'il ne puisse l'atteindre, Kael s'interpose entre eux et pose ses mains contre la poitrine de papa.

Mon cœur s'arrête.

– Calmez-vous, Monsieur. Il faut que vous vous calmiez. Maintenant.

Je m'attends à ce que mon père lui rie au nez, le repousse ou même le frappe. Mais non, il semble sortir lentement de sa phase de rage tandis que Kael reste planté devant lui, dans une attitude de défi. Ça, c'est Martin, le soldat que mon père connaît.

Lui est immobile, il souffle comme un dragon en colère, mais un dragon vaincu. Peut-être se demande-t-il si Austin ne devrait pas être mis au parfum de ses magouilles, ou peut-être rassemble-t-il ses forces avant de se défouler sur lui ?

Il finit par s'adresser à Kael :

– Ce ne sont pas tes oignons. Merci pour ta sollicitude, Martin, mais reste en dehors des affaires de cette famille.

Si Kael ne connaissait pas mon père, il aurait pu facilement prendre cette remarque pour une banale politesse, mais on dirait bien une menace. Il se tourne ensuite vers Austin et lui dit :

– Et toi, mais à quoi pensais-tu, merde ? T'engager sans même m'en parler ! Je suis ton père.

Il se frappe le torse comme un animal en cage en détresse essayant de montrer qu'il est le mâle dominant. Austin se lève pour lui répondre d'une voix forte :

– Je pensais que tu serais fier de moi ! Je ne t'en ai pas parlé parce que je ne voulais pas en faire toute une histoire. Et putain, c'est le cas, merde. Pas de quoi en faire tout un fromage !

Austin n'essaie pas de corriger son langage comme il le fait d'habitude quand nous sommes ici. Mon père lui répond en hurlant :

– Tu aurais dû m'en parler ! Es-tu seulement conscient des conséquences de ton acte ? Est-ce que tu as vraiment réfléchi ?

Kael s'approche doucement de lui, mais mon père ne remarque même pas qu'il est traqué comme une bête sauvage. Il est trop occupé à taper du poing sur la table. Austin garde le silence, comme nous tous.

– Est-ce que tu sais combien notre famille a d'ennemis ? Hein ? Tu le sais, ça, gamin ?

À ces mots, la pièce entière bascule.

Des ennemis ?

Me revient en mémoire le médecin qui a demandé à mon frère de qui il était le fils. Je repense à tous ces gens impliqués dans l'incident en Afghanistan et à toutes ces personnes qui veulent voir mon père tomber. J'en frémis d'horreur.

– C'est toi qui as des ennemis ! Pas moi ! Tout ne tourne pas autour de toi dans ma vie, merde !

Austin attrape sa bière au vol sur la table et regarde Kael avant de lui dire :

– Tirons-nous d'ici.

Austin sort de la pièce à grands pas, et tout le monde reste interdit, indécis, ne sachant trop quoi dire ni quoi faire. Kael m'accorde un bref regard avant de suivre mon frère. J'hésite à leur emboîter le pas, mais j'y renonce.

Il claque la porte en sortant et Estelle sursaute.

Mon père reporte alors son attention sur moi et me demande :

– Tu étais au courant ?

– Pas avant qu'il ait signé, et c'était déjà trop tard.

Il me regarde, comme s'il cherchait à savoir si je suis une menteuse, comme lui et son fils. Puis, sans prendre de décision sur mon cas, et sans un mot, il se lève et disparaît à l'étage.

VINGT-QUATRE

KARINA

Assise sur la balancelle sous l'auvent, j'entends quelqu'un ouvrir la porte et sortir.

Je suis surprise de voir que c'est Estelle.

Elle s'est changée et porte maintenant un sweat sur lequel est écrit « Croque l'amour à pleines dents » en lettres cursives. J'ai envie de vomir. Elle s'est démaquillée et a attaché ses longs cheveux bruns en queue-de-cheval. Elle s'approche et m'interpelle :

– Salut.

– Salut.

Je lui jette à peine un regard. D'une voix douce, elle me demande :

– Je peux m'asseoir à côté de toi un instant ?

Je lui réponds d'un hochement de tête. Ça ne servirait à rien de refuser. Je finirais par me sentir mal d'être aussi dégueulasse avec elle et, honnêtement, j'ai assez envie de parler à quelqu'un puisque mon frère ne décroche pas son téléphone depuis qu'il est parti.

Quand Estelle s'installe, la balancelle craque sous son poids. Je repense à ma mère et à toutes les fois où nous nous sommes assises dessus toutes les deux. J'ai presque l'impression de la trahir, à laisser cette femme se poser à mes côtés. Je fais bouger ma robe pour lui laisser un peu plus de place. Puis elle prend une grande inspiration et se lance :

– Je suis désolée pour la réaction de ton père. Il était juste choqué et blessé aussi, personne ne lui avait rien dit.

Je pense que la meilleure approche avec elle reste l'honnêteté. Brutale ou pas.

– Pourquoi présentes-tu des excuses à sa place ?

Le visage d'Estelle prend une attitude peinée avant de me répondre :

– Parce que je sais qu'il est désolé.

– C'est vrai ça, au moins ? Et pourquoi le serait-il ? Il a gueulé sur Austin, pas sur moi. Il ne t'a quand même pas demandé de venir me faire des excuses à sa place, vu que je n'ai rien à voir avec la décision d'Austin ?

– Il ne l'a pas fait. Je ne pense pas qu'il sache que tu es là. Non pas que ce soit mieux, mais je sais qu'il va regretter d'avoir eu un tel comportement. Il y a beaucoup de choses que ton frère et toi ne savez pas et...

– J'en sais assez comme ça.

J'ai tellement envie de me lever et de l'envoyer chier, mais son regard triste me pousse à rester.

– Écoute, je sais qu'il n'a pas été le meilleur des pères et qu'il ne prend pas toujours les meilleures décisions, mais il a traversé beaucoup d'épreuves et il veut vraiment avoir une relation avec vous.

Je dois m'empêcher d'éclater de rire. *Elle est sérieuse ?* On dirait bien, mais ce qu'elle dit est totalement absurde. Je lui réponds alors d'un ton condescendant :

– Alors, non seulement tu présentes des excuses à sa place mais, en plus, tu parles pour lui, maintenant ? Écoute, Estelle, tu as peut-être raison pour mon frère, mais je peux t'assurer que mon père n'a aucune envie d'avoir une relation avec moi. Il veut juste que je file droit, comme ses soldats. Il ne me connaît même pas et je suis à peu près certaine que s'il savait à qui il a affaire, il m'apprécierait encore moins.

Elle tend la main vers moi, mais je me lève avant qu'elle puisse me toucher le bras. Elle réplique alors :

– Savoir que tu penses une chose pareille... ça me fait mal. Moi non plus, je n'entretenais pas de bonnes relations avec mon père et je sais à quel point c'est le genre de facteur qui affecte nos choix de vie les plus importants et notre avenir en tant que femme. Mon propre père est mort avant que l'un et l'autre puissions y faire quoi que ce soit.

Je me tourne pour la dévisager.

– Je sais que tu es en colère et que tu as toutes les raisons de l'être. Je comprends, la vie est injuste et tu aimerais avoir d'autres parents que les tiens. Je suis désolée pour ta mère et avant que tu te mettes à me crier dessus, je ne dirai plus un mot sur elle, sauf que je suis désolée qu'elle ne puisse être ici pour voir la femme que tu es devenue.

L'admettre m'arrache le cœur, mais ses mots me touchent. Moi aussi, je suis désolée que ma mère ait eu besoin de quitter sa famille pour trouver la paix. Impossible d'oublier que c'est en grande partie la faute de mon père. Je retourne m'asseoir à côté d'elle. La balancelle oscille doucement.

– Je suis consciente que nous ne parlons pas beaucoup toutes les deux et ça ne pose aucun problème, mais ce n'est pas l'envie de partager des choses avec toi qui me manque. Il faut que tu le saches.

Je garde le silence.

– Tu sais, quand j'ai rencontré ton père et qu'il m'a dit qu'il avait deux enfants adolescents, je me voyais avoir une vie complètement différente.

Sur cette révélation, elle couvre sa bouche de sa main et se met à rire doucement avant de reprendre :

– Ça tenait plutôt du fantasme, mais écoute ce souvenir. C'était un jour au restaurant, avec mon amie la plus proche de l'époque, dans un endroit chic où les tables sont installées sur un ponton qui donne sur le lac. Je me souviens que j'étais excitée comme une puce parce qu'il m'avait dit qu'il avait des enfants, je n'avais pas du tout peur et j'ai dit à mon amie combien j'avais hâte qu'on aille se faire faire les ongles, toi et moi.

Le ton de sa voix change légèrement, j'y entends des larmes.

Je sens quelque chose se construire à mesure qu'elle parle. Je sens que mon point de vue est en train de changer, tandis qu'elle continue en clignant des yeux pour ne pas pleurer. Son effort me touche, il signifie qu'elle n'est pas en pleine crise d'hystérie feinte pour me supplier de passer outre mes problèmes avec mon petit papa.

– J'ai pensé à toutes ces choses, à ta robe pour le bal de promo du lycée ou à la virée shopping pour trouver ta robe de mariée, à comment te parler des garçons, à t'aider à surmonter une rupture avec un petit copain, et bon sang, je maîtrise le sujet, commente-t-elle en riant. J'ai pensé que ton frère serait probablement plus proche de ton père, mais j'avais prévu d'essayer de tisser des liens avec lui en m'intéressant au sport ou en lui préparant ses plats préférés. Mais toi...

Elle me désigne d'un doigt accusateur. Elle semble plus vivante que je ne l'ai jamais vue. Incroyable, on dirait une tout autre personne. Elle reprend :

– J'avais toutes ces idées en tête, je me voyais enfin devenir plus ou moins une mère pour toi et, chaque mois qui passait, je me disais que tu allais t'y faire, que tu allais t'ouvrir, qu'il fallait juste que je fasse un peu plus d'efforts.

Sans cesser de parler, elle pleure à chaudes larmes et mes yeux me piquent aussi.

– J'avais imaginé tous ces scénarios, mais pas une seule fois je n'avais pensé que notre situation évoluerait dans ce sens : te voir et te connaître à peine, et sentir ton frère et ton père toujours prêts à se sauter à la gorge.

Il y a quelque chose chez elle, quelque chose de triste et de désespéré, mais de toujours *vivant*. Je lui avais donné le rôle de la méchante. Dans ma tête, c'était elle la cause de l'abandon de notre mère alors que tout ce qu'elle essayait de faire, c'était de combler ce vide énorme dans nos vies, ce vide qui restera à jamais béant. Peu importe le nombre de dîners sophistiqués où elle nous a gavés de bons petits plats, elle n'avait pas sa place parmi nous. Personne ne lui a fait de place, parce que notre père mérite d'être tout seul dans cette énorme maison pleine de malheur.

– J'y suis presque habituée maintenant et j'ai accepté que la vie ne m'apporte pas tout ce dont j'avais rêvé, mais c'est si difficile de te voir traverser cette épreuve toute seule. J'aimerais tellement que ta maman soit là pour t'aider. Ou que tu puisses en parler avec ton père.

Tout est si calme autour de nous, j'ai l'impression que même les grillons ont arrêté de chanter pour nous écouter.

– Je sais que c'est bête, que tu vas certainement te mettre en colère et nous snober un petit bout de temps, mais je pense sincèrement qu'il fallait que je te parle et je n'ai pas du tout aimé la façon dont s'est terminée cette soirée. Et si tu veux que je disparaisse encore un peu plus de ta vie, je peux le faire.

Elle essuie ses larmes, garde le regard braqué droit devant elle et continue :

– J'aurais juste aimé que tout soit différent.

– Moi aussi.

Oui vraiment, j'aimerais que tout soit différent autour de moi : je connais si peu Estelle et ma mère me manque tellement, j'aimerais qu'elle revienne un jour. Je poursuis ma confession :

– Je n'avais pas pensé que tu pouvais avoir ce ressenti. J'ai cru que pour toi, j'étais juste la typique ado rebelle que tu n'avais jamais désirée mais que tu devais quand même supporter.

– Tu n'imagines même pas à quel point j'ai rêvé et désiré avoir une fille adolescente rebelle et vindicative.

Nous sommes interrompues par mon téléphone qui se met à vibrer. Je le sors de la poche de ma robe et vois le nom de Kael s'afficher, immédiatement suivi de celui d'Austin.

J'emmène ton frère chez toi. Il est bien bourré. On peut essayer d'être cool ?

Je relis deux fois son message avant d'ouvrir celui de mon jumeau.

J'arrive. Je t'aime.

Je repose mon portable et lève les yeux sur la femme de mon père qui vient de s'ouvrir à moi pour la première fois. Je dois partir, mais d'un certain côté, j'ai envie de rester pour apaiser nos vieilles rancœurs. Ou du moins essayer de nous rapprocher.

– Tu n'as pas à dire quoi que ce soit. Je voulais juste partager ce que j'avais sur le cœur. Va t'occuper de ton frère et moi, j'irai m'occuper de ton père.

Elle se lève de la balancelle et j'attends qu'elle soit presque rentrée pour l'interpeller :

– Estelle ? Merci de m'avoir dit tout ça. Il va me falloir un peu de temps pour tout digérer et je ne veux pas tout gâcher en disant n'importe quoi, mais merci.

J'essaie d'être aussi sincère que possible. C'est la vérité, et elle ne mérite pas que je déverse sur elle tout le charabia qui sortirait de ma bouche si j'essayais de faire le tri dans mes pensées à cet instant.

Elle accepte ma réponse d'un hochement de tête. Et avant d'esquisser un sourire et de rentrer dans la maison, elle me répond :

– Je comprends.

VINGT-CINQ

KAEL

Je gare mon camion devant chez Karina, l'estomac complètement retourné.

– Je me demande ce qu'il a dit après mon départ. Quel gros connard !

Fischer est toujours aussi en colère contre son père. Il vient de vider deux bières de plus chez moi et m'a supplié de le conduire chez sa sœur.

Savoir que c'est chez elle qu'il se réfugie quand il a besoin d'aide va sans aucun doute la rendre heureuse, alors je me lève du canapé pour l'accompagner. Je viens de passer une heure à présenter des excuses pour avoir mis les pieds dans le plat et il vient de passer une heure à me dire de ne pas m'en inquiéter.

Les mains sur les hanches, Karina est devant sa porte.

– Allez, viens, on rentre. Ta sœur t'attend.

– Depuis quand tu es devenu le preux chevalier de la famille ? bafouille Fischer en titubant pour sortir de la voiture. Tu aurais dû laisser mon père me frapper, je l'aurais... défoncé.

Maintenant que nous traversons la pelouse, j'éclate de rire. La silhouette de Karina a la forme d'un sablier qui égrainerait le temps d'une époque sans moi. Elle me nargue, surtout vêtue de cette petite robe, surtout depuis que je sais que si je la touche, toute cette colère et ce chaos disparaîtront. Et putain, c'est reparti pour un tour, elle me manque, et ce soir je suis à fond. Et, bien sûr, je me retrouve ici.

Quand nous passons devant elle pour entrer dans son salon, elle demande à son frère :

– Qu'est-ce que vous avez bu ?

Fischer fonce directement vers la cuisine, alors je lui réponds, un peu désabusé :

– Seulement de la bière.

Elle me dévisage d'un air suspicieux, puis me dit :

– Merci de l'avoir ramené.

– Je sais que tu t'inquiètes pour lui. Même si tu ne devrais pas. Le fauteuil rend bien, sinon.

Je lui désigne le fauteuil qui nous a rapprochés à notre dernière rencontre. Elle se triture les ongles. Son vernis violet a disparu, c'est le signe qu'elle a sacrément dû s'attaquer à ses ongles depuis qu'elle est rentrée. À sa façon de me regarder, je vois bien qu'elle a pleuré. Son maquillage a un peu bavé autour de ses yeux et ses lèvres pulpeuses sont un peu plus gonflées que d'habitude, et rosies aussi, comme si elle les avait mordillées, c'est son geste quand elle est énervée. Elle baisse la voix pour que son frère ne l'entende pas et ajoute :

– Encore merci.

– Pas de problème.

Ne sachant ni trop quoi dire ni trop quoi faire, je me balance d'un pied sur l'autre. J'entends qu'on ouvre la porte du frigo, ce qui veut dire qu'il ne me reste pas beaucoup de temps avant que son frère revienne.

– Je n'avais pas l'intention de tout balancer à ton père, j'espère que tu le sais. Je croyais qu'il était déjà au courant. Sinon, je n'aurais rien dit.

Je ne pense pas qu'elle me croie, mais ça ne m'empêche pas d'espérer. Les yeux verts de Karina me détaillent, puis elle me répond :

– Je te crois. Pas sûre que ça change quoi que ce soit, mais je te crois. Assieds-toi.

Je m'installe à l'autre bout du canapé, essayant de mettre autant d'espace que possible entre nous. Ce n'est pas ce que je veux, mais elle, si.

Elle attrape la télécommande entre nous et baisse le volume de la télé.

– Tu regardes encore *Twilight* ?

– Oui, je suis dans ma bulle quand je regarde ce film.

– Ok.

Son frère nous rejoint et se laisse lourdement tomber entre nous sur le canapé avant d'ouvrir une cannette de bière et de se mettre à geindre :

– Encore ? Oh, putain non. Pas ce film !

– Fermez-la tous les deux, vous n'avez aucun goût.

– Hé ! Je n'ai jamais dit que je ne l'aimais pas ce film, dis-je pour me défendre. Je l'ai regardé avec toi, alors...

Je m'interromps et Austin pousse un soupir avant de s'exclamer en posant sa main sur la sienne :

– Putain, ça suffit, le petit couple. C'est mon trip désespoir sur mon triste sort. Pas le vôtre. Alors, c'est moi qui choisis et on ne regarde pas *Twilight*.

J'essaie d'ignorer un petit pincement d'envie, parce que c'est infondé. Dans un geste fluide, il lui prend la télécommande des mains et éteint le film.

– Petit con ! l'insulte-t-elle.

Mais elle ne dit rien lorsqu'il connecte son compte Spotify à la TV.

– Pas de musique de boîte de nuit, demande Karina en le voyant faire défiler des titres.

– Chut. Pas question que je passe du Shawn Mendes.

– Ta gueule !

Elle le tape avec le coussin qui était posé sur ses genoux. Il finit par sélectionner une chanson de Post Malone qui met tout le monde d'accord.

– Tu sais quoi ? Qu'il aille se faire foutre, papa ! Tu vois ? Il n'a pas le droit de me dire ce que je peux faire ou ne pas faire. Il fait à peine partie de ma vie.

Karina s'approche de son frère en repliant ses jambes sous elle. Puis elle tire sur le bas de sa robe pour qu'elle couvre mieux ses cuisses. Je détourne le regard pour trouver où m'installer. Je choisis le nouveau fauteuil, celui que j'ai négocié auprès de Rosa.

– Sa réaction m'a surprise. Honnêtement, j'aurais cru qu'il serait fou de joie. Je le voyais déjà te prendre dans ses bras et faire péter le champagne. C'était vraiment bizarre de le voir agir comme ça.

– C'est parce qu'il veut me contrôler. Enfin, nous deux. Généralement je le laisse faire, pas toi. Mais cette fois, je n'ai pas choisi en fonction de lui et il n'a pas aimé. Qu'il aille se faire foutre !

Fischer boit une gorgée de vin directement à la bouteille.

– Hé, mais c'est à moi, ça !

Karina lui prend la bouteille des mains et regarde l'étiquette.

– Je te la rembourserai.

– Tu n'as pas de fric, lui rappelle-t-elle.

Karina porte la bouteille à ses lèvres et en prend une grande gorgée. J'essaie de ne pas les regarder pour leur laisser l'intimité nécessaire à leurs retrouvailles, mais quelque chose m'attire vers elle et je ne peux l'ignorer plus longtemps. C'est dingue, mais ce soir je n'ai pas l'énergie de me battre. Être ici ne peut rendre la situation pire encore, au contraire. Je ressens une sorte de calme, juste parce que je suis à ses côtés. Sa présence me manque tellement, putain.

Austin regarde tout autour de lui et demande :

– Elle est où, Élodie ?

– Elle dort dans ma chambre. Je lui ai dit de s'y installer parce qu'elle s'était endormie sur le canapé et que je savais que vous, les garçons, alliez la réveiller.

Il regarde la porte au fond du couloir et murmure, les yeux fermés :

– Mmm. Mais bon, papa est une raclure et j'espère qu'on m'enverra sur le terrain, juste pour le faire chier.

Le visage de Karina se ferme. Je sens que le poids de ces mots, sortis sans réfléchir, la frappe profondément. Alors j'interviens, d'une manière un peu stupide, mais sans pouvoir m'en empêcher :

– Tu dis ça maintenant, mais tu changeras certainement d'avis quand tu crèveras de faim dans une voiture en panne au milieu d'une zone de combats et que tu n'espéreras qu'une chose, que l'engin dans lequel tu t'es réfugié ne soit pas piégé d'explosifs qui vont te péter à la gueule. Je ne crois pas que ça te fera marrer.

La bouteille de vin est comme suspendue devant la bouche ouverte de Karina. J'aime l'avoir réduite au silence et je suis récompensé par l'expression de surprise de son visage.

– Mec, évite les descriptions aussi précises, geint Fischer en rejetant la tête en arrière.

Visiblement, il est encore plus bourré que je le croyais. Les yeux mi-clos il demande à sa sœur :

– Il a dit quelque chose après mon départ ?

– Non, il est monté à l'étage et n'est pas redescendu, comme le gros lâche qu'il est. En revanche...

Elle s'arrête un instant pour me regarder avant de reprendre :

– En revanche, j'ai eu une conversation plutôt cool avec Estelle. Perturbante, mais cool.

J'ai envie de connaître tous les détails de cette conversation. Je sais ce qu'elle pense de sa belle-mère et une chose est sûre, elles n'ont jamais tissé de lien ni partagé de moment comme celui qu'elle vient d'évoquer.

– Qu'elle aille se faire foutre, elle aussi ! dit Austin au lieu de s'intéresser à ce que sa sœur a vécu.

Putain, parfois il ne sert vraiment à rien ce mec.

Karina pousse un soupir, mais ne répond pas. Une chanson passe à la télé, un nouveau titre par cette fille, Billie Truc, là, avec ses cheveux verts et sa tonne de talent. J'observe Karina fermer les yeux et reposer sa tête sur le canapé. Je me demande si elle a remarqué que les paroles de la chanson répondent exactement à la situation que nous traversons. Je me demande aussi si elle peut me voir derrière ses paupières closes. C'est incroyablement égoïste de ma part de vouloir ou de croire qu'elle pense à moi, vu le merdier de sa famille. Mais je ne peux pas m'en empêcher. Nous restons assis là, à affronter nos démons intimes en silence. Depuis que nous sommes arrivés, j'ai envie de lui demander comment elle va. J'ai envie qu'elle passe des heures à disséquer les moindres détails de son ressenti. Je ne veux pas des réponses qu'elle pourrait me donner devant son frère. Je veux ses pensées brutes et honnêtes, celles qui viennent du plus profond d'elle-même.

Fischer repose sa tête sur le haut du canapé et grommelle :

– Eh bien, vous êtes super-fun, les gars.

– Je ne suis pas là pour te distraire, rétorque Karina en nous regardant tous les deux.

Fischer finit par sortir son téléphone et nous gardons tous le silence, rythmé par les chansons qui s'égrainent. Quelques minutes plus tard, Austin commence à ronfler entre nous. Je regarde Karina qui lève les yeux vers moi. Dans ses mains, elle tient fermement la bouteille de vin posée sur ses genoux. Elle rallume alors la télé et me dit :

– Il est tellement chiant quand il boit.

J'attrape le bouquin sur la table basse. C'est un recueil de poèmes. Je le feuillette en attendant qu'elle se remette à parler et remarque alors :

– Je ne comprends toujours pas comment tu peux être la fille la plus cynique que j'aie jamais rencontrée et qu'en même temps tu apprécies la poésie et les contes de fées.

Le poème que j'ai sous les yeux parle de la trahison d'un amant. Tournant la page, je vois que le suivant est à propos d'un amour non partagé.

Livre de merde. Je le balance sur la table basse.

Elle me corrige alors :

– Je n'ai jamais dit que j'aimais les contes de fées.

– Si, tu me l'as dit. Non seulement ça, mais tu te les racontes en permanence.

– C'est pour déposer une plainte ? rétorque-t-elle en me regardant.

Le petit sourire qui joue sur ses lèvres me pousse à me demander si elle est bourrée comme son frère.

– Non, Madame. Aucune plainte ici.

Elle rit alors franchement et lève la bouteille au-dessus de sa tête pour voir combien il en reste. Lorsqu'elle tourne les yeux vers moi, elle me surprend en train de fixer ses lèvres.

– Tant mieux.

Son sourire s'élargit encore. Elle a définitivement trop bu. Elle me tend la bouteille quasiment vide et reprend :

– Tu veux boire un truc ? J'ai aussi de l'eau, du Coca et du Pepsi, et le truc qu'Élo aime.

– Non, c'est bon, merci.

Je suis hyper mal à l'aise, mais je ne veux pas partir. Même avec son frère entre nous.

Nous prenons la parole tous les deux en même temps :

– Karina...

– Kael...

Nous marquons tous les deux une pause, attendant que l'autre parle.

– Vas-y, commence, propose-t-elle.

– Non, vas-y, toi.

J'humecte mes lèvres en anticipant ce qu'elle va me dire.

– J'aimerais juste qu'on puisse revenir en arrière. Je n'arrête pas de me dire que j'aimerais pouvoir te parler. Je ne sais pas pourquoi, mais je ne peux pas m'en empêcher. Je suis complètement crevée et je n'en peux plus. On peut dire pouce ? Juste pour ce soir, est-ce qu'on pourrait prétendre être encore amis ? Tu n'es pas fatigué, toi ?

– Putain, je suis juste mort de fatigue.

Je ne m'attendais tellement pas à ce qu'elle dise ça.

Elle m'interrompt en levant la main :

– On ne va pas parler de nous. Laisse-moi juste te parler comme à un ami, ok ?

La solitude qui perce dans sa voix me donne envie de m'approcher et de la toucher. J'accepterais qu'elle me rejette, au moins elle saurait que j'essaie d'être là pour elle.

– C'est ça, amis.

Nous regardons tous les deux son frère endormi entre nous et je lui demande alors :

– Tu veux sortir ?

J'ai un peu peur qu'elle me jette un truc à la tête.

Mais non, son visage s'illumine et elle accepte d'un signe de tête, attrape la bouteille et se lève.

Vingt-six

KAEL

Elle s'assied en tailleur sur le sol de l'auvent de la maison. Il n'y a pas beaucoup de place, mais j'ai envie de lui laisser un peu d'espace. En fait, nous n'avons pas parlé depuis une semaine et je suis certain qu'elle est encore très en colère contre moi.

– Bon, fixons les limites de notre nouvelle amitié. Disons que, là, tu écoutes et je parle. Pas de mots doux et pas de regard de braise, annonce-t-elle en me tapotant le bout du nez.

– Et on ne se touche pas ?

Je la taquine, mais elle baisse les mains et va jusqu'à les coincer sous ses cuisses.

– Absolument aucun contact physique. Marché conclu ?

Et c'est là que – c'est plutôt ironique – elle sort une main pour serrer la mienne, je fais donc mine de m'éloigner brusquement. Ce qui me vaut un petit sourire.

– Je croyais qu'on avait dit aucun contact physique ?

– Ah, ah. Très drôle !

Elle me claque la main d'un geste joueur, puis nous entérinons notre accord d'un signe de tête, ce qui semble la rendre heureuse, ou du moins la mettre à l'aise.

Qu'elle l'admette ou non, je lui ai manqué, ce qui me fait bien plaisir.

Fière de nos progrès, elle m'offre un petit sourire en coin en se lançant :

– Donc, ce soir, c'était juste du grand n'importe quoi. Je ne le dirai jamais à mon frère, mais en fait, je suis plutôt contente que tu aies mis les pieds dans le plat. Je sais que c'est égoïste, mais ça fait du bien pour une fois de ne pas être l'objet de sa déception ni celle qui le fait enrager. Austin avait la paix quand il était chez notre oncle. Moi pas.

– Ce n'est pas égoïste. C'est honnête.

– Chut ! Tu ne dois pas parler, tu te rappelles ?

Elle me tire la langue.

– Oh ! Écoute ça aussi. Estelle et moi avons eu une conversation trop bizarre sur la balancelle, elle m'a dit qu'avant de me rencontrer elle rêvait qu'on soit proches, et je crois qu'elle le pensait vraiment. C'est perturbant et je n'ai pas encore tout assimilé. Mais je me demande à quel point je n'ai pas été trop rapide dans mon jugement et dans mon horrible attitude avec elle. Tout est de la faute de mon père, en fait. Pas de la sienne. Elle l'a juste épousé, ce qui a suffi pour que je la juge, je crois.

Elle sourit et enchaîne :

– C'était une femme complètement différente qui était assise à côté de moi et partageait ses émotions. Elle m'a donné envie de faire un effort avec elle. Enfin, bien évidemment, elle ne deviendra jamais ma meilleure copine, mais si elle continue à se comporter comme ça et pas comme la femme robot mariée avec papa, je pense pouvoir sincèrement l'apprécier. Au moins, ça vaut le coup d'essayer de la connaître.

Je suis content pour elle, même si je n'apprécie pas vraiment Estelle et que je pense que Karina est bien trop généreuse avec sa famille, sauf avec son frère, et encore...

Elle me regarde comme si elle voulait que je dise quelque chose. Je me mords les lèvres pour lui rappeler qu'elle m'a forcé à garder le silence. Elle glousse un peu en voyant ma réaction muette.

– Ah oui, c'est vrai. Tu ne peux rien dire.

Je sens la chaleur de son corps se déplacer près du mien quand elle s'allonge par terre et regarde le ciel.

– Le vrai mauvais côté, c'est que ma mère me manque encore plus. Je ne sais pas ce qui m'arrive ces derniers temps, mais je m'éparpille complètement. Elle me manque d'autant plus que je commence à développer pas mal de manies, j'ai peur de devenir comme elle. Elle avait tant de bons côtés...

Ses mots restent comme en suspens entre nous. Je m'allonge aussi et mes pieds pendent au-dessus des premières marches de l'escalier.

– Mais, d'un autre côté, elle était complètement barrée. Plus j'y pense, plus ça me rend dingue. Parfois, j'ai l'impression de perdre la tête. Je peux pleurer pendant une heure dans la cuisine. Même Élodie a remarqué qu'il y a quelque chose qui déconne chez moi. Elle avait raison quand elle disait que je n'ai pas d'amis. Kael, je n'ai pas d'amis à part elle et quand le bébé naîtra ou que Phillip rentrera, ce sera terminé, parce qu'elle ne sera plus là. Et je ferai quoi à ce moment-là ? Austin aussi sera parti et je me retrouverai toute seule dans cette maison. Et je n'aurai personne. J'irai travailler et je reviendrai dans une maison vide. Je serai comme mon père, mais sans une Estelle et sans enfants qui me détestent.

Je lutte pour ne pas lui prendre la main. Je ne veux pas la toucher pour obtenir quelque chose, je souhaite juste qu'elle se sente moins seule. L'angoisse la fait trembler. Il faudrait juste qu'elle se calme. Je finis par prendre la parole :

– Je vais dire quelque chose maintenant.

Elle ne me contredit pas.

– Je vais te dire de ne pas t'inquiéter pour ces enfants que tu n'as pas encore, parce que je sais que ce n'est pas si simple et que ça ne fonctionne pas comme ça dans ta tête. Mais je te le répète : arrête de te torturer maintenant à propos de cette histoire d'amitié. Pour les gens comme toi, qui donnent encore et toujours, il vaut parfois mieux rester seule qu'être mal accompagnée. Tu n'as que vingt ans. Tu as tout le temps de te faire des amis, et les gens ne sont souvent que des rapaces.

Elle tourne la tête vers moi.

– Tu es tellement jeune. Nous sommes tous les deux si jeunes. J'ai vu la vie, j'ai vu la mort, souvent la mort, et ce que j'ai retenu, c'est qu'on ne peut rien contrôler de ce qui nous arrive. Tu peux maîtriser tes choix, pas ceux de ta mère ou d'Austin. Élodie est pleine de bonnes intentions, mais elle ne comprend pas vraiment ce que tu traverses en ce moment, alors, à ta place, je n'accorderais pas trop de crédit à ce qu'elle dit. Tu te fais trop de soucis pour les autres, tu leur donnes beaucoup trop et, à la fin, qu'est-ce qui reste ?

Karina roule sur le côté et se dresse sur son coude. Je reste sur le dos, mais je la regarde du coin de l'œil. Des mèches lui tombent sur le visage. Je les repousse d'un doigt en la regardant.

– De toute évidence, pas suffisamment pour toi.

Ses mots me font l'effet d'une gifle.

– Oh là, là, tout doux. On parle de nous, là ? On sort des règles que tu as établies. Et ça, c'est une tout autre conversation. Et ta mère, et ton frère ? Une chose à la fois.

– Toi aussi, tu as des défauts. Tu le sais ? Je ne t'en ferai pas la liste parce que tu es plutôt sympa avec moi et que j'essaie vraiment de m'améliorer... de travailler sur ma spontanéité.

Elle baisse le nez sur ses pieds. Puis me détaille entièrement. Inconsciemment, je tire sur les manches de mon T-shirt qui me serre et elle continue :

– Et en fait… Tu es si sage quand tu n'es pas…

Elle s'interrompt en pleine phrase.

Je sens mon cœur battre fort. Je serre l'un de mes poings, la paume de ma main est en sueur. J'attends qu'elle reprenne. Soit elle va me sortir un truc qui va brouiller les lignes qu'elle eu tant de mal à tirer, soit elle va continuer à les dessiner. Je n'ai qu'à suivre le mouvement. Et moi ? Qu'est-ce que je veux ? Putain, j'ai surtout très envie de tirer sur ses cheveux jusqu'à ce que ses lèvres trouvent les miennes, mais elle a du bol, je ne suis pas le genre de mec à obtenir ce qu'il veut, en général. Il y a ça, et je sais aussi qu'il vaut mieux éviter d'y aller cash avec elle. Elle a besoin d'une stabilité, que quelque chose en elle fait trembler et je ne connais pas du tout sa réaction si je passais à l'acte.

– Quoi ? Qu'est-ce que tu allais dire ?

Elle me frôle avant de répondre :

– J'allais dire quelque chose de méchant. Quelque chose que j'allais regretter et que je ne pense pas vraiment, enfin un peu quand même. Je ne pense pas que ce soit une bonne idée.

Elle s'assied alors, éloignant son visage délicat de mon champ de vision. Elle a l'air si douce, mais ce n'est qu'une illusion.

– Qu'est-ce qui n'est pas une bonne idée ? Me parler ? Ou juste s'ouvrir à quelqu'un en général ?

Je m'assieds aussi et me tourne pour la regarder en face.

– Les deux, dit-elle en levant le menton.

– Alors, qu'est-ce que tu veux ?

Et juste comme ça, les murs autour de Fort Fischer se reconstruisent.

– Rien, ne me regarde pas comme ça.

Je me suis encore fait avoir, ça me fait rire jaune. Je savais très bien qu'elle n'allait jamais me laisser entrer dans son âme. Elle a été bien claire, elle n'a que momentanément ouvert la porte et elle me dégage chaque fois que je m'approche d'un peu trop près.

– Cool. Je me casse alors.

Je me lève et hoche la tête.

Dans peu de temps, je serai débarrassé de toutes ces saloperies, de son père et de ma vie de soldat, alors merde ! Je sais qu'il ne faut pas me laisser prendre dans ses filets encore une fois. Putain, je suis vraiment maso.

Elle se lève à son tour en répétant sèchement « cool ». Elle hausse, puis baisse les épaules. Une fois debout, elle tourne les talons et attrape la poignée de la porte moustiquaire qui grince. Quand elle me tourne le dos, je suis dévoré par l'envie d'avoir le dernier mot et, de colère, je lui assène :

– Dis à ton frère de se trouver un autre chauffeur le matin.

La porte claquée derrière elle me dit tout ce que j'ai besoin de savoir.

Je m'assure que le moteur de mon camion rugit encore plus fort que d'habitude quand je pars de chez elle, en faisant crisser les pneus.

VINGT-SEPT

KARINA

Ce jeudi, veille de mon anniversaire, je suis assise sur le canapé et je fais défiler des images sur mon téléphone, des photos de célébrités sur tapis rouge pour un gala de charité. Je tourne mon téléphone vers Élodie pour lui montrer une actrice en passe de devenir célèbre qui joue dans l'un de ses films préférés sur *Netflix*. Elle plisse les yeux depuis l'autre côté du canapé pour la voir.

Je zoome sur sa peau parfaite et ses cheveux brillants impeccablement lissés, et je soupire :

– Elle est si jolie.

– Sa robe est assez naze, commente Élodie en regardant sa propre tenue.

Elle porte un short Nike noir qui m'appartient très certainement puisque les siens ne lui vont plus et un T-shirt taché de vomi ou de yaourt.

Jugeant notre apparence à toutes les deux, j'ajoute en riant :

– C'est ça !

Moi aussi, j'ai enfilé un des vieux T-shirts de mon frère et un short en coton, et mes jambes n'ont pas vu l'ombre d'un rasoir depuis plusieurs jours. J'essuie l'écran de mon téléphone avec mes fringues. Depuis deux jours, je me réveille systématiquement avec une migraine qui ne me quitte pas et c'est un effort de sortir de la maison pour aller bosser.

Zoomant sur la photo, je regarde attentivement le visage merveilleusement bien dessiné de l'actrice. Son maquillage ne laisse apparaître aucun défaut, ce qui me fait lever les yeux au ciel et poursuivre :

– Oh, j'adore nous voir zoner dans le canapé et juger l'apparence des plus belles personnes du monde.

– Parle pour toi, riposte Élodie en me tirant la langue avant de passer sa main dans ses cheveux blonds emmêlés en riant. Dès que ce bébé sera sorti, ça sera fini pour toutes ces filles.

Parfois, grâce à elle, je me sens vraiment normale. Depuis qu'elle est rentrée du travail et s'est glissée dans cette tenue pour un trip « déprime sur canapé » avec moi, je n'ai pas pensé une seule fois à Kael.

Alors qu'il est quatre heures de l'après-midi, Austin débarque dans le séjour, un bol de céréales à la main, et demande :

– Qu'est-ce qu'il y a de drôle ? Vous êtes très belles toutes les deux. Faites pas chier et réfléchissez à ce que vous dites, c'est complètement con.

Il s'assied au pied du canapé, juste devant Élodie. Puis il lève les yeux vers moi et ajoute :

– Enfin toutes les deux... Plutôt une et demie.

Élodie le remercie en souriant, moi d'un *ha ha* sarcastique. Mon amie me donne alors un léger coup de pied et poursuit ce petit jeu :

– Tu veux dire le bébé et moi ?

– Trop drôle. Vous êtes hilarants tous les deux.

– Mais tellement ! commente Austin avec un énorme sourire de faux-cul.

– Si j'avais de l'argent, je serais tellement plus jolie, soupire Élodie en désignant mon téléphone. Maintenant, ils ont des lasers pour tout.

Elle soulève le bas de son T-shirt pour montrer les fines zébrures violacées sur sa peau si pâle.

– Mais tu n'en as pas besoin, toi. Alors que moi... Un petit coup de bistouri par-ci, un autre par-là, et hop : des fesses galbées, dis-je en imitant une animatrice télé sur les chaînes de divertissement.

– Au moins, toi tu as des formes dans lesquelles creuser. Les miennes vont disparaître avec l'arrivée du bébé. Tu peux m'en donner un peu ? Et des seins aussi, s'il te plaît.

Elle fait la moue et gonfle sa poitrine. Quand elle renverse la tête en arrière, je surprends Austin à observer ses seins un peu trop longtemps. Il ne devrait pas mater le corps d'une femme mariée avec cet air satisfait. De nouveau sur son téléphone, il fait courir ses doigts avec agilité sur l'écran et se plaint :

– Pourquoi les filles sont-elles toujours comme ça ? Quand je vous entends, j'ai l'impression d'être à côté de deux psychopathes.

J'entame moi-même une recherche sur Instagram en lui répondant :

– Parce que les femmes sur Internet ressemblent à ça.

Je lui montre alors la dernière photo d'une célèbre Instagrameuse en bikini. Je ne la suis que pour me comparer à elle, voir son mode de vie somptueux et son corps façonné par la chirurgie. Pendant qu'elle est à Bali, dans une villa à flanc de montagne dans un tout, tout petit bikini orange, je suis vautrée dans mon canapé, les doigts tachés de poudre de chips du même orange. Je lève ma main gauche pour montrer mes doigts recouverts de poudre, puis les lèche sans la moindre honte en riant :

– Comme on dit : « Tu n'es pas laide, tu es juste pauvre. »

Ça dépasse la connerie de critiquer mon corps à ce point alors que je suis la première à interdire à Élodie de dire du mal d'elle-même. Je sais que ce type de comportement est toxique, mais je ne peux pas m'en empêcher. Il y a des tonnes de gens qui ont dépensé beaucoup d'argent pour me laver le cerveau depuis l'enfance à travers les médias, alors il va me falloir bien plus que de la logique pour m'empêcher d'avoir de telles pensées.

– Et de qui est cette citation ?

La voix de Kael attire l'attention de tout le monde. Je lève brusquement la tête sur lui. Non, mais qu'est-ce qu'il fout là, putain ?

– Je crois que c'est de l'une des Kardashian, répond Élodie.

Je m'agrippe à la pince qui referme le paquet de chips. Je regarde Kael droit dans les yeux et lui demande avec insolence :

– Tu sais ce que c'est de frapper à la porte ?

– J'ai sonné. Le carillon doit être pété.

Pour qu'il ne lise pas ma réaction dans mes yeux, je fixe un point dans le vide derrière lui.

Putain. Je savais qu'il n'y avait plus beaucoup de piles, mais je n'ai pas eu le temps de les changer. Son attitude est aussi méprisante que la mienne, et c'est chiant.

– Ça ne te donne pas le droit d'entrer chez moi sans autorisation.

Je ne le pense pas vraiment, mais je veux qu'il soit définitivement fixé : notre relation ne sera plus jamais comme avant. Nous avons été bien clairs tous les deux l'autre soir devant ma porte. Même si c'était super de lui parler et de sortir tout ce que j'avais sur le cœur à propos d'Estelle, je déteste avoir trop vite oublié qu'il est nocif pour moi et que je ne peux pas lui faire confiance. Non mais merde, quoi, il venait juste de provoquer une dispute entre mon frère et mon père. Ils ne se sont toujours pas parlé depuis. Ce n'est pas vraiment sa faute, je sais, mais ça m'aide à alimenter la colère que je dois nourrir contre lui.

– Peut-être pas. Mais ton frère m'a envoyé un texto il y a moins d'une minute pour me dire d'entrer directement, rétorque-t-il en me montrant cette conversation sur l'écran de son portable.

Austin est mort de rire, c'est vraiment un petit con. Ensuite, il se met à geindre :

– Allez, Kare, lâche-lui la grappe. J'en ai marre de vous voir vous disputer.

– Lui lâcher la grappe ? Vous pouvez retourner chez vous, les gars.

Je marmonne, mais mon frère ignore complètement ma réaction et change de sujet :

– Comment s'est passé ton rendez-vous ?

Je suis trop curieuse pour continuer cette guéguerre avec Kael, qui n'a lieu d'être que pour attirer son attention, je le sais. Parfois, je me déteste. En vérité, il n'a rien fait de mal l'autre soir, enfin, pas jusqu'à la dernière minute.

Comme il regarde Austin, j'en profite pour l'observer en détail. Il porte son treillis, et son visage est parfaitement rasé, comme d'habitude. Son regard est intense. C'est comme si l'uniforme changeait l'homme, juré. Il semble encore plus intimidant dans cette tenue et on dirait que ça lui donne encore plus confiance en lui.

– Bien. Atrocement long, mais les nouvelles sont bonnes.

Il s'en frotte les mains. Élodie veut en savoir plus :

– Allez ! Raconte !

Alors, ils étaient tous les deux au courant de ce rendez-vous et, visiblement, il y a de l'excitation dans l'air... Que j'en aie le droit ou non, je suis jalouse. Kael se met à sourire, puis il se mord la lèvre inférieure avant de se lancer :

– Eh bien...

Austin se redresse un peu, il est à genoux maintenant. Ses yeux sont écarquillés comme des soucoupes.

– Eh bien, ils me laissent partir.

Mon jumeau explose de joie, Kael continue :

– J'y suis presque, je dois juste assister à quelques cours de « réintégration à la vie civile » et faire un peu de kiné, mais ils me laissent tranquille. J'ai du mal à y croire.

Il pose les mains sur son menton pour cacher à moitié son sourire.

Sa joie est contagieuse, même moi je dois me pincer les lèvres pour m'empêcher de sourire. Il semble si heureux, rayonnant, comme rajeuni par cette prochaine promesse de liberté. L'espace d'une seconde, j'aimerais qu'on ne soit que tous les deux pour partager ce moment si spécial pour lui. Quand il me regarde, droit dans les yeux, j'ai l'impression qu'Élodie et Austin empiètent sur notre intimité. Même si, en réalité, j'ai été écartée de leur groupe, quand ses yeux se rivent aux miens, quand je le vois sourire comme ça, j'ai l'impression que c'est *ma* réalité.

– Putain, mec, trop bien ! s'exclame mon frère en brisant notre lien.

Austin se lève pour lui faire un hug avec de grandes claques dans le dos. Ça me fait monter les larmes aux yeux, je ne sais pas trop pourquoi je suis aussi émotive.

– Juste comme ça ? Sans condition ?

Voir Austin réagir avec tant d'affection, comme si Kael était de sa famille, me surprend toujours, car je ne l'ai vu se comporter comme ça qu'avec des filles, beaucoup de filles, mais pas avec ses amis. Du coup, j'ai l'impression que quelqu'un d'autre s'occupe de lui, ce qui me rassure un peu.

D'un autre côté, c'est triste, parce qu'il y a de grandes chances pour que leur relation s'étiole, voire qu'ils perdent le contact quand Austin partira faire ses classes, ce qui va arriver dans très, très peu de temps. Je ne veux surtout pas penser à cette date qui approche à grands pas, ça me retourne l'estomac.

– Je ne suis pas assez débile pour croire qu'il n'y aura pas de conditions. On parle de l'armée des États-Unis, réplique-t-il sur un ton pincé. Mais j'accepte. Au moins, c'est un pas de plus dans la bonne direction. Ça vient plus vite que je ne l'aurais cru. Mon sergent-chef m'a dit que quelqu'un a dû tirer deux ou trois ficelles.

Austin lui donne une grande tape sur l'épaule. Après le départ de notre mère, de nous deux, c'est toujours lui qui s'attachait aux gens. Je suis sûre qu'un psy aurait quelque chose à dire là-dessus.

Élodie veut en savoir plus :

– Où vas-tu aller maintenant ? Tu ne vas pas partir d'ici, hein ? Phillip va bientôt rentrer.

Le ton de sa voix timide relève plus de la supplique que de la déclaration.

Austin la regarde, puis se tourne vers moi. Impossible de deviner ce qu'il pense.

– Je le verrai avant de m'en aller. Et je ne vais pas partir très loin, la rassure Kael.

Il avance un peu plus dans le séjour, ses lourdes rangers laissent une trace invisible sur mon vieux parquet, que je ne pourrai jamais faire partir. Parfois, quand je le regarde, j'ai l'impression que sa place est ici, comme s'il faisait partie de cette petite maison.

– Ne t'inquiète pas, ajoute-t-il doucement.

Elle se lève pour le serrer dans ses bras. Je détourne le regard quand il lui caresse le dos.

Même s'il se veut rassurant pour Élodie, quand mon regard se tourne vers lui, ses yeux percent un trou dans ma carapace. Elle continue :

– Oui, mais il sera tout seul. Et moi aussi.

Je l'observe elle, puis lui. Austin est entre eux et moi, je suis prête à sortir de mon salon pour ne plus m'immiscer dans l'espèce de relation amico-familiale qu'ils ont développée sans moi. Je déteste me sentir mise à l'écart de ce truc.

– Je suis contente pour toi, lui dit-elle.

Elle lui presse la main, la sienne paraît minuscule à côté.

Je sens une pointe de jalousie envers la liberté qu'a Élodie de le toucher.

– Et je ne serai pas loin. Atlanta, c'est la porte à côté, un coup de voiture, et c'est bon. Ne t'inquiète pas.

– Atlanta ?

Je ne sais pas pourquoi je le relance. Je sais qu'il aime Atlanta et je n'ai aucun droit sur lui, aucun droit de vouloir qu'il reste près de moi, ou de Fort Benning, ou de quelqu'un qui déclencherait des crises de son stress post-traumatique, mais l'entendre dire qu'il va vraiment partir me fait un peu flipper. L'idée de son départ se cachait au fond de mes pensées, mais elle esquivait la lumière du réel chaque fois qu'il s'approchait.

Son regard se plante dans le mien.

– Ouais. Ça fait un bail que j'ai prévu ça. C'était juste une question de temps. Je pensais avoir à patienter des mois avant de recevoir des nouvelles de ma démobilisation. Certains gars attendent plus d'un an pour être démobilisés.

– Je suis contente pour toi, moi aussi.

Je ravale toutes les émotions irrationnelles qui m'envahissent. Si je tendais le bras, je pourrais le toucher. Il hoche la tête, m'offre un sourire en coin et répond juste :

– Merci.

J'ai l'impression que le silence qui s'installe entre nous pourrait durer une éternité et si nous n'étions que tous les deux, c'est ce qui se serait passé. Mais comme ce n'est pas le cas, mon frère me vole son attention. Évidemment, je ne suis que la petite sœur.

– Il faut qu'on fête ça, mec, c'est juste énorme ! Tu vois, je savais qu'on aurait dû aller à Cloudland. Tu en as déjà parlé à quelqu'un d'autre ?

Je pense à Mendoza et aux autres gars de son peloton.

– C'est quoi, Cloudland ? intervient Élodie.

– Non, je suis venu directement ici, me dit Kael alors qu'Austin explique à Élodie à quoi ressemble le parc naturel de Cloudland.

Je ne sais absolument pas comment réagir à tout ce qui se dit autour de moi, mais je m'en moque parce que je suis trop occupée à analyser en profondeur le fait que Kael soit venu à la maison en premier pour partager la nouvelle de sa démobilisation.

Ses mots sont lourds de sens.

Encore une fois, il me regarde. Pas Austin. Ni Élodie.

– Eh bien, dis-le-leur, comme ça, on pourra célébrer dignement la nouvelle, putain. On devrait tous aller passer le week-end à Cloudland ! C'est ce qu'ont prévu de faire Mendoza et les autres. Je t'avais dit qu'il fallait y aller, s'exclame Austin, visiblement à fond.

– Hé, je suis enceinte ! On ne pourrait pas y aller quand ce sera terminé ? S'il vous plaît, les gars.

– Mais je serai parti, annonce Austin.

Elle lui jette un regard triste.

Tout le monde se comporte comme si nous étions d'une même famille, même moi. J'incarne la petite peste trop tourmentée pour participer à la conversation, sauf dans son délire intérieur. Je sais qu'Austin va manquer à Élodie, il est devenu comme un frère pour elle depuis qu'il est revenu. Mais elle aura son bébé alors et son mari rentrera. Je vais perdre mon jumeau et ma meilleure – et probablement seule – amie quand Phillip sera de retour. J'ai déjà perdu ma mère, je n'aurais rien contre perdre mon père et, maintenant, Kael aussi va partir. Tant de changement ! Tant de chaos !

– Allez, Martin. Viens, on va à ce week-end avec les autres. On pourrait rester seulement deux nuits. Ça va bientôt être notre anniversaire, plaide Austin dans un geste de prière.

– Tu peux venir aussi sans problème, ajoute-t-il à l'intention d'Élodie. Je te protégerai des ours.

Austin n'a jamais été très doué pour protéger qui que ce soit, mais on peut toujours espérer. Kael regarde alors mon frère pour lui rappeler :

– C'est à quatre heures de route.

– Et alors ? On peut finir de poser le sol dans l'entrée et le plâtre entre ce soir et demain matin et y aller ensuite. Et puis, comme je te l'ai dit, c'est mon anniversaire.

Kael lève les yeux au ciel et rétorque :

– Alors vas-y. T'es un grand garçon, tu as vingt et un ans, tu es majeur et tout, fonce.

Austin se tourne vers moi, tout excité. Il a toujours adoré trouver des raisons de faire la fête, de s'entourer d'un groupe, et ça, depuis qu'on est tout petits. Il s'adresse à moi :

– Tu viens aussi, hein ?

Kael se tourne vers moi, visiblement contrarié.

– C'est-à-dire que j'ai un boulot. Donc, j'en doute fort.

– Tu ne peux pas demander des jours de congé ?

Élodie lève la main en l'air comme si nous étions dans une salle de cours et qu'elle était la première de la classe.

– Bah, on n'a chacune que deux clients le matin et je sais que je peux décaler leur séance.

Je la fusille du regard. Je n'ai strictement aucune envie de m'approcher de leur gang et encore moins à la dernière minute. Je ne sais même pas où j'ai mis mon maillot de bain, pas plus que ma valise...

– Je ne sais pas qui est mon rendez-vous de dix heures trente. Je n'ai pas vérifié l'agenda, donc impossible de le décaler.

Je cherche encore d'autres raisons de ne pas y aller. Je ne serai jamais spontanée comme mon frère. Ce n'est pas dans ma nature.

– On peut attendre que tu aies terminé de bosser. Tout le monde partira dans la matinée de toute façon, on n'aura que quelques heures de retard. Allez, Kare... Élo a envie d'y aller. Moi aussi. Tu n'as pas pris de congés depuis...

Il contemple le plafond pour faire mine de calculer. On dirait que mon frère a de nouveau douze ans et qu'il essaie de me faire faire son devoir de biologie, quand il reprend :

– Euh... Oui, c'est ça. Depuis toujours. Tu n'es jamais partie en vacances. Allez. C'est notre vingt et unième anniversaire.

– Pfff. Je ne sais pas, dis-je en me mâchouillant la lèvre inférieure. Il y a un point d'eau là-bas ?

Être au bord de l'eau serait le seul facteur qui pourrait me donner envie de changer d'avis. Toute cette idée me semble complètement irréaliste.

– Il y a une cascade, me confirme Austin.

– Une cascade ! se réjouit Élo en tapant des mains. Ok, j'en suis, c'est décidé.

– Attends, c'est l'endroit où on est allés une fois avec papa et maman ? La fois où on a dû dormir dans la voiture parce que la tente était inondée ?

Austin me répond d'un signe de tête positif en riant et Kael s'éclaircit la gorge. Haussant les épaules, je finis par céder :

– C'est bon. Je viens.

Je ne suis toujours pas convaincue que c'est une bonne idée, mais j'ai envie de voir comment Kael va réagir. Et il y a quelque chose en moi qui crève d'envie de retrouver un lien avec ma mère et ce que notre vie était alors.

– Oui ! Putain, oui !

Austin est content, il sourit à tous ceux qui le regardent. Là, en l'occurrence, c'est Élodie.

– Je suis sûr que tu n'as aucun matériel de camping, me dit Kael en interrompant l'explosion de joie d'Austin et Élodie.

Ça m'énerve, cette impression qu'il sait toujours tout. Même si, d'une certaine façon, je sais que c'est généralement le cas.

– Comment le sais-tu ? J'ai ce qu'il faut. Il y a une tente dans mon abri de jardin.

Ok, je me rappelle aussi qu'elle avait un gros trou dans la toile, mais Kael n'a pas besoin de le savoir. Je trouverai bien une tente quelque part, mon père en a quelques-unes.

– C'est ça.

Son incrédulité me donne des envies de meurtre.

Il m'énerve tellement que je suis prête à appeler mon père et à lui emprunter tout le putain de matériel de camping qui rentrerait dans ma voiture. Si je pouvais conduire un camping-car pour moi toute seule, je le ferais aussi. Juste pour lui prouver que j'ai raison. Je le regarde m'observer et lui lance :

– Et après tout, qu'est-ce que ça peut te foutre ? Tu ne viens pas de toute façon.

Il me sourit, lèche sa lèvre inférieure et la mordille avant de répondre :

– Qui a dit que je ne venais pas ?

– Toi.

– Non, ce n'est pas vrai. Je vais prévenir Mendoza, comme ça, on va pouvoir décider comment organiser les voitures. Ça va être fun.

Il me regarde droit dans les yeux, clairement il me défie. J'incline la tête de côté, affiche mon plus beau sourire de faux-cul et, sans rompre le contact visuel, réponds :

– Oh oui, tellement fun.

Il essaie de lire en moi, je le vois bien. Je fais de mon mieux pour le repousser et prendre une apparence impassible. Un week-end avec lui peut virer au cauchemar, mais ça pourrait aussi être le paradis sur terre.

Austin est de nouveau excité comme une puce et évoque avec Élodie le matériel nécessaire à ce week-end de camping pour fêter son anniversaire. Alors que leurs voix se fondent dans le décor, Kael cligne des yeux mais ne détourne pas le regard. Je refuse d'être la première à céder. Je fais abstraction de tout le reste et nous continuons notre petit jeu, les yeux dans les yeux, pour déterminer qui aura le contrôle. J'occupe mon cerveau avec la vague de réflexions qui essaient de me submerger :

Comment ce week-end va-t-il se passer ?

Est-ce qu'il va pleuvoir ? Ça fait des jours qu'il pleut ici.

Y aura-t-il de la boue partout ?

Où les gens vont-ils dormir ?

Combien ça va me coûter ?

Qui va conduire les quatre heures ?

Est-ce qu'il y aura des filles que Kael pourrait draguer là-bas ?

– Tu es sûre de vouloir y aller ? demande Kael comme s'il pouvait lire dans mes pensées.

Je réfléchis une seconde.

– Et toi ?

Il s'apprête à me répondre lorsque son téléphone se met à vibrer. Il met la main à sa poche pour le sortir et se dirige vers la porte en même temps qu'il nous annonce :

– Je reviens, c'est ma mère.

Il me regarde une dernière fois avant de franchir le seuil de la porte.

Je me demande si j'entendrai jamais ce qu'il était sur le point de me dire. C'était peut-être un truc tout con comme une taquinerie sur mes préparatifs imminents pour partir camper ou alors une confession dans laquelle il m'exposerait sa solitude et son irrépressible besoin de passer du temps avec moi sous la tente. Ah! Je suis contente de savoir que mon imagination est toujours aussi active. Je l'observe à travers la porte ouverte, jusqu'à ce qu'il disparaisse, mais je fais quelques pas dans l'espoir d'entendre sa conversation.

– Waouh! J'ai du mal à croire qu'il s'en va. Je commence à être dégoûté de partir, commente Austin, la tête basse, en couvrant la voix de Kael au loin.

Élodie le regarde et lui touche l'épaule.

– Arrête de dire ça. Tu nous rends très tristes, le bébé et moi.

Sa remarque le fait sourire. De mon côté, je regarde derrière eux pour voir si j'arrive à deviner Kael. Même si son arrivée était une surprise totale, je ne peux pas nier que sa présence m'apporte un énorme réconfort.

– Merde, il est presque cinq heures et je dois encore aller au PX, me rappelle Élodie.

Elle m'en a parlé ce matin et je lui ai proposé d'y aller avec elle. Maintenant que je me suis changée et que Kael vient d'arriver, je n'ai plus envie de sortir. Surtout à cause de ma tenue...

– J'ai un bon de réduction pour l'un de ces babyphones avec caméra et vidéo intégrés super-sophistiqués, et il expire demain, dit-elle à Austin.

Puis elle me regarde et jette ensuite un coup d'œil à la porte d'entrée avant de me demander:

– Tu veux toujours y aller?

J'ai envie de mentir, de m'habiller et d'aller faire cette course avec elle, mais j'ai aussi envie de rester ici avec Kael. Je n'arrive pas à prendre de décision. Bon, en fait si, mais seulement parce que j'aime faire plaisir aux gens et que je ne veux pas laisser tomber Élodie, même à ce prix. Je n'ai pas envie de mentir ni de lui dire ce que je pense, alors je me contente d'un:

– C'est bon, je viens.

Soit pour me sauver, soit parce qu'il a envie de sortir de la maison, Austin intervient alors :

– Moi, j'ai envie d'y aller. Ça te va ?

– Oui. Tu peux m'accompagner puisqu'elle n'en a plus envie, me taquine-t-elle en souriant. En plus, tu vas pouvoir m'aider à porter des trucs. Oh, j'ai envie de fraises et de ce truc fouetté... Comment ça s'appelle au fait, Karina ?

– La crème fouettée congelée ? *Cool Whip*.

Elle me sourit en se dirigeant vers le portemanteau près de l'entrée. Elle enfile un sweat à capuche par-dessus son pyjama et glisse ses pieds dans une paire de baskets compensées blanches. Elle a toujours l'air mignonne et stylée sans jamais faire le moindre effort. Kael arpente le jardin, son uniforme se confond avec la pelouse desséchée. Il se tourne et sourit, d'un sourire que je n'avais jamais vu sur son visage, il s'illumine quand il parle à sa mère au téléphone. Je suis incapable d'imaginer la joie qu'elle doit ressentir. Si Élodie ne s'était pas remise à parler, j'aurais éclaté en sanglots.

– On y va maintenant, s'il te plaît. T'es prêt ?

Austin répond d'un hochement de tête, et elle fourre ses clés et son portable dans la poche ventrale de son sweat en ajoutant :

– On revient. Il faut quelque chose pour la maison ? Je rapporte des chips ? Des *Cheese puffs* ?

Je lui fais les gros yeux pour qu'elle arrête de mentionner mon addiction à ces satanées chips orange, car Kael est en train de revenir et ouvre la porte. Il demande à mon frère :

– Tu vas où ?

– Au PX. Tu veux nous accompagner ?

Je m'aperçois qu'Austin me regarde quand il propose ça à Kael.

– Vous y allez tous les deux ? demande Kael alors qu'Élodie traîne Austin derrière elle.

– Oui. Tous les deux. Il faut qu'on se magne, le magasin va fermer! dit-elle en lui passant sous le nez.

Kael tente de lui dire quelque chose:

– Je...

– Non, reste ici. On a besoin de toute la place à l'arrière de la voiture, s'il te plaît, ajoute-t-elle dans un geste de supplique alors que la porte moustiquaire se referme.

– On n'en a pas pour longtemps, le rassure Austin.

– On y va. Salut!

Et là-dessus, elle claque la porte derrière elle.

Je soupire, puis pousse un grognement. J'essaie de ne pas regarder le soldat debout au milieu du salon, indécis et les sourcils froncés. Il s'approche et je l'imite en tirant sur le bas de mon short et de mon T-shirt. J'essaie de mettre de l'ordre dans mes cheveux emmêlés en passant les mains dedans.

– Tu sais quand ils doivent rentrer? Je suis censé l'héberger ce soir.

Il vérifie l'heure sur son téléphone et regarde autour de lui, l'air concentré sur tous les petits détails de son environnement, comme d'habitude.

C'est fascinant de penser qu'il a réussi à stocker une telle montagne d'informations dans son cerveau. Ce n'est pas un livre, c'est toute une bibliothèque qu'il a en tête. S'il partageait un peu ce qui traîne dans son cerveau, il pourrait changer la face du monde. J'ai eu la chance d'y avoir accès quelquefois et je crève d'envie de pouvoir y retourner. Son intelligence fait de lui un homme attirant, sage et vif d'esprit, mais aussi énervant, présomptueux et trop sûr de lui.

Depuis la dernière fois que je l'ai vu, j'ai décidé de considérer comme chiant ou insignifiant tout ce que j'aime en lui. C'est ma manière de compenser ce que j'ai perdu à la fin de notre brève relation. Brève, c'est le mot sur lequel il faut que j'insiste. Je dois me fixer des limites pour essayer de le tenir éloigné de ma tête, comme lui doit rester à sa place. Sauf qu'il est là, chez moi. Mais ça ne compte pas parce que c'est Austin qui lui a dit de passer, pas moi. Pour lui faire comprendre que sa présence ici ne me gêne pas et que pour l'instant je gère la situation, je le dévisage en prenant soin de maîtriser tout ce qui pourrait trahir mes émotions, et réponds :

– Aucune idée.

Je ne serai jamais et n'ai aucune envie d'être une parfaite hôtesse comme Estelle. Kael et moi sommes un peu comme le soleil et la lune. Nous tournons lentement l'un autour de l'autre au milieu de mon salon. Il interrompt le fil de mes pensées :

– On fait quoi, alors ?

Je hausse les épaules, glissant d'un pas sur la droite, tandis qu'il part sur la gauche. Nous dansons. Avec notre esprit. Avec notre corps.

Je lui réponds d'un mensonge :

– Je ne sais pas. J'ai des trucs prévus ce soir.

– Si tard que ça ?

Il lit tellement en moi qu'il en rigole, mais il est trop poli pour me mettre au pied du mur. Je jette un coup d'œil dans la pièce, cherchant un truc à finir pour me trouver une excuse.

– Eh bien, j'allais...

– Je peux y aller si tu veux. Si tu as des trucs prévus ?

– Non. C'est bon. Ils n'en ont pas pour longtemps.

Je vais à la fenêtre et en écarte les épais rideaux. Austin est derrière le volant de la voiture d'Élodie et elle boucle sa ceinture de sécurité en écarquillant les yeux avant de l'assassiner du regard. On dirait qu'elle lui raconte un secret particulièrement amusant. D'après les mouvements de la bouche de mon frère, je vois qu'il était déjà au courant de ce drôle de secret. Ses yeux bleus brillent dans la lumière de cette fin de journée. Elle croise mon regard de loin et je referme brusquement les rideaux, juste à cet instant.

Pourquoi ? Aucune idée. La partie rationnelle de mon cerveau entre en action et je rouvre les rideaux d'un grand geste pour la voir morte de rire avec mon frère. Ils se comportent comme des frères et sœurs bien énervants. Il passe la marche arrière et elle me fait de grands signes, toujours hilare.

– Elle n'a besoin que de deux ou trois trucs et Austin n'a pas encore de boulot, dis-je en le regardant dans le reflet de la fenêtre.

– Il se fait un peu de fric avec moi. Et il est doué pour ce job.

– Tant mieux pour lui.

J'essaie de ne pas être amère. J'essaie de trouver quoi lui dire ensuite. Nous continuons à nous dévisager à travers le reflet de la fenêtre. Il est tellement beau, honnêtement. Difficile de détourner le regard du tableau que nous offrons. Peut-être que nos reflets pourraient avoir une vie différente de la nôtre ? Peut-être que ces deux misérables images de nos êtres pourraient passer leur vie ensemble ? C'est le genre de truc qui pourrait arriver dans un super-bouquin ou une série *Netflix*. Ça m'aide aussi à mieux accepter la fin merdique de notre relation.

Nous sommes tous les deux immobiles. Je me demande à quoi il pense. Est-ce que ses pensées ont pris la même direction que les miennes ? Ou l'inverse ? Bon Dieu, j'aimerais tellement qu'il dise quelque chose. Quand la lumière des phares de la voiture disparaît de mon champ de vision, je me tourne vers lui. J'ai le bide en vrac, et les mots que je retiens me font l'effet d'une remontée acide dans la gorge. J'ai tellement de choses à lui dire, mais rien ne sort ; j'ai envie qu'il se casse, mais plus que tout, je veux qu'il reste. Je ne sais pas du tout ce qui va se passer, là, maintenant, et j'ai horreur de cette sensation d'avoir perdu le contrôle. Et puis il m'a menti, c'est détestable, il a préféré faire passer mon frère avant moi, comme tout le monde dans cette vie. Je vais l'ajouter à cette liste. Après ce qui s'est passé l'autre soir, je ne m'attendais pas à ce qu'il revienne et, franchement, je n'ai aucune idée de ce qui peut bien trotter dans sa tête, même si je vois bien qu'il essaie de déchiffrer le moindre de mes mouvements.

– Je devrais y aller, non ?

Il extrait son téléphone de sa poche une fois encore. J'ai tellement envie de lui demander à qui il parle. J'ai même envie de lui crier dessus :

Mais c'est qui cette personne plus importante que moi, alors qu'on est en train de vivre un moment si particulier ?

Mais je lui réponds d'un quasi-murmure :

– Je ne sais pas. Tu veux y aller ?

Il ouvre grand les yeux, puis hausse les épaules et se balance sur ses talons :

– Je ne sais pas. Tu veux que je reste ?

Je ne sais pas quoi lui répondre. Nos regards sont accrochés l'un à l'autre et tous les atomes d'oxygène de la pièce disparaissent d'un seul coup. Il rompt enfin le silence :

– J'ai l'impression que tu dois aller quelque part. Je peux ramener Austin à la maison ou il peut prendre un Uber. J'aimerais juste que...

– Tu aimerais quoi ?

Il pousse un gros soupir et se lance :

– Enfin, j'aimerais juste que... je ne sais pas ? Être amis ? Pas faire semblant de l'être et finir par se disputer ou s'enfuir. Pas dans une version cliché, comme dans un film avec Ashton Kutcher, j'ai envie qu'on soit capables de passer du temps ensemble sans qu'il y ait de malaise ou que l'un de nous finisse par partir en courant. On s'entendait bien, tu te souviens ? À l'époque...

– Ouais, à l'époque. C'est clairement impossible maintenant. Rappelle-toi ce qui s'est passé l'autre soir ! Et puis, je n'ai plus confiance en toi. Tous les jours, il y a une nouvelle couche d'emmerdes avec mon frère ou mon père, et on ne se parle même plus !

J'ai mal partout. J'ai dépassé le quota autorisé des mots « confiance » et « mentir ». Vraiment, je ne vais plus pouvoir rester figée sur les mêmes excuses et les mêmes phrases. Je le sais très bien, mais je n'ai pas d'autre argument pour expliquer mon problème avec lui. C'est clair, même après ses excuses, je suis déterminée à continuer à lui en vouloir. Si je n'avais pas ça, quelles autres raisons pourrais-je utiliser pour protéger mon cœur de son existence ?

– M'as-tu seulement déjà accordé ta confiance ? Remarque, tu n'as pas à le faire. Ce n'est pas là-dessus que se construit l'amitié. Moi, je n'ai accordé la mienne qu'à ma mère, à personne d'autre sur cette terre.

Je croyais qu'il me faisait confiance, même s'il est le seul. Ses mots font mal. Merde, je suis vraiment pathétique parfois. Je le regarde droit dans les yeux, comme si j'essayais de percer son âme à jour, et lui demande :

– Tu es en train de me dire que tu ne m'as jamais fait confiance ?

– Je ne répondrai pas à cette question. Là encore, ce serait deux poids, deux mesures avec toi, rétorque-t-il sur un ton sans appel.

Comme je garde le silence, il continue de parler.

– Écoute, on ne sera jamais d'accord sur ce qui est arrivé à notre histoire, si j'ai raison ou si c'est toi, mais au moins, nous sommes d'accord sur ce désaccord et nous pouvons essayer d'être amis comme tu le proposais l'autre soir ?

– Deux poids, deux mesures ?

Il me le confirme d'un signe de tête.

– Et tu me sors le plan *mais si, on peut être amis* ?

J'arpente le séjour en rond, à chaque seconde qui passe un peu plus frustrée. Kael répond :

– C'est toi qui as commencé ce truc. Et il me reste quoi comme choix ? Tu ne me fais pas confiance et tu penses que c'est nécessaire pour avancer. Tu veux que je reste ici à t'écouter dire à quel point tu penses que je suis une merde ? Ou tu veux discuter, tranquille, en attendant avec moi qu'ils reviennent ? À moins que tu préfères que je parte pour qu'on continue à se fuir comme la peste. Parce qu'un jour tu te décharges sur moi de toutes les conneries de ta famille et, juste après, tu me dis de me casser. Il n'y a que deux options possibles, là en fait, parce que la première solution ne me convient pas du tout.

– Parce que tu crois que c'est aussi simple que ça ?

Je ne sais pas trop par quel bout commencer, alors je laisse sortir tout ce qui était coincé dans ma gorge :

– Tu as aidé mon frère à s'engager, sachant très bien que je n'étais au courant de rien, tu as vécu une histoire bien crado avec mon père dans le passé, que je ne comprends toujours pas très bien, et tu t'es servi de moi pour te venger de lui. Je pensais qu'on était...

Je marque une pause pour donner à mon cerveau une chance de rattraper mes paroles :

– Je pensais qu'on vivait un vrai truc. Putain, j'ai l'impression d'être débile. Mais si, j'y croyais. Alors, j'ai baissé la garde une seconde et juste à ce moment-là, tu m'as trahie. C'était vraiment énorme pour moi, je n'ai pas l'habitude qu'on me fasse du mal sans raison et que la personne qui m'a blessée ne montre aucun remords.

Kael fait un pas vers moi avant de répondre. Mon salon ne m'a jamais semblé aussi minuscule.

– Je n'ai jamais dit que je n'avais pas de remords, Karina. Je n'ai pas fait ça pour te blesser. Je l'ai fait pour aider ton frère.

– Sérieux ? Tu viens juste de le rencontrer ! Mais putain, tu te prends pour qui ?

Je ne crie pas, mais c'est limite. J'essaie ensuite de le blesser par mes mots :

– Et ? C'est à peine si on se connaît.

– Je te connais à peine ? Qui es-tu ? Le sais-tu seulement ?

– Moi ? Putain, mais t'es qui, toi ? Tu as cinq personnalités différentes au moins.

– Moi ?

Il met alors sa main à sa poitrine, juste en dessous de l'étiquette sur laquelle est écrit son nom sur son uniforme.

– Moi, le mec que tu fous dehors en prenant tout ton temps. Le mec que tu accuses d'être responsable de tous tes problèmes. Voilà qui je suis. Et *toi*, maintenant, qui es-tu ?

Sa façon de me regarder droit dans les yeux m'empêche d'envisager de lui échapper.

– Quelqu'un qui n'a pas besoin de toute cette merde en ce moment.

Je reprends mes tours de salon, mettant un peu de distance entre nous pour essayer de me défendre, mais c'est lui qui reprend en premier :

– Ok, je me casse. Fais-moi signe quand tu seras capable de parler. Pour une fois.

– Pour une fois ? dis-je en faisant volte-face, ébahie par son audace.

– Tu cherches la merde pour te disputer. Comme d'habitude.

Il me balance ces mots en pleine figure, aussi durement que possible.

Je lui réponds, les dents serrées :

– Tu vas trop loin, Martin.

Il part d'un rire amer en m'entendant l'appeler comme ses frères d'armes avant de me répondre :

– Je dépasse les bornes parce que je suis honnête avec toi ? Ou parce que tu ne veux pas entendre ce que je te dis ? Ça te plaisait quand je n'étais que ta caisse de résonance et que je fermais ma gueule, et maintenant je ne sais plus qui tu es !

Il me fait un grand sourire. On dirait un méchant dans un conte, un homme si beau et bien trop doué pour cacher sa nature diabolique. Ma mère aurait eu une excellente explication pour analyser son comportement.

Il fait un pas vers moi et je recule, manquant trébucher. Il reprend :

– Tout allait si bien. Tellement bien qu'à partir de maintenant, je ne te dirai plus rien sur ta vie, si c'est ce que tu veux, mais généralement, ce n'est pas comme ça que fonctionne la communication entre deux personnes. Et une chose est certaine, l'honnêteté dont tu n'arrêtes pas de me rebattre les oreilles, ça ne marche pas comme ça non plus. Merde !

– On communiquait bien tous les deux. J'ai attendu et attendu que tu me présentes des excuses ou même simplement que tu reconnaisses que tu avais merdé. Mais non, en fait, c'est comme si tu n'en avais rien à foutre. Tu viens chez moi pour me faire la morale dans mon salon alors que tu t'es barré n'importe comment l'autre jour. Et tu me dis que tu as menti pour sauver mon frère ? Sauver de quoi ?

– Tu n'es pas prête pour cette conversation. Je me suis barré l'autre soir ? Mais c'est toi qui m'as dit de me tirer. Une fois encore, on se prenait la tête et tu t'es réfugiée dans la maison en courant. Je n'avais rien fait. On était juste là, assis tranquilles, et tu as pété les plombs. On peut être d'accord sur notre désaccord, ou pas. Je ne suis pas le seul à décider. Mais pour ça aussi, il faudra qu'on parle quand tu seras prête, si un jour tu l'es. Je ne peux pas attendre comme un con que tu te décides enfin à me laisser t'approcher.

Je me sens vaincue, désarmée, en colère et désorientée. Et surtout fautive. Je lève les yeux vers lui pour lui répondre :

– Je ne sais pas ce que je veux, d'accord ? Je sais que j'ai une vie de merde en ce moment et que, quand tu es dans les parages, elle est un peu moins merdique. Je sais que je suis vraiment en colère contre toi et je veux juste que tu me dises que tu es désolé. Comme ça, je pourrai arrêter de me prendre le chou parce que j'ai envie d'être avec toi.

Je me corrige, le temps qu'il assimile mes paroles :

– Enfin, j'ai envie d'être près de toi.

Nous sommes tous les deux à bout de souffle, alors que pourtant nous sommes debout et immobiles, face à face.

– Je suis désolé. Je suis *vraiment* désolé, Karina. Désolé de t'avoir caché quelque chose et désolé de t'avoir blessée. Désolé aussi d'avoir perdu ta confiance. J'aimerais tellement pouvoir revenir en arrière pour tout changer, mais c'est impossible. Je ne peux rien faire. Ce qui est fait est fait.

Ses mots me bouleversent. Peu importe qu'ils soient très simples et que je l'aie poussé à me les dire. J'avais besoin de les entendre. C'est tellement bon de les sentir m'imprégner.

– Moi aussi, j'aimerais revenir en arrière pour tout recommencer.

– Mais c'est impossible. Alors, que veux-tu faire ? J'ai l'impression que nous n'arriverons jamais à nous éviter totalement, du moins pas tant que je ne serai pas parti. Enfin, de ton frère ou moi, je ne sais pas lequel s'en ira en premier.

Si on me rappelle encore une fois qu'ils vont bientôt m'abandonner, je vais péter les plombs.

– Essayons d'être amis et de ne plus nous bouffer le nez. Pour toi, pour moi, pour ton frère, pour tout le monde sur cette satanée planète.

– Et c'est tout ? On est juste d'accord pour dire qu'on n'est pas d'accord ?

– Pour le moment, oui. Sans parler du fait que j'ai reçu une sacrée bonne nouvelle aujourd'hui et que je vais bientôt pouvoir me tirer d'ici, alors arrête de te disputer pour le plaisir et ne gâche pas ce moment, dit-il en souriant de plus en plus.

– Tu parles comme mon frère.

Je cède en grognant. Je suis trop épuisée pour continuer et je suis tellement contente pour lui.

– Je le fais exprès, comme ça, tu te sentiras mal d'accepter tout ce que je dis.

– Ah ah.

Il continue de rire et je me couvre la bouche pour faire de même. Ce petit sourire en coin, c'est bas, une manipulation classique, mais je laisse couler pour l'instant. J'ai vraiment envie de faire la paix, même si elle est aussi fragile que le vase en verre soufflé sur ma console. Encore un souvenir de ma mère. Elle n'arrête pas de venir troubler mes pensées ces derniers temps. J'ai du mal à l'empêcher de s'y incruster.

– Je crois que tu m'apprécierais si tu apprenais à me connaître vraiment.

Kael plie un peu les genoux pour que nous puissions nous regarder les yeux dans les yeux, à la même hauteur.

– Très bien. Soyons amis, dis-je en lui tendant la main pour la serrer.

C'est un geste impulsif et un peu idiot, mais il y répond avec enthousiasme.

– Alors, soyons amis.

Nous nous serrons la main une fois de plus pour la forme. Je mets un terme à notre démonstration théâtrale et me rassieds sur le canapé. Il suit mon exemple. Les coussins s'effondrent un peu sous son poids et cette sensation m'apporte un certain réconfort, comme une lourde couverture.

– Il va falloir qu'on se serre la main combien de fois, en fait ? Et j'ai le droit de parler dans ce nouveau contrat d'amitié ? J'aimerais négocier quelques nouvelles clauses puisque tu as mis un terme à notre dernier accord.

Il repose sa tête en arrière et, soulagée, je pousse un gros soupir en lui répondant :

– Peut-être.

VINGT-HUIT

KARINA

Vingt minutes après le début de notre « nouvelle amitié », Kael me rappelle que c'est mon anniversaire demain.

Nous avons parlé de la pluie et du beau temps, littéralement, et de notre quotidien. Je fais de mon mieux pour rester à la surface des choses et ne pas plonger dans les émotions fortes, si vite après notre nouvel accord. Ce sont ces émotions qui ont foutu le bordel la dernière fois. C'est quand elles apparaissent que je commence à avoir envie de partir en courant.

Je lance *Netflix* à la télé. La page d'accueil me propose un film sentimental qu'Élodie adorerait.

– Je fais comme si ce n'était pas mon anniversaire.

– Fun.

Puis il ajoute :

– C'est très bizarre. Pourquoi tu ne dis rien ? Avant, tu parlais tout le temps.

– J'essaie un nouveau truc. C'est toi qui parles. Parle-moi de la réaction de ta mère ou de Mendoza.

Je pose un coussin sur mes genoux et me tourne vers lui, puis j'étire mes jambes qui touchent presque les siennes.

– Ma mère, c'est une trop longue histoire. Elle va bien. Bouleversée, mais contente.

Je voudrais en savoir plus, mais comme j'essaie de garder un peu de légèreté entre nous, je ne relève pas.

– Et Mendoza ?

Kael me regarde :

– Mendoza passe une sale journée, en fait.

– Pourquoi ? Que s'est-il passé ?

Visiblement, il n'y a jamais de repos pour Mendoza.

– Eh bien, Gloria vient juste de rentrer d'une visite médicale, ils lui ont annoncé qu'ils souhaitaient faire passer des tests à Julian pour un retard de développement. Ce serait peut-être de l'autisme ou un truc dans ce genre.

Kael regarde son téléphone et prend une grande inspiration.

Comme d'habitude avec lui, mes mots sortent directement sans passer par une phase de censure comme ils le feraient avec n'importe qui d'autre.

– Ce n'est pas une bonne chose ? Qu'on lui fasse passer des tests ?

– Ouais, bien sûr. C'est juste que Mendoza a l'impression d'avoir merdé ou d'être puni pour un truc... Évidemment, ce n'est pas ça, mais c'est ce qu'il ressent et je ne sais pas comment lui dire qu'il a tort.

Il passe sa main sur son crâne presque rasé. Il vient de passer chez le coiffeur, ça se voit à la ligne parfaitement droite qui délimite sa nuque et son front.

Mon cœur saigne pour Mendoza. Kael porte un poids immense sur ses épaules, en plus de ses propres fantômes.

– Je ne pense pas que ce soit ton rôle de lui dire. Il doit être capable de ressentir ses émotions. Il faudrait qu'il aille voir un spécialiste ou qu'il parle à quelqu'un, dis-je, la bouche tellement sèche que j'ai du mal à déglutir.

– Ouais, mais il ne le fera pas. Je lui ai dit la même chose un nombre incalculable de fois. Ce n'est pas une question de fierté ni d'ego, mais c'est comme ça qu'il a été élevé. Comme moi, on lui a appris à souffrir en silence. J'ai deux psys et une visite hebdomadaire chez le médecin et je ne suis pas encore sorti d'affaire.

Il se tapote le haut du crâne, et le ton définitif qu'il emploie me fait frissonner :

– Il a encore perdu le contrôle d'un autre truc dans sa vie. C'est ça le problème, plus que tout. Quand je l'ai rencontré il y a quelques années, il était complètement différent. Voir la violence, côtoyer la vie et la mort, c'est le genre de truc qui déglingue. Ça l'a vraiment, vraiment déglingué.

Il serre les dents et je vois qu'il déglutit avec difficulté, mais il continue :

– Et le pire, c'est que même s'il n'est pas un gros con trop fier, il sera toujours terrifié à l'idée de parler de son ressenti et de ce qu'il traverse, qui pourrait le faire virer de l'armée et, donc, de ne plus être capable de nourrir sa famille. C'est comme ça qu'ils parviennent à garder pas mal de mecs mobilisés. Mendoza a des gamins qui ont besoin d'une assurance santé, encore plus que jamais si ces tests révèlent que Julian a besoin d'aide. Même pour moi, penser à la vie après l'armée, c'est effrayant. Je ne sais pas qui je suis sans cet uniforme, dit-il en touchant l'étiquette sur laquelle est brodé son nom. Et à part ma mère et ma sœur, je n'ai besoin de m'inquiéter de personne d'autre que moi, et elles s'en sortent déjà très bien. Ce serait presque mieux pour elles si je mourais, parce qu'elles toucheraient mon assurance vie militaire et comme elles ne vivent pas sur mon salaire... Lui, sa famille dépend du sien.

– Tu ressens vraiment ça ? Comme si tu ne savais plus qui tu es ?

Il faut que je sache. Il me répond d'un hochement de tête, puis précise :

– Putain, c'est flippant. Toute ma vie, je m'étais projeté dans un avenir de militaire, et c'est seulement maintenant que ma démobilisation est assurée que j'en prends conscience. Je suis tellement habitué à ne faire qu'essayer de rester en vie. Je suis doué pour ce que je fais. J'ai été un bon soldat. Je ne sais pas pour quoi d'autre je pourrais avoir du talent.

Sa voix m'attire vers lui.

– Je suis désolée pour toi.

C'est vrai, en plus.

– Pas la peine. Je vais trouver une solution.

Impossible de détourner le regard du sien.

– Je crois que c'est ton père qui m'a aidé, en fait.

Il me sort ça comme ça, complètement détendu, et moi, je m'étrangle à moitié :

– Quoi ? Tu changes de sujet de conversation.

– Ouais. Je ne suis pas sûr pour ton père, mais j'ai un gros doute. J'ai parlé à plusieurs personnes et il n'y a pas beaucoup de généraux dans le coin qui peuvent tirer les ficelles. Je te le dirai quand j'en saurai plus, mais j'ai comme l'impression que c'était bien lui.

– Je ne sais pas si c'est une bonne chose, ou... ?

– Qui sait, mais j'ai déjà eu assez de merdes cette année, je vais prendre ça comme une victoire pour le moment et si ça me pète à la gueule plus tard, je gérerai le problème à ce moment-là.

Je note dans un coin de ma tête de poser plus de questions sur mon père un peu plus tard, mais je ne veux pas qu'il me vole encore plus de temps qu'il ne l'a déjà fait. Je suis d'accord avec Kael et je ne lui en demanderai pas trop non plus. Il est si ouvert en ce moment et j'aimerais vraiment qu'il partage avec moi ce qu'il faut pour qu'il se sente à l'aise. J'ai envie de le protéger, même à mon détriment.

Alors, je lui dis :

– C'est une bonne idée. Je suis contente que tu sois resté. J'aime bien être ton... amie.

– Ah oui ? demande-t-il en souriant. Eh bien, j'aime aussi être ton ami.

Le silence s'étire entre nous et, peu à peu, ma nuque se met à picoter.

Je me sens si bien avec lui, tellement en sécurité, que me dire que je ne lui fais pas confiance est un mensonge. Je ne peux pas m'empêcher de vouloir être proche de lui, de vouloir tout arranger pour lui. Je ne comprends pas toute l'étendue de ce sentiment, mais je suis terrifiée : il se pourrait bien que je l'aime. Pourquoi c'est toujours comme ça ? Pourquoi toujours un amour à sens unique ? Je n'aurais jamais cru me retrouver un jour piégée dans un poème de John Keats. Je suis tellement fatiguée de vivre dans les mots des autres. J'ai envie d'écrire ma propre vie.

Alors, me lançant éhontément à la pêche aux compliments, je lui demande :

– Qu'est que tu aimes dans notre amitié ?

– Sérieusement ?

Il me taquine et accompagne son sourire d'une petite moue en tapotant son index contre son menton. Je lui réponds d'un hochement de tête, en tâchant de garder mon sérieux.

– De tous mes amis, tu es la plus jolie.

– Pas de flirt. Ça fait partie du règlement.

Je claque la paume de ma main contre le tissu du canapé entre nous en me déplaçant vers lui. Ma cuisse frôle la sienne quand je m'installe à ma nouvelle place. Il plaque ses mains contre son torse dans un geste de défense et rétorque :

– Mais je ne flirte pas. C'est juste sympa d'avoir une amie aussi jolie, c'est tout.

– Autre chose.

– Ah non, à ton tour maintenant.

– Pareil alors, dis-je d'un ton léger. C'est sympa d'avoir un ami plus beau que moi.

Je lève les yeux au ciel et lui pousse doucement l'épaule. De ses doigts, il encercle mes poignets et vient poser mes mains sur son torse, m'incitant à m'approcher de lui. L'énergie qui circule entre nous a si brusquement changé que j'ai du mal à reprendre mon souffle. Il est même si proche de mon visage que je sens ses mots sur mes lèvres.

– Et quelle est la punition quand on brise ses propres règles ?

Je ne trouve rien d'autre que d'assouvir ce besoin de le dévorer et que lui s'enflamme pour moi à son tour jusqu'à ce qu'il ne reste plus que moi, Kael et cette fausse amitié que nous ne pourrons pas tenir plus de cinq minutes.

Il soutient mon regard et lâche mon poignet pour poser ses mains sur mes clavicules.

– Tu veux que j'arrête ? Tu n'as qu'un mot à dire.

D'un regard, il cherche à obtenir mon consentement. Chaque cellule de mon corps se met à vibrer et à danser sous la chaleur de sa caresse.

– Non.

Je grimpe alors sur ses genoux.

Ses mains remontent le long de mon cou, sans un mot. Il s'arrête à la base de ma gorge et serre tout doucement. Mon corps s'approche encore plus du sien, mon short effleure son pantalon. Je le sens durcir et me plaque encore plus contre lui. Cette friction ne ressemble à rien de ce que j'ai connu depuis que je suis sur cette terre.

Ses lèvres se posent délicatement sur l'ovale de mon visage et cheminent doucement vers mes lèvres impatientes. Tout en continuant sa manœuvre, il commence à me dire quelque chose :

– Karina, je...

Et là, coup du sort, son téléphone se met à vibrer, nous séparant immédiatement. Il fouille dans sa poche pour l'attraper, le nom de Mendoza s'affiche à l'écran. Il ignore l'appel.

– Et s'il avait un problème ?

Je descends de ses genoux mais ne vais pas bien loin, mon corps ne le supporterait pas.

Son téléphone recommence à vibrer. Cette fois-ci, il décroche :

– Hé, salut, ça va ?

Il lève les yeux vers moi. Ses pupilles sont si dilatées qu'on les dirait en train de se noyer dans un océan de nuages. Ça me donne envie de recommencer à le toucher. Je regarde ses mains, il en pose une sur mon visage puis vient délicatement caresser ma joue de son pouce. J'ai l'impression d'être dans un rêve.

Mendoza parle quelques secondes avant que Kael n'éloigne le téléphone de son oreille et tapote sur l'écran. Il glisse son pouce et son index sur la surface et regarde d'un peu plus près.

– Putain de merde. Où t'as trouvé ça ?

Je le dévisage dans l'attente de son regard de nouveau sur moi. Mais non. J'attends que Mendoza finisse de lui parler pour qu'il me raconte, et ce silence se fracasse contre mes nerfs

– Ok. Tu n'envoies ça et tu n'en parles à personne jusqu'à ce qu'on trouve qui en est à l'origine et d'où ça vient.

Putain, mais qu'est-ce qui se passe ? Ces mots brûlent ma gorge et crèvent d'envie de sortir de ma bouche.

– Ok. Merci. Tiens-moi au courant si Lip t'appelle.

C'est la première fois que j'entends Kael, ou n'importe qui d'ailleurs, appeler le mari d'Élodie comme ça. Quand il raccroche, il est blême.

J'imagine le pire pour Mendoza, ou pour mon amie, j'en suis complètement retournée.

– Quoi ? Qu'est-ce qui s'est passé ?

Kael lève son portable pour me montrer l'écran et je cligne des yeux pour essayer de comprendre ce que je vois. C'est une image qui représente deux personnes sur ce qui ressemble à un parking. En quelques secondes, je comprends qu'effectivement le mari d'Élodie a quelque chose à voir avec cette photo. Elle est dessus. Et le mec en jean noir avec des cheveux blonds décoiffés, c'est mon frère. Je suis bien en train de regarder une photo de mon frère et d'Élodie. Ensemble.

Il est debout à côté de sa voiture.

Ils sont enlacés.

Leurs lèvres se touchent.

À SUIVRE

REMERCIEMENTS

Cette partie du livre est toujours la plus difficile à écrire pour moi parce que, soit j'oublie quelqu'un de super-important, soit je ne trouve pas les mots pour remercier tout le monde comme il le faudrait. Alors, commençons par le plus important : MERCI !!!!! Merci d'avoir pris mon livre et de l'avoir lu jusqu'au bout (à moins que vous n'ayez tout sauté pour arriver ici, ce qui est juste bizarre :P). Tout ça, c'est grâce à vous. Je continue à faire ce que j'aime et à raconter ces histoires pour vous. Nous sommes tous ensemble dans cette aventure.

C'est notre onzième livre et j'ai toujours l'impression de vivre un rêve. J'ai hâte de rentrer dans une librairie et de tenir un exemplaire de ce bouquin dans les mains comme j'ai hâte de voir vos photos avec ! N'oubliez pas de me taguer sur Insta !

Allez, c'est parti pour le passage gênant et trop court dans lequel je remercie les personnes à qui je le dirai aussi de vive voix.

Flavia, merci pour ta patience et d'incarner une force aussi positive dans ma vie. Merci de si bien m'encourager. Tu écoutes chacune de mes idées les plus folles, tous mes délires aussi, même quand je divague complètement. Tu es toujours là quand j'ai une crise et tu me rappelles pourquoi je fais ce truc de dingue.

Erin, tu es toujours là pour moi. Rien que pour ça, je t'aime. Tout est sur le point de s'accélérer et de devenir énorme et je suis si heureuse que tu m'accompagnes dans cette aventure.

Jordan, mon meilleur ami, mon mari depuis la moitié de ma vie. Merci pour les heures infinies passées à parler de livres, de personnages, à me convaincre de revenir à la réalité (de temps en temps). Je ne pourrais vraiment pas faire tout ça sans toi et, avec tout ce que tu as traversé, écrire cette histoire m'a rendue encore plus fière de toi. Je te dirai le reste en tête à tête, puisque tu ne liras pas ces mots et que tu es le seul humain à ne pas être sur les réseaux sociaux. :P

Jo, à l'écriture des trucs fun ! Trinquons.

Mes éditeurs partout dans le monde, merci de continuer à me soutenir et à croire en ma façon de raconter des histoires.

À tous mes amis envers qui j'ai été super-nulle pendant l'écriture de ce bouquin, je vais bientôt vous envoyer un SMS, on va pouvoir se planifier ce dîner que je vous avais promis de ne pas décaler. Merci de comprendre mon mode de fonctionnement. Je vous aime tous.

Une fois encore, merci, du fond de mon âme, et préparez-vous pour le prochain chapitre de l'histoire de Karina et de Kael, ce sera le dernier. Hiiiii !

À propos de l'autrice

Anna Todd (autrice, productrice) figure parmi les auteurs les plus vendus classés par le *New York Times* pour ses séries *After*, *Spring Girls* et, plus récemment, *Stars*.

Grande lectrice, Anna Todd a commencé à écrire ses propres histoires avec son smartphone sur Wattpad, la plate-forme d'écriture et de lecture participative, et *After* est devenu la série la plus consultée avec plus d'un milliard et demi de lectures affichées.

L'édition papier d'*After* a été publiée en 2014 par Simon & Schuster et a, depuis, été traduite dans plus de trente-cinq langues, et déjà plus de onze millions d'exemplaires du livre se sont écoulés dans le monde. *After* est devenu un best-seller dans plusieurs pays, comme l'Italie, l'Allemagne, la France et l'Espagne. Anna Todd continue d'écrire et travaille comme productrice et scénariste pour l'adaptation filmée du deuxième tome de la série, *After We Collided*.

Le magazine *Cosmopolitan* a désigné Anna Todd comme « le plus grand phénomène littéraire de sa génération ». Native de l'Ohio, Anna, son mari et son fils vivent maintenant à Los Angeles.

Retrouvez-la sur son site web : www.annatodd.com, sur Twitter à l'adresse @AnnaTodd, sur Instagram @ AnnaTodd et sur Wattpad son pseudo est : Imaginator1D.